Meurtres dans le Grand Narbonne

Le Boucher de l'Ovalie

11590 Cuxac d'Aude France

estelas.editions@gmail.com
www.JaimeLaLecture.fr
www.estelaseditions.com

ISBN : 9791093167893

Ségas

MEURTRES DANS LE GRAND NARBONNE

LE BOUCHER DE L'OVALIE

Quand le sang coule dans le monde du ballon ovale

Estelas Editions

Personnages

Personnages principaux :

Julian Ginestas, 20ans, étudiant en journalisme, fils de Nadine

Nathan Homps, dit nounours, 24 ans, vigneron, première rencontre de Julian

Jimmy Lanet, 27ans, employé station-service, villageois

Constance Cascastel, 21ans, employée station-service, présidente du club, petite-fille d'Henri Cascastel,

José Lanet, proche de la cinquantaine, père de Jimmy et neveu de Raymond Douzens

Personnages secondaires :

Nadine Ginestas, 48ans, style garçon manqué, mère de Julian, responsable de magasin

Mickaël Nébias, dit la tique, 20ans, sec, vigneron, première rencontre de Julian

Alonzo Quintillan, la vingtaine, monsieur tatouage, villageois

Olivier Mirepeisset, la vingtaine, villageois

Henri Cascastel, grand-père de Constance, historien du village

Raymond Douzens, grand-oncle de Jimmy et oncle de José, garde-champêtre à la retraite

Urbain Monséret, maire de La Palme

Laurent Hounoux, copain de fac
Julie, copine de fac
Roger Gruissanot, la quarantaine, prof de fac
Samir, la trentaine, maçon, maghrébin
Léo Nébias, la vingtaine, frère de Mickaël, vigneron
Damiano Ornaisons, 31ans, cuisinier au restaurant-routier familial, villageois
Pierre Puilaurens, la soixantaine, manadier, entraîneur de l'équipe, oncle d'Olivier Mirepeisset et frère de Jocelyne
Toanui Tita, copain de fac

Également :

Alice, petite-amie de Mickael Nébias et nièce d'Anselme Villardebelle
Léana Granès, copine de fac et villageoise
Nicolas Salanque, petit-ami de Julie
Jocelyne Mirepeisset, mère d'Olivier et secrétaire de mairie
Benjamin Bélesta, petit-ami de Constance Cascastel, employé de Nadine Ginestas
Martial Jonquières, gendarme, joueur du club
Samantha, petite-amie de Léo
Sylvie Nébias, 46ans, mère de Léo et Mickael
Abbé Quirbajou, curé de la paroisse
Denise Ornaisons, italienne, patronne du restaurant-routier, mère de Damiano
Jérôme Verzeille, joueur du club
M.Tournissa, 50ans, patron de la station-service

Forces de l'ordre :

Major Dusautoir, gendarme de Port-la-Nouvelle
Maxence Novès, cinquantenaire, lieutenant à la brigade de recherches (BR) de Narbonne
Charlotte Liévremont, 40ans, adjudante-chef à la BR.

Personnages des flash-back années 80/90 :

Auguste Albas, l'entraîneur de l'équipe de l'EOP, que l'on retrouve en 2007
Alban Cabardès, le capitaine de l'équipe, que l'on retrouve en 2007
Louis Fanjeaux, dit Loulou, demi d'ouverture, vigneron, que l'on retrouve en 2007
Jean Dernacueillette, dit Jeannot, le Président du club, patron des salins
René Espezel, dit la machine, ailier
André Ribaute, arrière, vigneron
Jean-Pierre Azille, pilier, maçon
Anselme Villardebelle, dit la poutre, seconde-ligne, chasseur
Daniel Bugarach, demi de mêlée, conducteur de travaux publics
Geneviève Douzens, dit Ginou, épouse de Raymond le garde-champêtre
Véronique Homps et Marcel, vignerons, parents de Nathan

Prologue

1988

« Seigneur, protège-les ! » cogite-t-il, apercevant la mort fondre sur lui.

Quarante minutes plus tôt

Le chronomètre, pendu à son cou, indique 21 heures Après un bref regard sur ce dernier, la séance s'achève sous le coup de sifflet de l'entraîneur Auguste Albas. La session a été sérieuse. Sans un mot, sans un bruit. Auguste le sait, le ressort est cassé. Sous les giboulées d'un mois de mars maudit, les joueurs, têtes basses, rejoignent les vestiaires dans un silence de cathédrale. La tramontane qui se renforce envoie un bruissement lugubre entre les sapinettes. En leader naturel, le capitaine et talonneur Alban Cabardès, plie sa tunique rouge et bleue, transpirante et boueuse. Ses coéquipiers lui emboîtent le pas, les larmes aux yeux. Tout en soupirant, il s'assoit et dépose son maillot à côté de lui. Alban glisse ses mains sur son visage, le regard fixé au sol. Son esprit semble aussi lointain que l'est Buenos Aires pour un Pékinois. Une fois la douche prise, les garçons se rejoignent dans le club-house. Les joueurs sont tous vêtus du même survêtement de l'équipe locale, telle une armée prête à combattre d'un seul homme. L'atmosphère est pénible, lourde, pesante. Qui percera ce mur de silence ? La tireuse à bière elle aussi, semble à bout de forces, dans une ambiance contagieuse. Personne n'ose se regarder, les yeux dans le vide, par crainte de s'effondrer peut-être. La télévision, crépitante, diffuse un débat entre le Président sortant Mitterrand et son challenger Chirac. Le bourdonnement du petit écran donne une sensation troublante dans ce décor accablé.

Soudain, une explosion retentit devant le bâtiment. Rien n'y fait, personne ne réagit. Le moteur trafiqué d'une Renault Fuego cabriolet en est à l'origine. Il s'agit du dernier caprice du Président du club, Jean Dernacueillette. Ce bolide tient une carrosserie rouge carmin, devenant étincelante lorsque les éclairs déchirent l'obscur azur. Jeannot descend du véhicule, boitillant, sa veste en cuir tannée par les saisons, sur le dos. Il pousse la porte du club-house tout en essuyant sa paire de lunettes. L'ensemble des joueurs semblent surpris d'apercevoir leur dirigeant. Jeannot laisse apparaître un maigre sourire sur son vieux visage fatigué.

— Ce n'est que moi, lâche-t-il discrètement.

Auguste et Alban s'approchent et enlacent leur patron avec force, détermination et sympathie. Par la suite, les autres compagnons, à leur tour, s'abouchent de Jeannot. Ce dernier murmure :

— La bête est rude, ne vous en faites pas.

Soulagés de voir le Président de l'Espoir Olympique Palmiste, sorti après quelques jours d'hospitalisation, Alban et ses camarades retrouvent de maigres risettes sur leurs figures cabossées. Il s'agit d'une légère éclaircie sous un ciel dramatique. Tout le groupe se l'est promis. Rester soudés et veiller les uns sur les autres. Autour de pintes et de chips, Jean surprend une conversation à trois.

— Et dire que dans deux jours, la phase de qualification s'achève. Ce dernier match à domicile contre Peyriac va être tendu, lance l'ailier René Espezel.

— Eh béh[1] un derby pour une place en demi-finale, ça

---

[1] Eh bien ! *en occitan*

vaut de l'or. Ce sera un match à couperet, répond le demi d'ouverture Louis Fanjeaux.

— Quand je pense que nous sommes à ce stade de la compétition après tant de malheur, j'ai du mal à y croire, rétorque le capitaine Cabardès.

— Eh béh justement il faut y croire. C'est vrai qu'on aurait pu abandonner. Et après ? Nos amis seraient revenus ? Non. Ils doivent être le moteur de notre détermination, poursuit Louis avec conviction.

— Tu as raison. Mais ce salopard qui sévit et qui rôde… Il faut l'attraper avant qu'il ne recommence. J'ai une terrible envie de vengeance au fond de mon cœur. J'y pense constamment.

— Eh béh comme nous tous, René. Après l'avoir fait souffrir, je lui ouvrirai le ventre, attaché à un arbre en pleine garrigue et j'attendrai qu'une paire de sangliers affamés viennent lui faire quelques papouilles ! réplique Louis.

— Je lui ferai bien boire un Martini avec ses couilles sur un cure-dent, ajoute René.

— Comment un individu peut réaliser un tel dessein ? La nature humaine me désole, enchérit Alban.

— On en a déjà discuté auparavant, mais je suis persuadé que le tueur nous côtoie. Il connaît trop bien nos habitudes. C'est un Palmiste, c'est certain, insiste René.

— Eh béh il est peut-être plus proche que ce qu'on imagine. Et si c'était un dirigeant ou même un joueur, l'un d'entre nous ? se demande Louis.

— C'est une hypothèse plausible, mais j'ai confiance en tous ces gars, ici présent. Ta paranoïa ne me contaminera pas, répond le petit Espezel. Et puis peut-on parler de solidarité ? Chacun reste avec les autres pour se sauver soi-même. C'est plutôt une coalition d'égoïsme, ajoute-t-il avec cynisme.

Néanmoins, René Espezel, ce trois-quarts aile de poche,

intelligent mais nerveux à souhait, semble avoir oublié cette notion de fraternité. Après avoir grignoté quelques cacahuètes et bu une mousse, il quitte le stade dans la plus grande discrétion, accompagné d'un brouillard épais. Il pense que ses collègues ont commis des erreurs, et qu'à lui, rien ne peut arriver. Il est attentif et sait se battre. Il est observateur et alerte. Mais René ne sait pas ce qui l'attend. Fouillant dans son sac à la recherche de la clé de sa 205 Peugeot, il file le long du sentier qui le mène au parking. Il arrive tout proche de la voiture, insère la clé dans le neiman. Un craquement de brindilles attire son attention. Puis un second. Il se retourne et aperçoit Louis Fanjeaux, son trapu demi d'ouverture, qui s'approche rapidement. René est mal à l'aise. Louis l'interpelle :

— Hey, *la machine*, attends deux secondes. Eh béh, tu as oublié ta paire de crampons.

René souffle comme soulagé, et attrape ses chaussures lancées au vol par son numéro dix.

— Merci Loulou, on va l'avoir cette qualif ! Il faut le faire pour eux. À dimanche et allez l'EOP[2]. Mais essaye quelque chose pour moi. Arrête de commencer tes phrases par *« Eh béh »*, c'est pénible.

— Eh béh, c'est un toc de langage que j'ai depuis minot. C'est pas volontaire. Ma mère disait que j'avais dû être traumatisé par une chèvre, dit-il avant de bêler : « bêêh bêêh bêêh ».

Louis lui offre un clin d'œil, tourne les talons et s'empresse de retourner au stade. Le portefeuille de René glisse maladroitement de son caban et heurte le sol. Il s'accroupit, récupère son bien et se relève.

Tout à coup, une violente douleur aux chevilles le surprend. Il hurle tout en s'écroulant et porte sa main droite sur les zones meurtries. Les doigts sont ensanglantés.

---

[2] Espoir Olympique Palmiste

— Aïe ! C'est quoi ce bordel ? Les gars, vite. À l'aide ! ! s'époumone-t-il.

René vient de saisir. Il ne peut plus se redresser, il a les tendons d'Achille sectionnés. Il prend conscience que personne ne l'entend. La peur se décompose à l'intérieur de ses pupilles lorsqu'il aperçoit une silhouette s'extraire de sous le véhicule. René comprend à l'instant qu'il n'est pas si fort. Pas plus fort qu'André, Jean-Pierre, Anselme et Daniel comme il pensait l'être. La silhouette ondule, mixant son approche entre un félin et un squamate. C'est la première fois que René éprouve ce sentiment de terreur. Allongé, il tente de s'éloigner en reculant sur les coudes. Il conçoit avec fatalité, qu'il est le prochain. Il saisit avec poigne la croix du Christ pendue à son cou. Sa dernière pensée se dirige vers sa compagne enceinte de deux garçons, qu'il ne verra pas grandir.

« Seigneur, protège-les ! » se dit-il.

Cette silhouette est celle d'un homme. Il tient fermement une barre en fer sur laquelle des clous et pointes sont soudés. Sans tergiverser, il assène un violent coup en pleine tête. Le globe oculaire droit s'extrait de son orbite, René n'est plus. Au milieu des dents déchaussées, l'individu dépose délicatement un porte-clés en forme de ballon de rugby dans la bouche de sa nouvelle victime. La cinquième en quelques mois, touchant de plein fouet la petite commune maudite du Languedoc : La Palme.

1

2007

— Ça y est, ta dernière valise est chargée mon chéri ?

La voix de Nadine Ginestas, 48 ans, mère célibataire, incise le calme rural de sa rue. Elle opère dans la grande distribution de Salles-Curan en Aveyron. Cette petite brune au style garçon manqué et au caractère bien trempé s'adresse à son fils unique, Julian âgé de vingt ans. Lui, étudie le journalisme à Rodez. Le climat tient une douceur surprenante pour une après-midi du mois d'avril.

— Oui, c'est fait. On peut partir, dit-il en soupirant.

Sa mère est mutée dans le Sud et le jeune homme est obligé de suivre. Il a bien tenté de négocier des solutions pour ne pas changer d'établissement en cours d'année, en vain. Sa mère ne peut assumer un loyer supplémentaire pour satisfaire son rejeton. Il est très loin d'être enchanté par ce déménagement et va devoir suivre et finir son semestre à la faculté de Narbonne. Il laisse des souvenirs, des rires, des déchirements, des amis et la belle Aurore. Depuis près de deux ans, il partage ses envies avec cette blonde métissée, née d'une mère thaïlandaise et d'un père danois. Mais les adieux sont un déchirement lorsque les projets avec sa petite amie hantent l'esprit. Aurore n'a pas eu le courage de faire un dernier au revoir à son âme sœur. Cela aurait été terriblement brutal.

Julian monte en voiture pendant que sa mère ferme la porte de la maison, descend les quelques marches de la terrasse, et à son tour, pénètre dans la modeste Renault Mégane usée par les routes sinueuses de la région. Son débardeur laisse apercevoir le tatouage d'une rose enveloppant un ballon de rugby sur son épaule droite. Avant de boucler leur ceinture, un dernier regard est lancé vers l'habitation remplie de pensées. Nadine embrasse chaleureusement son fils sur le front et dit ces quelques mots tout en démarrant :

— C'est le début d'une nouvelle vie mon grand. C'est un nouveau départ, nous en avons besoin. Tu comprendras.

Elle est une femme forte. Les épreuves de la vie ne l'ont pas épargnée.

Lui, colle sa tête contre la vitre, la gorge serrée. Il n'a pas goût à comprendre pourquoi sa mère a accepté cette stupide mutation. Ne pouvait-elle vraiment pas refuser ? Il imagine Aurore lui faire un dernier adieu. C'est trop dur. Devançant le fourgon des déménageurs, il pense à elle et voit s'éloigner petit à petit, sa maison, son village, sa vie.

Une fois de plus, il a mal dormi. Depuis que le départ se prépare, son sommeil est perturbé. À plusieurs reprises au cours de ces dernières semaines, le même cauchemar se répète : il se trouve dans un sombre couloir. Un couloir de film d'horreur, un corridor infiniment profond. Une simple ampoule mesquine éclaire de temps en temps la scène. Une silhouette noire apparaît. Impossible de la décrire. Il ne distingue que les contours. Elle murmure. Il tente de s'approcher. La lumière baisse en intensité à chaque pas, jusqu'au moment où il se retrouve dans le noir le plus complet. Plus aucun bruit. Silence pesant. Soudain, la silhouette opaque surgit à quelques centimètres de son visage, poursuivant son murmure inaudible. C'est à ce moment-là qu'il se réveille pour retrouver la réalité, dégoulinant de sueur. Il n'en a pas parlé à sa mère. C'est une mauvaise passe bouleversante avec de nombreux changements. Ça va s'estomper, tout rentrera dans l'ordre, pensait-il.

I was made for loving you de Kiss est le tube favori de Nadine. Il a bercé sa jeunesse et toute une génération. La mélodie inonde l'habitacle. Néanmoins la route semble interminable pour son fils. Le viaduc de Millau, le Larzac,

Béziers puis Narbonne sont laissés de côté, direction le littoral audois. La sonnerie de SMS reçus et envoyés brise la bulle silencieuse, désagréable et interminable de Julian. Aurore puis quelques collègues de la fac et de son club de rugby de Lévézou-Ségala sont les exutoires à ce mal-être. Il observe avec insistance les photos de sa moitié sur son mobile. Elle est si belle ! Rebelle, surréelle, idéelle, sa mirabelle comme il aimait la surnommer. Il oublie ses idées tristes une fraction de seconde lorsqu'il aperçoit les étangs, la mer, portes d'entrée sur les hauteurs de sa nouvelle vie, son nouveau bourg. Un décor de carte postale. Et pourtant… Un petit morceau d'enfer dans un écrin de velours. La sirène *La Palme* ensorcelle et séduit ceux qui se trouvent sur son passage pour mieux les dévorer.

La famille Ginestas accède au village par l'entrée nord. Les vignes, puis les habitations clairsemées sont laissées sur le côté. Habitations, vous allez me dire ? Plutôt de somptueuses villas construites par de riches Allemands et Hollandais. Avec vue sur la grande Bleue, ces bâtisses de trois cents mètres carrés minimum doivent valoir leur pesant de cacahuètes. Après plus de deux heures de route, la voiture circule sur la Grand-rue, passe à proximité de la mairie. Puis elle s'engage Avenue de la Mer, chemine aux abords des petits commerces de proximité puis devant une fresque géante délabrée. Ce dessin semblait représenter les activités des villageois au Moyen-Âge. On distingue des moulins, la culture du blé et des vignes. Les bergers sont retranscrits également. La production du sel n'est pas en reste. Nadine poursuit puis stoppe sa course au cœur du village, rue Louis Pasteur. Le véhicule se positionne devant une maison de maître, datant certainement du XIXe siècle. Certes, la façade et les volets sont défraîchis mais la demeure semble avoir un excellent potentiel. La famille Ginestas découvre la première étape de leur renouveau.

Une fois les bagages et affaires sortis de la voiture et

déposés dans la pièce principale, Julian effectue sa première visite tout en textotant à sa chérie. Au rez-de-chaussée, côté gauche se trouve la cuisine puis la buanderie desservant le garage. Côté droit, la salle à manger style années quatre-vingt et le salon à la tapisserie vintage semblant être coincés dans un autre espace-temps. De retour dans le hall, il grimpe au niveau supérieur. L'escalier est en marbre vieilli par des années de non-entretien. La rampe en bois craque. Il découvre quatre chambres aux peintures flétries ainsi qu'une salle de bains. Au deuxième étage, sans s'engager, il comprend qu'il s'agit du grenier. Ses pensées sont interrompues par sa mère :

— Les déménageurs arrivent, viens les guider pour l'installation de tes affaires et choisis ta chambre par la même occasion !

Quelques heures plus tard, les meubles et autres cartons sont déposés dans les différentes pièces de la maison. Épuisée par une grosse journée, Nadine n'envisage pas de se glisser derrière les fourneaux. Elle demande à son fils de commander des pizzas. Elle avait remarqué la présence du commerce, Avenue de la mer, à deux pas de chez eux. Il récupère l'argent tendu par sa mère et file, déposant sur le crâne sa casquette rouge fétiche à l'effigie du XV de France. Après quelques hésitations sur la direction à emprunter, il réussit à trouver *Pizzas-Poupoune* juste en face de l'école primaire du village. Il s'approche. Deux jeunes, de son âge, patientent. Ils discutent du suffrage autour du nouveau Président français, Nicolas Sarkozy. L'argumentaire des deux parties fait sourire le jeune homme, cela lui fait penser à de la politique de comptoir. Mais il ne peut s'empêcher de répliquer :

— Pensez-vous vraiment qu'il va changer quelque chose ? Son élection, il la doit au captage des voix du Front National.

— De quoi je me mêle ? rétorque le plus grand, stupéfait de cette intervention. Je ne demande pas l'avis des touristes. Alors mets-la en veilleuse, t'es mignon.

— Désolé, je ne voulais vexer personne, répond le jeune Ginestas surpris par cette réaction agressive.

Les deux jeunes gens récupèrent la commande, le frôlent, sans même un regard.

— Au fait, je ne suis pas un touriste, je viens d'emménager. Je suis au 12 rue Pasteur.

Là, les garçons marquent un temps d'arrêt, et se retournent, mal à l'aise.

— Qu'y a-t-il ? demande Julian, dubitatif.

— Tu as bien dit 12 rue Pasteur ?

Le nouvel arrivant opine du chef.

— Visiblement, tu ne sembles pas au courant, répond le plus petit. Il s'est déroulé des choses horribles dans cette maison, elle est maudite. Chaque acquéreur n'y reste que quelques jours quand il a encore le temps de s'enfuir. Enfin, je dis ça, je dis rien.

— Mais enfin, que s'est-il passé là-dedans ?

— Renseigne-toi auprès des anciens, c'est terrible ce qui est arrivé au précédent propriétaire, réagit le grand gaillard.

Le fils de Nadine fronce les sourcils. Il veut en savoir plus.

— Tout ce que je peux te dire, c'est que plusieurs meurtres ont été commis, c'est pour ça que la maison n'est pas chère à l'achat.

Julian, horrifié, est traversé par un frisson tétanisant. Son teint pâlit. Il ne peut décrocher le moindre mot. Puis, les deux jeunes gens se mettent à glousser. Ils finissent par exploser de rire.

— Sans rancune ! dit le colosse barbu légèrement grassouillet.

Le jeune Ginestas comprend qu'il vient d'être le dindon

de la farce.

— Je suis Nathan Homps mais on m'appelle Nounours et lui, c'est Mickaël Nébias dit La Tique souffle-t-il, en montrant son camarade.

À son tour, Julian se présente. Le trio échange des banalités. Nathan va fêter son anniversaire dans une semaine et décide d'y convier l'Aveyronnais. Un p'tit nouveau, ça fait longtemps que la bande n'en a pas connu. Ce dernier n'hésite pas et accepte l'invitation. L'odeur si singulière du prolétariat, du monde paysan, des travailleurs de la terre lui chatouille les narines. Avec des t-shirts maculés d'anciennes taches de vin, il conclut que Nounours et la Tique sont vignerons et par conséquent, des Palmistes pure souche. Ils doivent connaître énormément de monde. Cette fête sera un très bon moyen d'intégration. Après l'échange des numéros de téléphone, chacun retourne vaquer à ses occupations.

Julian regagne son néodomicile les bras chargés. Ah ce Nathan, il tient une allure du style force tranquille tandis que Mickaël semble sec mais nerveux à la vue des veines apparentes tracées le long de ses bras. À table, il raconte ses premières prises de contact, tout en dévorant son repas. Vouée à l'échec, son intervention aura été efficace finalement. Son esprit n'avait pas comme priorité, Aurore. Une éternité que ce n'était pas arrivé. Nadine est ravie de voir enfin, un sourire sur le visage de son fils.

2

— Messieurs, vous possédez une sacrée bande de potes alors pourquoi vous ne jouez pas sous le même maillot ? demanda-t-il sans penser que les foudres allaient s'abattre sur lui.

Une semaine plus tôt

Nadine prend ses marques au sein de son nouveau lieu de travail. Il se situe à Port-la-Nouvelle, bourgade industrielle à huit kilomètres de La Palme. La période des vacances scolaires permet à Julian de découvrir les quatre coins du village et de se familiariser avec son voisinage de retraités. Sa saison rugbystique avortée avec son équipe du Lévézou, il effectue un footing sur les sentiers mêlant terre et cailloux pour garder la forme et rester affûté. Les écouteurs sur les oreilles et casquette fétiche sur la caboche, il dévale la garrigue, traverse la pinède jusqu'au milieu des vignes, tout en rêvant aux souvenirs qu'il partage avec Aurore. Ce jeune homme séduisant, cheveux mi-longs, châtains, avec une allure élancée et endurante faisait de lui un des trois-quarts centre les plus craints de sa poule évoluant en Midi-Pyrénées. Ginestas foule la traverse menant à Leucate. Il dépasse le célèbre camp naturiste *Le Lit Oral*. Certains le nomment *Le Petit Cap d'Agde*. Cinq minutes plus tard, il croise Mickaël sur son tracteur. Au vu de la remorque tirée, la Tique, blond aux yeux clairs traite les cépages. Sans tramontane, ce sont les conditions idéales pour soufrer la vigne. Un grand bonjour s'échange par un geste de la main. Il poursuit sa course. Cette rencontre spontanée lui fait penser à la soirée d'anniversaire de Nathan Homps, qui approche à grands pas. Ce sera l'occasion d'élargir ses contacts.

En ce samedi, la météo est clémente pour la fête de Nounours. Ce dernier récupère Julian dans une vieille Fiat Tempra. La bringue se déroule à La Valentine, un regroupement de terrains et de jardins à l'extérieur du village situés non loin des salins. Nathan sourit quand il aperçoit son nouveau camarade grimper dans la voiture.

— Tu es bien sapé, avec ta chemise, ton jean et tes mocassins, c'est dommage !

— Pourquoi ? Ton anniversaire doit être fêté dignement.

— Va te changer, tu me remercieras demain.

— Non, allons-y. Il ne faudrait pas que tu sois en retard à ton propre anniversaire.

— OK, c'est toi qui vois, mais ne dis pas que je ne t'aurais pas prévenu. Allez, c'est parti !

Le jeune arrivant stresse un peu de faire connaissance avec tous ces gens. Quarante personnes sont annoncées.

Rien n'est loin à La Palme. Il ne faut que quelques minutes pour arriver à la Valentine. Nathan ouvre le cadenas qui condamne le portail, rouillé jusqu'à la moelle. Il gare le véhicule entre deux arbres. Le fils de Nadine retire deux glacières du coffre. Tout est déposé sur une grosse table en pierre entourée d'énormes bancs de bois au milieu du terrain. On entend des klaxons au loin. Les premiers invités sont sur le point de débarquer. Le défilé débute. Un homme s'extrait de son 4X4, la trentaine, un mètre quatre-vingt-dix, costaud, crâne rasé. Il est impressionnant. À son allure, il se fondrait parfaitement dans la masse d'un groupuscule néonazi. Il salue Sieur Ginestas avec courtoisie et lui glisse :

— Tu n'as pas la tenue adéquate !

Alonzo Quintillan, solide rasé et tatoué sur une bonne partie du corps salue le nouveau. Julian, ravi de ces premières rencontres, décompresse et se décontracte mais il ne se doute pas encore que cela ne va pas durer.

Le gaillard est suivi de près par Olivier et d'autres

célibataires de la bande. Puis des couples accostent. Les présentations se font au fur et à mesure. Samantha et Léo, Alice et Mickaël se font connaître. La valse des invités se poursuit. Par ailleurs, Léo et Mickaël sont frères. Ce n'est pas évident d'assimiler cet afflux d'informations en si peu de temps ! Julian est conscient qu'il ne retiendra pas tout ce soir. Jimmy Lanet arrive sur son vélo, chantonnant du Grégory Lemarchal. Il possède un physique plutôt frêle et un visage peu avantageux. Ces quatre poils sur le visage laissent penser qu'il vient d'intégrer l'académie des djihadistes prépubères. Il reste le copain un peu juste mais qu'on aime bien. Il n'a pas eu une enfance facile.

— Attention Jim, derrière toi ! s'écrie Damiano Ornaisons.

Paniqué, il se retourne, perd l'équilibre et tombe de la bicyclette. Jimmy comprend que c'était un piège, une fois de plus.

L'ensemble des jeunes explosent de rire. Julian saisit rapidement qu'il s'agit en réalité de la tête de turc de toute une génération.

— Ah ah, très drôle, murmure Jimmy, vexé.

— Sans rancune Jim ! répond Dam, tendant la main à sa victime étendue au sol.

L'apéro est servi. Le muscat, la bière et le rosé occupent une place prépondérante sur l'autel autour des cacahuètes, chips et autres tapas. Alonzo Quintillan s'occupe de la musique. DJ à ses heures perdues, il distribue les disques dans le lecteur CD de son 4X4. Avec le coffre ouvert, le son s'échappe et inonde la parcelle festive. La braise et les grillades sont gérées par Olivier Mirepeisset. L'intello à lunettes de la bande concocte ventrèches, saucisses, merguez et autres camemberts pour ses camarades. Le nouveau se sent bien mais pas complètement à l'aise. Les anecdotes des uns et des autres paraissent être du charabia. Nathan et sa petite amie, Claire, s'efforcent de l'intégrer et de le présenter plus en profondeur à tous. La même rengaine est déployée à chaque présentation :

— Je m'appelle Julian, j'ai vingt ans et j'arrive de l'Aveyron. Ma mère et moi avons déménagé pour son boulot. J'étudiais le journalisme à la fac de Rodez et j'intègre Narbonne la semaine prochaine.

Ce dernier finit par être plus sûr de lui. Force est de constater qu'il connaît et maîtrise son petit discours désormais. Désinhibés par l'alcool, l'ensemble des convives se mettent à chanter, à rire ensemble, à danser même. Après avoir dragué en vain, Jimmy s'associe à une chorégraphie désorganisée. Il n'est pas si naïf que ça. Il sait que lorsque l'on rit de lui, cela permet d'attirer l'attention et de se faire remarquer. Il n'est pas si candide, il est conscient que les petites moqueries récurrentes sont devenues comme une habitude, une coutume, une routine. Mais bon, peu importe après tout, il s'en fiche désormais.

Soudain, Nounours sonne le gong. Tout le monde se tait. Il déplie une piscine en plastique qu'il est allé chercher dans un cabanon. Il proclame tel un gourou :

— J'annonce les festivités de mon vingt-quatrième anniversaire, ouvertes !

Durant le gonflage automatique puis le remplissage de la fameuse piscine, Julian comprend les avertissements de Nathan sur la tenue qu'il porte. Les invités finissent tous dans le bassin, de gré ou de force. L'offrande des cadeaux en faveur de Nounours fait patienter l'assemblée. Il enchaîne l'ouverture des présents : polos, ballon, places pour la coupe du monde de rugby qui a lieu en septembre sur le sol français. S'ensuivent la bise et les remerciements de l'hôte, adaptés pour l'occasion. L'eau a atteint un niveau satisfaisant. La baignoire géante est prête. Nathan ouvre le bal. Il ôte quelques fringues, pas toutes. Il prend de l'élan, s'élance tout en étant aspergé de différentes liqueurs au passage, décolle, et achève sa course dans la piscine avec un magnifique plat.

Olivier et Alonzo représentent le jury et annoncent les notes. C'est un formidable sept, on se croirait à l'école des fans. Dès lors, les invités enchaînent. Un par un, filles et garçons finissent dans le bassin. Alice prétexte un rhume. Aucun souci, deux gonzes arrivent, la soulèvent et courent jusqu'à atterrir dans la baignoire géante. D'autres femmes regagnent l'eau. Elles s'amusent, se caressent avec volupté, s'embrassent délicatement. Certaines perdent le haut du maillot, ce qui n'a pas du tout l'air de les déranger. L'une se penche et lèche avec gourmandise le sein de sa camarade. Une troisième, poitrine nue aux tétons frétillants se joint à ses copines et glisse son index dans la bouche de son amie, faisant des allers-retours à la manière d'une provocante gâterie. Un gonze au physique avantageux débarque et se glisse derrière cette dernière. Son bas-ventre est encastré entre les reins de la demoiselle. Il glisse ses mains fermes sur les mamelons tout en pourléchant la nuque sensuelle de la belle rousse. Tout sourire, elle se retourne et l'enlace comme une affamée, seins appétissants contre pectoraux saillants. Julian bade la scène. Il n'en croit pas ses yeux. Il se croirait presque dans une adaptation d'un film au milieu de campus américains.

— Excusez-moi les amis mais je bouillonne. Je m'absente un instant, je vais faire un tour avec Alice dans la garrigue. On a trois spécialités ici : le cul, la bouffe et le cul et désolé mais je suis boulimique, chuchote la Tique à ses proches camarades au milieu de la piscine.

Le couple se retire puis s'éloigne et grimpe dans leur voiture, direction un endroit plus calme. Dans cette ambiance chaude et plus que conviviale, une voix s'élève au-dessus de ce brouhaha sans savoir à qui elle appartient :

— Chopez le nouveau !

L'apprenti journaliste n'a que quelques secondes pour retirer ses habits d'une élégance rare : c'est une véritable mêlée qui fond sur lui. Chaussure gauche, chaussure droite, pantal… boom ! Julian est plaqué, capturé. Sans se débattre, il accepte le sort fatalement, avec grand plaisir finalement et termine dans l'eau à son tour. Une fille s'accroche à lui et l'embrasse, à la Audrey Hepburn dans *Diamants sur Canapé*. Surpris durant une fraction de seconde, il s'extrait de la piscine. Il est trempe, digne d'un calamar blotti au sein des profondeurs du Golfe du Lion. Nounours s'approche, verre tendu en direction du jeune Ginestas.

— Bienvenue à La Palme, le nouveau ! s'écrie Nathan Homps.

Julian ne pensait pas que son intégration se ferait aussi rapidement qui plus est, sans avoir la moindre pensée pour Aurore. Cela faisait très longtemps qu'il n'avait pas passé une soirée aussi délirante.

Dans la foulée, Jimmy saute et surprend tout le monde en effectuant une bombe au milieu des demoiselles restées dans le bassin. Elles n'apprécient guère cette action et lui font savoir. Jimmy comprend que si c'était un autre mâle, aucune remarque n'aurait été faite. Seulement, c'est beaucoup plus facile de s'en prendre à lui. Tous ces breuvages alcoolisés mêlés à cette libido décomplexée le désorientent. Ce n'est plus en phase avec ce qu'il ressent.

La séance d'aquagym terminée, la folie retombe. Les filles se regroupent autour de Constance Cascastel et discutent entre elles. Il semblerait que le sujet soit centralisé autour du film *La Môme* avec Marion Cotillard, sorti il y a peu de temps. Le duo Alice-Mickaël revient de son escapade romantique, tout sourire. Le journaliste en herbe se dirige fièrement vers le groupe des hommes, un verre à la main, un de plus. La discussion est différente, elle est plus terre à terre, moins intellectuelle. Le TOP 14 captive les conversations. Quelle formation est la meilleure au sein de l'élite rugbystique française ? Le Stade Français de

Skréla pour certains et notamment pour Julian. Les frères Nébias, Léo et Mickaël ont fait du Stade Toulousain avec l'ailier Heymans, leur favori. Pour Damiano et Olivier, c'est Rougerie et Clermont qui iront jusqu'au bout. On refait les matchs, on décrypte les résultats. Alonzo dévie sur le foot avec la domination écrasante de Lyon et les mauvais résultats des canaris nantais. Les gars demandent au nouveau s'il est prêt à reprendre le rugby dans le coin. Le sport est comme une drogue pour le jeune Ginestas. Bien évidemment, c'est un excellent moyen de se défouler et d'évacuer le stress. En outre, il n'y a pas meilleur vecteur d'intégration. Mais quel club choisir ? À La Palme, pas d'équipe. Tous les jeunes Palmistes grossissent les rangs des clubs voisins. Alors chacun prêche pour sa paroisse. Nounours et d'autres l'invitent à découvrir l'entente Sigean-Port-la-Nouvelle. Les enchères se poursuivent. Olivier et les Nébias promettent des troisièmes mi-temps de folie à Leucate. Damiano Ornaisons et Alonzo l'incitent à venir à Peyriac-Bages, club familial où il fait bon vivre avec de gros objectifs. Il ne pensait pas être tant convoité. C'est à présent à d'autres camarades de vanter le petit billet à la fin du mois s'il rejoint Portel.

Un éclair illumine l'esprit enivré de Julian : « Avec le potentiel numérique du village, pourquoi n'y a-t-il pas d'équipe ici ? » Il se lance et pose la question :

— Messieurs, vous possédez une sacrée bande de potes alors pourquoi vous ne jouez pas sous le même maillot, celui de La Palme ?

3

Les bavardages cessent illico. Même les filles, plus loin, se taisent. Les sourires disparaissent promptement. Le mutisme prend place durant un bref instant semblant durer une éternité. Même la musique d'Alonzo déraille. Le futur journaliste saisit qu'un sacré malaise vient d'éclore et qu'il en est le responsable.

— Ne parle pas de ce que tu ne connais pas, lance Mickaël, les yeux baissés.

— Explique-moi alors, je ne demande que ça !

Damiano prend le relais :

— Ne va pas trop loin. C'est comme ça, point final. Jimmy, rare sobre de la soirée s'invite à la conversation :

— Allez les mecs, il faut lui expliquer. Il vient d'arriver.

— Si tu l'ouvres Jimmy, je te décalque à un point que même ton oncle te donnera de la soupe avec une paille, souffle Damiano.

Il semblerait que la confidentialité de ce trouble soit très importante voire vitale. Nathan, dégoûté par la tournure des événements, murmure :

— La fête est finie.

Son regard se pose sur Julian, lui faisant comprendre qu'il a commis une erreur mais conscient qu'elle est involontaire.

Les jours passent et le jeune Ginestas cogite comme au premier soir de son intégration ratée. Qu'a-t-il pu se passer d'aussi horrible pour que les langues ne se délient pas ? Il a bien tenté de se renseigner auprès de ses voisins mais rien n'y fait. Rien n'émane. Dès que le sujet est abordé avec la famille Treilles, cette dernière a rapidement pris de la distance, agacée. Bis repetita chez les Saissac, proches riverains du troisième âge. Le jeune homme explique la situation à sa mère. Lucide, elle souhaite éviter une détérioration des relations. Finalement, ce n'est pas si facile de s'intégrer. Nadine soumet l'idée de convier quelques jeunes chez eux, afin d'apaiser les tensions.

Aussitôt dit, aussitôt fait. Il lance les invitations via Nathan. Avec une pendaison de crémaillère, le prétexte est tout trouvé. Les hésitations levées, l'ensemble des convoqués valident leur venue pour le lendemain. Le fils de Nadine va la jouer finement. Il n'abordera pas le sujet sensible directement. Il n'aurait jamais imaginé être attiré comme cela par sa nouvelle vie. C'est un peu comme si une force imaginaire tentait de l'agripper. Les maigres coups de téléphone avec Aurore sont de plus en plus espacés comme si cette attraction chimérique l'éloignait de son passé.

◈

Nous sommes vendredi soir, la sonnette de la porte d'entrée retentit. Nathan ouvre le bal des arrivées avec une bouteille de muscat. Ici, on n'arrive jamais les mains vides. Quelques instants plus tard, Alonzo et Olivier débarquent. S'ensuivent Mickaël-Alice et Constance. Nadine décide de laisser la jeunesse entre elle et s'isole au premier étage. Julian remercie les Palmistes et s'excuse d'avoir gâché la fête. Il promet de ne plus remettre cette fameuse conversation sur le tapis. Mickaël rétorque :

— Moi aussi, je tiens à m'excuser. Je me suis emporté. Puis on voit que tu fais des efforts.

Soulagé de la réaction, Il lance divers sujets sur la table. Sport, People, tensions islamistes au Moyen Orient. Après quelques verres, l'ambiance est détendue. On plaisante, on rigole. Nounours coupe d'un ton affirmé :

— Écoute Ju, on s'est mis d'accord avant de venir chez toi. On va t'ouvrir la brèche sur des événements tragiques qui ont eu lieu au village, il y a vingt ans.

Julian montre son air le plus surpris mais bouillonne de satisfaction en son for intérieur. Son plan fonctionne. Prendre une attitude détachée sur un sujet est le meilleur moyen pour qu'un tiers en parle. C'est Constance, la petite amie de Benjamin Bélesta qui s'y colle :

— Toute cette horreur se déroule autour de l'équipe de rugby palmiste. Nous sommes en août 1987. Trois mois auparavant, notre équipe remporte son deuxième bouclier régional et finit champion de France, en deuxième série. L'ambiance est au beau fixe. Malheureusement cela ne va pas durer. Fort d'un potentiel qui laisse entrevoir une nouvelle saison exceptionnelle, l'équipe va vite déchanter. André Ribaute, arrière de qualité, est tué pendant les vendanges. Le moral de l'équipe est touché ; ça se comprend. En novembre, c'est le pilier Jean-Pierre Azille qui quitte définitivement ses copains. Je te laisse imaginer l'ambiance. Cela aurait pu être des décès accidentels si seulement, il n'y avait pas eu un détail commun à chacun. Le même objet était retrouvé dans leur bouche. Un médaillon je crois.

— Un porte-clés, en fait, coupe Alonzo, l'air grave.

Constance reprend :

— Quelques semaines plus tard, avant Noël, Anselme Villardebelle dit *la poutre* est retrouvé dans la garrigue, sans vie. À ce moment-là, certains joueurs venus d'autres patelins, quittent le navire, avec la peur d'être le prochain. En janvier, Daniel Bugarach subit la loi du tueur, à Port-la-Nouvelle. Au mois de mars, le Président du club Dernacueillette est proche d'y passer. Une voiture lui fonçait dessus mais il a pu l'esquiver. Enfin, l'ailier Espezel est retrouvé devant son domicile, la tête brisée. Cinq morts en six mois quasiment au sein de l'équipe de rugby. Après ça, les dirigeants décident de stopper la compétition. Les meurtres ont cessé par la suite. Y a-t-il un lien de cause à effet ? Personne ne peut l'affirmer. Et plus personne n'eut la motivation, le cœur, de relancer l'équipe l'année suivante. Le club de l'EOP fut plongé dans le sommeil.

Julian est stupéfait :

— La police a chopé ce salaud ?

Alice, la petite amie de Mickaël Nébias était la nièce d'Anselme Villardebelle. Elle répond la gorge serrée :

— Aucune piste pour la police. Aucune empreinte, aucun indice. Si tu veux plus de détails, essaye de rencontrer Henri Cascastel. C'est un peu l'historien du village. Il est au courant des moindres informations. Il habite place Général de Gaulle, non loin de chez toi. N'est-ce pas Constance ?

Cette dernière sourit et acquiesce.

Après de telles révélations, le jeune Ginestas est abasourdi. Ces divulgations sont comme un rite de passage pour devenir Palmiste. Il comprend la force de ces propos. Un simple merci mais lourd de sens ponctue la discussion. Tous les invités décident de quitter leur hôte avec un sentiment de soulagement. Cela fait du bien d'évacuer des douleurs enfouies, même si au moment de la catastrophe, Nathan et ses amis n'étaient pas bien vieux. Nadine, redescendue entre-temps, n'a pas perdu une miette de l'ensemble de la discussion derrière la cloison. Ces jeunes sont allés trop loin. Il faut qu'elle parle à son fils. Mais ce n'est jamais le bon moment. Un si lourd secret ne pourra pas rester au fin fond de son esprit pendant bien longtemps. Elle a peur de sa réaction. Il risque d'être plus qu'abasourdi ! Il pourrait lui en vouloir.

Vite, les convives se retirent. Nadine se camoufle derrière l'armoire du grand hall, pour ne pas se faire repérer. Une fois la porte d'entrée refermée, Julian n'en revient toujours pas. Pourtant, il décide de rencontrer ce fameux érudit. Ce monsieur Cascastel, acceptera-t-il de confier les plus petits détails à un étranger ? Sa curiosité vient d'être attisée, il ne peut pas laisser filer cette occasion. Ce n'est pas pour rien qu'il étudie le journalisme. Puis, il sent une faille chez Nathan et les autres. Tous souhaiteraient porter la même tunique sur une pelouse, c'est indéniable. Même si aucun n'ose se l'avouer.

4

Le lendemain, Julian petit-déjeune en vitesse. Il a tourné toute la nuit dans son lit. Il veut tout savoir, de A à Z. Mais ce monsieur Cascastel, sera-t-il d'accord de confier ses secrets à un inconnu ? Quoi qu'il en soit, le jeune Ginestas file directement place Général de Gaulle. Il se trouve devant le domicile d'Henri. Il ne pouvait pas le louper. Le nom de Cascastel rédigé au feutre noir, dévore la boîte aux lettres à la teinte blanc rouille. Une demeure austère et inquiétante donne un ton angoissant. Il respire un bon coup et sonne. Quelques secondes plus tard, une voix caverneuse se fait entendre :

— Qui est là ? Si c'est pour refaire la façade, c'est pas la peine. Je n'ai pas d'argent à gaspiller.

— Bonjour Monsieur, je m'appelle Julian Ginestas. Je viens d'emménager…

— ...entre, et claque bien la porte derrière toi, interrompt-il.

L'apprenti journaliste s'aventure tout doucement dans le sombre vestibule.

— Je t'attendais. Pas si tôt, mais je t'attendais. Entre dans le salon, j'arrive.

Surpris, il pivote sur sa gauche, pénètre dans la pièce, s'avance mais n'ose pas s'asseoir sur un des fauteuils.

Henri entre à son tour dans le salon :

— Souhaites-tu un café ?

— Non merci, c'est gentil, je l'ai pris il y a peu de temps.

— Tant mieux, répond Henri. Je n'en avais plus de toute façon. C'était pure politesse. Alors comme ça, tu voulais me rencontrer. Je suis déjà au courant, ma petite-fille m'a averti à la première heure ce matin. Heureusement que je suis un lève-tôt. Sache que si ce n'était pas elle qui me l'avait demandé avec insistance, tu n'aurais pas eu le temps de sonner, que tu aurais déguerpi comme une antilope flairant l'arrivée du félin. Je n'aime pas les étrangers. Mais il semblerait que tu sois digne de confiance d'après elle. J'espère qu'elle ne s'est pas précipitée. On ne peut pas dire que l'on connaît les gens au bout de deux ou trois rencontres. Ne me déçois pas alors. Asseyons-nous, mes os me font souffrir. Bon, tu veux savoir ce qui s'est réellement passé il y a vingt ans, alors écoute attentivement. La presse avait récupéré, je ne sais comment, les rapports d'enquêtes dévoilant le déroulement des crimes. Je vais entrer dans les moindres détails. Une fois que tu sauras, tu ne pourras plus faire machine arrière.

Julian coupe Henri :

— Pardon, mais qui est votre petite-fille ?

— Est-ce le plus important ? Je te le dirai en temps voulu. Évite de m'interrompre désormais, répond Henri, agacé.

Le jeune homme est intimidé par cet individu de petite taille, mais trapu comme un taureau. Le visage buriné, la moustache mal taillée et son crâne dégarni lui donnent un air sévère et aigri.

— L'Espoir Olympique Palmiste a tout pour réussir et faire rayonner la région. En plus d'être un magnifique village, entre garrigue et mer, il y fait bon vivre. Le rugby est une religion. Le dimanche, on va à la messe le matin puis au stade l'après-midi. L'équipe reste sur un double titre régional national. L'ossature est à 80 % locale et le reste est composé de collègues de villages alentour. La reprise du mois d'août est studieuse mais dans une ambiance de folie malgré un temps frileux pour la saison. C'est assez surprenant d'ailleurs. Les locaux viennent d'être refaits par la municipalité. Club-house et vestiaires sont flambant neufs. Tout est fait pour que l'équipe poursuive son ascension et ses bons résultats. Le championnat débute quelques semaines plus tard avec la réception de Villeneuve-la-Comptal, club du Lauragais. Une victoire acquise facilement, me semble-t-il. Puis les vendanges débutent avec du retard à cause d'une météo capricieuse. On est autour du 20-25 septembre pour le muscat petit grain. Les vignerons mettent le rugby entre parenthèses pour se consacrer au fruit de leur labeur. Notre arrière André Ribaute est un des viticulteurs de l'équipe. Après une grosse journée à cueillir le muscat, enfin mûr, si je ne dis pas de bêtises, André vide la dernière benne de la journée à la cave coopérative. Puis il rentre chez lui pour nettoyer son matériel. Il réside face au groupe scolaire Jean Prat. Et dire que maintenant se trouve une pizzeria à la place de sa cave. Pff, pauvre France ! Soit, je reprends. Le soleil se couche mais André continue à bricoler chez lui, portail grand ouvert comme à son habitude. Les badauds circulent et le saluent, rien d'exceptionnel en somme. À l'époque, on discutait. Pas comme maintenant, vous les jeunes vous êtes pendus à vos téléphones et à votre internet. Soit, André se trouve sous son tracteur afin de vérifier d'où provient cette petite fuite qui l'ennuie. C'est alors que le frein du tracteur lâche, les roues de l'engin finissent par écraser les entrailles de Dédé. Les hurlements de douleur alertent son épouse, Maryline. Mais le temps d'arriver, André était mort. Pour tout le village, il s'agissait d'un malheureux accident. La famille d'André avait caché un détail que seuls le docteur du village Marcel Feuilla, le garde champêtre Raymond Douzens et la gendarmerie de Port-la-Nouvelle connaissaient. Pour les besoins des investigations, les enquêteurs ont dissimulé un fait majeur : André avait reçu dans sa bouche, un porte-clés en forme de ballon de rugby. Ce n'était pas un accident. Le frein du tracteur n'avait pas cédé tout seul. Sur place, aucun indice sur le meurtrier. On pense alors à un règlement de compte, une affaire personnelle, mais André n'était pas quelqu'un à histoire.

Henri reprend son souffle.

— Attends jeune homme, je vais boire un verre d'Hépar, j'ai la langue qui patine et le transit intestinal qui déraille.

Après une petite pause, Henri poursuit :

— Le détail du porte-clés, les villageois l'apprennent lors du second « accident ». Il y a eu des fuites, les médias ont commencé à pointer leur nez. De vrais rapaces avides de scoops. Les pouvoirs publics ne pouvaient plus rien dissimuler. Jean-Pierre Azille notre pilier et vice-capitaine, est un peu léger pour son poste mais il compense par la vaillance. On l'appelle *la sangsue*. Il s'accroche et ne lâche jamais. Après la cérémonie du 11 novembre au Monument aux Morts, il décide de poursuivre un chantier chez monsieur Espéraza pas loin de la cave coopérative viticole. C'est un excellent maçon et très disponible. Bien qu'il soit assez arrogant, c'est quelqu'un avec le cœur sur la main. Il a les clés du propriétaire car Espéraza est en cure pour soigner son psoriasis. La sangsue doit achever un bout de clôture. Le rapport du lieutenant Saint-André, en charge de l'enquête dont les informations ont été récupérées par la presse, explique le déroulement de l'incident. J-P lance la bétonnière, effectue le mélange de mortier, coule dans la brouette, et attaque le montage des parpaings. Une fois achevée, il attaque un second cycle. Tout à coup, il semble être attiré dans la remise, par un bruit suspect peut-être. Il va jeter un œil, passe la porte et reçoit un violent coup au visage. Un coup de pelle apparemment. Jean-Pierre est assommé. Des traces de sang laissent penser qu'il a été traîné jusqu'à l'extérieur à hauteur de la bétonnière. Une heure passe. Le voisin José Lanet, neveu du garde champêtre rentre chez lui. Il découvre la scène macabre du premier étage qui surplombe le terrain de monsieur

Espéraza. Malheureusement son petit garçon, Jimmy, aperçoit le théâtre de l'horreur. Il est resté six mois sans dire un mot, traumatisé. Le pauvre gamin, il n'avait pas besoin de ça. Déjà qu'il n'a jamais connu sa mère. Elle s'est enfuie alors qu'il n'était qu'un nourrisson. Soit. Le garde Douzens et le docteur Feuilla, seul médecin exerçant à La Palme, sont contactés et interviennent rapidement chez les Espéraza. Le corps de J-P est retrouvé écrasé par la bétonnière, le gosier rempli de ciment. Le doc découvre dans la gorge obstruée, ce même porte-clés en forme de ballon de rugby.

Comme je te le disais, c'est à ce moment-là, que le village apprend la présence de l'objet. Les accidents sont requalifiés en meurtres. L'angoisse prend et se développe dans notre fief. On se méfie, on a des doutes. On organise même des patrouilles nocturnes, entre nous. Les rumeurs vont bon train. Pourquoi s'en prendre à deux jeunes trentenaires sans histoire ? Des joueurs de rugby, un porte-clés de rugby, quelle est la signification de tout ça ? Après André, c'est le tour de Jean-Pierre. L'équipe est démoralisée. Paradoxalement, le sport agit comme une sorte de thérapie et le club explose ses adversaires. Avec un cœur gros comme ça, Bizanet, Trèbes, Vinassan, Narbonne Plage et les autres mordent la poussière. La motivation s'appelle André et Jean-Pierre. On joue pour eux. Mais certains commencent à se dire : « Et si j'étais le prochain ? »

Quoi qu'il en soit, l'équipe tente de rester souder. Les fêtes de Noël s'organisent, dans un climat plus que tristounet. Anselme Villardebelle, gabarit monstrueux, aime chasser en garrigue tout ce qui se présente à lui. La législation, il s'en moque. Droit ou pas droit, il prend le gauche et va braconner. Il n'a pas beaucoup d'expérience mais c'est un des meilleurs du village. Le second de ligne est aussi bon dans un affût que lorsqu'il envoie des marmites sur le terrain. La poutre tient un rôle de papa dans l'équipe, du haut de ces quarante-huit printemps. Entre la chasse et le rugby, il a une troisième passion : la bibine. C'est devenu un alcoolique notoire qui a la main leste sur sa femme et ses enfants soi-disant. Ce jour-là, à l'aurore, il débarque sur le secteur des Pins de la Bélina pour cibler le sanglier. En contrebas, les vestiges du hameau moyenâgeux Glabanel apparaissent, se mêlant entre la pinède et les vignes. Hop, il repère sa proie au bout de demi-heure de marche. Sous ses vêtements camouflés de vert et de marron, il avance, lentement. Il arme son fusil à l'épaule. Il prend sa respiration. Il vise. Il glisse le doigt le long de la queue de détente. Mais un craquement de branche fait fuir le gibier lorsqu'il déclenche le tir. Zut, la bête est blessée mais a réussi à s'enfuir. Ce n'est pas Anselme qui a fait du bruit. Il se retourne mais ne remarque rien. Il décide de suivre la coulée de sang qui devrait le mener à l'animal. Cent cinquante mètres plus loin, il quitte le chemin escarpé, pour s'enfoncer dans le maquis. Il suit toujours les traces rouges échappées du gibier mourant. Enfin, la cible est retrouvée. Le jeune adulte pèse environ soixante kilos. Il s'agit d'une laie en fait. Elle agonise. Anselme s'approche et l'achève d'une balle supplémentaire. Maintenant il faut la charger. Le poids n'est pas un problème, c'est plutôt l'encombrement. Il pose son fusil afin d'étudier la meilleure prise. Grosse erreur de débutant qui va lui coûter cher. Quelqu'un l'a suivi depuis le début. Celui-là même qui a fait fuir l'animal lorsqu'Anselme a cartouché la première fois. Cette personne récupère le fusil chargé et tire sur Villardebelle dans le dos, à trois mètres. C'est un groupe de randonneurs qui trouvent le corps dans l'après-midi. Pauvre de lui, il était ouvert comme un livre. Un cratère monstrueux au milieu de ses viscères. Enfin, de ce qui en restait. Et devine quoi jeune homme, le même porte-clés logeait dans sa gorge. Dès lors, la presse donne un surnom au tueur : *Le Boucher de l'Ovalie*.

Avant même le crépuscule, les gens ferment leurs volets, comme si un couvre-feu était mis en place. Les rues sont désertes. Les villageois doutent, se posent des questions. Ils n'ont plus confiance en personne. Et si c'était l'œuvre d'un détraqué jouant dans un club adverse ? Personne n'en parle directement mais même le docteur Feuilla et Raymond, le garde champêtre sont des suspects. Leurs rapidités d'intervention font jaser. Beaucoup de rumeurs sont lancées sans réel fondement. Une rumeur, quoi.

Julian n'en revient pas, il se croit dans un vieux polar. Henri s'abreuve une nouvelle fois. Ils sont interrompus par la sonnette de la porte.

— Un instant, je te prie.

Sieur Cascastel se lève avec difficulté et va ouvrir. Le facteur lui apporte son courrier. Le fils de Nadine en profite pour observer la pièce. Des gibiers empaillés se mélangent aux cadres photos poussiéreux. Le vieil homme semble avoir joué au rugby à son époque. Il devait être chasseur également. Des photos de famille et des images avec ses vieux camarades tapissent les murs craquelés.

Henri revient et s'installe à nouveau dans son vieux rocking-chair.

— Où en étais-je ? s'interroge le vieil homme.

— Le meurtre d'Anselme à la veille de Noël.

— Ah oui, merci. Bon, nous sommes maintenant en janvier et la période des fêtes a été un peu plus assombrie avec ce troisième décès. L'angoisse envahit joueurs et dirigeants. C'est compréhensible. Notre demi de mêlée, Daniel Bugarach est le charmeur du club. Avec sa gueule d'ange, les femmes en pincent pour lui. Ce Nouvellois bosse dans les travaux publics au sein de l'entreprise Valey. Chef d'équipe, il n'est pas dénué d'intelligence. Alors qu'il effectue des heures supplémentaires sur une exploitation à Durban dans les Corbières, il rentre au dépôt, seul, dans son camion toupie, au soleil couchant. Tous ses collègues sont déjà partis. Il dépose les clés de l'engin dans la boîte aux lettres réservée à cet effet. Puis il va chercher sa Renault 15 garée à proximité du canal de la Robine. Sous le grincement de quelques péniches amarrées frappant les pontons, Daniel est cogné par-derrière, sur la tête, avec une bouteille en verre. Toujours conscient mais bien sonné, il est étouffé par un sac plastique entourant sa caboche. Son agonie dure moins d'une minute. L'agitation fait sortir un plaisancier de son bateau. Surpris, le tueur s'enfuit. Mais c'est trop tard pour Daniel. C'est la première fois que quelqu'un l'aperçoit. Une vague description d'un homme de taille moyenne avec une carrure fine sera le premier indice concret mais bien maigre. Et toujours le porte-clés présent dans la bouche.

Tous les joueurs des villages voisins s'arrêtent et repartent sous leur clocher respectif. La mort de Dany était l'avertissement de trop. L'effectif restant décide à l'unanimité de poursuivre la compétition, pour faire honneur à leurs défunts copains. Les résultats sont moins bons, mais ce n'est pas grave, l'Espoir Olympique Palmiste a de l'avance au classement. Nos adversaires n'étaient pas rassurés de franchir le panneau *Bienvenue à La Palme*. Ils venaient à reculons. Je me souviens même d'un dirigeant de Roquefort qui ne souhaitait pas fouler la pelouse de notre terrain par peur d'être contaminé par cette malédiction.

Quoi qu'il en soit, sous la houlette du Lieutenant Saint-André, la gendarmerie accentue ses patrouilles notamment les soirs d'entraînement et les jours de match. Au mois de mars, le Président du club, Jean Dernacueillette, dit *Jeannot* achève la fermeture de son restaurant situé aux salins du village, non loin de la plage du Rouet. Comme tous les vendredis, il file vérifier le moral de ses troupes au stade. Je me souviens d'une superbe Fuego décapotable, elle faisait rêver les jeunots. Donc, il arrive au stade, se gare sur le parking. Il descend de sa bécane à quatre roues lorsque deux boules jaunes et brillantes filent dans sa direction. Une voiture fonce sur lui. Il reste figé comme paralysé mais au dernier moment, le réflexe l'emporte et il se jette sur le côté. Le véhicule heurte sa jambe. Il boitera quelque temps mais rien de méchant. C'est la première victime qui s'en sort. Cela n'a pas dû plaire au boucher.

En effet, une semaine seulement après cet incident raté, René Espezel, petit ailier teigneux, quitte l'entraînement. C'est une tête brûlée qui a été virée de l'armée pour avoir démoli son instructeur. C'est le genre de garçon qui fonce d'abord et qui discute après. Pourtant il était loin d'être idiot. On l'appelait *la machine*. Il est agressé sur le parking et sera retrouvé chez lui le soir même, mort et défiguré. L'assassin l'a tué à coups de barres de fer. Et tout ça, à côté du stade. Le boucher a pris soin de transporter le corps dans le coffre de sa voiture jusqu'au domicile du pauvre Espezel. Là, ce pervers a ouvert la malle, puis a carillonné à la porte avant de s'enfuir. Surprise par la sonnerie à une telle heure tardive, la petite amie de René repère par la fenêtre, la Peugeot 205 de son mari, coffre ouvert. Enceinte de sept mois de jumeaux, elle ouvre la porte et sort devant la maison, non sans difficulté. Elle s'avance et s'approche du véhicule tous phares allumés. Son cri retentit dans tout le village lorsqu'elle fait la macabre découverte. Du choc subi, elle perdra ses bébés je crois. Elle a fui de La Palme dans la foulée et elle n'a plus donné signe de vie. Comment peut-on se remettre d'une telle épreuve ? Quoi qu'il en soit, le docteur Feuilla retrouve le porte-clés dans la gorge de René, comme pour les autres.

Après cet enchaînement de cataclysmes sordides, le maire de l'époque Gabriel Labastide en accord avec les dirigeants de l'équipe, décide d'arrêter la compétition. Tant de familles touchées par ces drames, les ressources morales n'existent plus. Il me semble que c'est l'US Maureilhan-

Montady, à côté de Béziers qui finira champion. Mais bon, ce n'est qu'un détail futile. Le lieutenant Saint-André a pourtant importé des grands experts parisiens, mais ils n'ont jamais réussi à trouver le *Boucher de l'Ovalie*. Les perquisitions, interrogatoires et autres n'ont rien donné. Pour connaître aussi bien les habitudes d'autres Palmistes, ce qui est sûr, c'est que le Boucher est un Palmiste. Est-il en vie ? Est-il parti ? Dieu seul le sait. En tout cas, les meurtres ont cessé après celui d'Espezel concordant avec la fin du rugby à La Palme quelques jours plus tard. Voilà, je pense que tu sais tout.

Henri se ressert un verre d'eau. Puis il enchaîne :

— Ça m'a creusé l'appétit tout ça, tu veux grignoter ? J'ai de délicieuses rousquilles catalanes. Comme les femmes des Pyrénées-Orientales, elles sont dures en apparence mais fondantes à l'intérieur.

Julian est stupéfait, il est sonné. Dans sa tête, c'est comme s'il venait de faire un demi-échange avec le boxeur ukrainien Vladimir Klitschko. Il n'entend plus rien.

— Oh jeune, réveille-toi !

— Heu, pardon… dé… désolé… non merci.

Henri se lève et récupère un vieil album posé sur la table du salon.

— Tiens, regarde ces photos. Voici les victimes du boucher lorsqu'ils étaient en pleine possession de leurs moyens.

Il récupère les photos de rugby tendues par Henri. Il observe André, Jean-Pierre, Anselme, Daniel et René Espezel. Il passe sa main sur les clichés comme s'il était hypnotisé, attiré par une force invisible. Il ferme subitement l'album.

— En tout cas je vous remercie pour tout, je comprends mieux le malaise qui existe dans la cité. Je vais devoir vous laisser, j'attaque la fac dès lundi. Il faut que je prépare une tonne de formalités.

Il se lève et salue une nouvelle fois Henri avant de passer la porte.

— Pour ton information, le maire Urbain Monséret, songe à remonter une équipe à La Palme. Il pense que les gens ont assez souffert, et que cela pourrait être un nouveau départ pour le village. Si tu es intéressé, rencontre-le. Au fait ma petite-fille, c'est Constance. Constance Cascastel.

Julian acquiesce. Il sent la passion monter. Et si lui, l'étranger participait à la renaissance de l'Espoir Olympique Palmiste ?

5

— À nous de jouer maintenant ! hurle-t-il avec fougue.

Huit heures plus tôt

Il est huit heures cinquante à la montre de Julian. C'est la rentrée. La dernière ligne droite pour les étudiants. Encerclé par le stade de l'Egassiairal, temple dans lequel officie l'équipe professionnelle de rugby du Racing Club Narbonnais et la Polyclinique, Ginestas se trouve devant l'entrée de l'IUT de Narbonne. Il est statique, observant les élèves pénétrer dans l'enceinte. Il envoie un message à ses anciens camarades aveyronnais via son téléphone ainsi qu'à Aurore. Les contacts sont toujours aussi intenses, mais de plus en plus rares. Il file au secrétariat afin de récupérer son planning. Puis il erre le long du couloir et finit par accéder à l'amphithéâtre n° 2. Plusieurs groupes sont éparpillés dans la salle. Les jeunes discutent entre eux. Ils commentent leurs vacances qui viennent de s'achever et des partiels arrivant à grands pas. Une fille sort d'un attroupement, grimpe les cinq marches qui lui manquent pour arriver au sommet de la pièce et s'approche du nouveau, avec un grand sourire.

— Salut, tu es Julian, il me semble.

— Exact, comment le sais-tu ? répond-il, étonné. Attends, on s'est déjà vus, non ?

— Bien sûr. Je suis Léana, de La Palme. J'étais à l'anniversaire de Nounours. Tu étudies le journalisme alors, c'est top. J'avais zappé mais c'est vrai que tu nous l'avais soufflé. On pourra faire du covoiturage, tiens ! Viens avec moi, je vais te présenter mes camarades.

Léana Granès est sympathique mais bavarde. Il n'a pas le temps de placer un mot, mais au moins il déstresse. Il fait connaissance avec Toanui Tita, boxeur maori couvert de tatouages, venu de Polynésie. Il n'est pas grand, mais sacrément solide. Il aurait de quoi converser avec Alonzo Quintillan au sujet de leurs tribals respectifs. À côté se trouve Laurent Hounoux. Il possède la raie au milieu des cheveux, et sa paire de lunettes lui donne des allures de geek. Il serait très bien assorti avec Olivier Mirepeisset ! Enfin, il rencontre Julie, petite blonde typée, métissée qui lui fait penser étrangement à Aurore ; son charme ne le laisse pas indifférent.

Le maître de conférences pénètre dans l'enceinte. Les étudiants se taisent et s'installent en silence. C'est un excellent professeur âgé d'une bonne quarantaine de printemps, dont les hommes sont fascinés par ses compétences et les femmes aussi, mais aussi par son physique avantageux. Il s'appelle Roger Gruissanot. Il est reconnu pour avoir publié une demi-douzaine d'ouvrages, sur des investigations dans les quartiers nord de Marseille, sur des immersions en zones à risques liées à AQMI. Julian a validé facilement son premier semestre à Rodez. Il espère en faire de même avec la seconde phase, pour accéder à la deuxième année de Licence pro en techniques journalistiques pour les nouveaux médias. Le cours magistral commence. Le thème est *Connaissance et suivi de l'actualité*. Les élèves boivent les paroles du professeur durant plus de deux heures. Julian aussi, est captivé par les dires de Roger. La théorie mélangée à des exemples concrets donne du volume et de la contenance au cours. Et puis lorsque Gruissanot s'assoit sur un coin de son bureau ou au milieu des élèves, l'image de proximité est validée. Il occupe l'espace. Le charisme de ce personnage plaît au nouvel élève. Ses oies participent au débat à travers un jeu de questions-réponses. Les cours sont interactifs, voilà pourquoi ce Maître Gruissanot remporte un si vif succès.

C'est déjà l'heure de la pause déjeuner. Léana invite le petit nouveau à se joindre à eux. D'habitude, ils se restaurent à la cafétéria, en face de l'IUT. Ce dernier accepte avec plaisir. Les filles, des étoiles plein les yeux, font le débriefing du cours de leur brillant professeur. Les garçons parlent du week-end sportif à la télé.

— J'ai trouvé le sujet d'aujourd'hui très enrichissant, souffle Julie.

— C'est vrai que le monde des médias et celui de la politique sont en étroite collaboration. Est-ce qu'un journaliste peut réellement être objectif ? répond Léana.

— Quand on voit que les grandes chaînes d'infos appartiennent à des hommes d'affaires, eux-mêmes baignant dans les partis politiques, il y a de quoi se demander s'ils ne s'immiscent pas dans les rédactions pour abonder discrètement dans le sens d'untel ou d'untel. Les téléspectateurs ne s'aperçoivent pas forcément des messages subliminaux. Ne pas faire de la mauvaise publicité sur Monsieur X en échange de petits arrangements, ça doit arriver.

— Ou au contraire, critiquer madame Y et appuyer là où ça fait mal. Tu en penses quoi Julian ? La corruption existe-t-elle dans ce milieu ? demande Léana.

— Désolé, j'essaye de suivre votre conversation et celle des mecs. Et c'est loin d'être évident. Tu disais ?

— Rien d'important. Ah ces garçons !

Les filles sourient et poursuivent leur dialogue. Julian pense que le silence est le plus beau bijou d'une femme, mais elle ne le porte jamais sur elle. Il ricane en son for intérieur. À propos de bijou, il ne peut s'empêcher d'admirer à coups de regards furtifs, la magnifique croix chrétienne montée de plusieurs rubis autour du cou de Julie. Au moindre rayon solaire elle scintille comme si elle éclairait l'âme bénie de celle qui la porte. Pour ne rien gâcher, le pendentif plonge dans un magnifique décolleté des plus sexy dont le jeune étudiant reste songeur et imaginatif.

Le repas terminé, les jeunes quittent le self. Léana dit à Julian :

— J'ai appris que tu souhaitais remonter l'équipe du village. Tu sais que ça ne sera pas une sinécure, mais je te soutiens. Je pense qu'il faut aller de l'avant et passer au-dessus de la tragédie qui nous a frappés.

Heureux d'avoir son premier appui officiel, il répond :

— Merci Léa, c'est cool. Par ailleurs après les cours, je m'arrêterai à la mairie. Il faut que je voie monsieur Monséret, il serait intéressé par le projet. Nathan m'a dit qu'il m'accompagnerait.

◈

Il est seize heures, la journée scolaire s'achève. Sur le parvis de la fac, Léana propose de ramener Julian dans sa Peugeot 206 grise métallisée. Il n'a pas encore le permis de conduire et ce matin, il est venu en bus pour sa première. Une heure trente de transport au milieu de collégiens, c'est pénible. Alors il accepte sans broncher. Nicolas, l'amoureux de Julie, attend sa bien-aimée devant l'établissement, confortablement installé dans sa voiture tuning. Une magnifique Seat Ibiza customisée. Bras pendant le long de la portière, cigarette cramponnée sur le bout des lèvres, ce trentenaire au visage hargneux est un jaloux maladif. Il n'apprécie pas la bise de départ entre cet étudiant et « sa » Juju. C'est un danger potentiel de plus pour la psychose de Nicolas. Le petit groupe se sépare.

Demi-heure plus tard, conduit par Léana, Julian arrive à La Palme devant l'Hôtel de Ville. Nounours l'attend. Ils entrent et demandent à la secrétaire, Jocelyne Mirepeisset, si le maire est disponible. Le jeune Ginestas reconnaît Olivier, l'intello de la bande, dans un cadre photo sur le bureau. Il comprend que ce dernier est le fils de Jocelyne. Le monde est petit décidément, surtout dans un village. Quel pléonasme ! Au même instant, le premier magistrat, escogriffe, la soixantaine, barbe épaisse et grisonnante s'extrait de son bureau afin de récupérer un document à la photocopieuse. Jocelyne lui demande :

— Monsieur le maire, ces deux jeunes gens souhaiteraient vous rencontrer.

Urbain Monséret est un maire à l'écoute et disponible. Il a la fibre politique et sait ce qui peut le faire avancer. Il dit :

— Bonjour, c'est à quel sujet ?

— Ça concerne le rugby local, répond Nathan.

— Patientez un peu, rétorque-t-il, gêné.

Après cinq minutes d'attente, le maire les introduit enfin dans son bureau :

— Que puis-je pour vous ?

Nathan, qui connaît le maire depuis tout petit, s'engage :

— Voilà, on veut remonter l'équipe de rugby. On sait que c'est un sujet tabou dans le village, mais il faut qu'on affronte nos démons, il faut aller de l'avant.

Urbain se tourne vers Julian :

— Je ne crois pas que nous nous connaissions.

— J'ai emménagé à La Palme il y a quelques semaines. Je suis au courant des tragiques événements du passé. J'ai fait connaissance avec Nathan et ses copains, je pense qu'il y a un potentiel énorme sur le village. Cette équipe pourrait faire rayonner le bourg dans toute la région. La Palme ne doit plus refléter l'image d'une bourgade chaotique dans l'esprit des gens. J'ai rencontré monsieur Cascastel. Il m'a expliqué.

— Et tu t'en es sorti vivant ? Henri n'est pas commode surtout avec les nouveaux arrivants. Il fait partie du conseil des Sages ; c'est un groupe de personnes expérimentées qui se réunit, lance des idées afin d'améliorer la vie locale. Le sujet a été abordé. Certains ne sont toujours pas prêts à revoir des matchs sur notre stade Jean Jalabert. Les stigmates ne sont pas refermés, mais je ne suis pas bloqué sur cette idée. Il faut que je l'étudie.

Julian est déçu par ce discours :

— Mais s'ils ne sont pas prêts maintenant, ils ne le seront jamais.

C'est un sujet sensible pour Monséret, sachant que dans moins d'un an, il y a les élections municipales.

— Néanmoins, j'en toucherai deux mots en conseil municipal ce soir. Je ne suis pas contre la reconstitution du quinze du palmier. La majorité me suivra à une condition : vous devrez trouver un bureau compétent et assez de joueurs pour vous lancer.

Julian retrouve le sourire :

— Merci Monsieur le maire. Merci beaucoup.

Il se lève et lui serre la main avec ferveur. Nathan est satisfait mais intériorise sa joie.

À la sortie de la mairie, Julian expulse sa joie. Il annonce à Nounours :

— À nous de jouer maintenant !

6

Les jours s'écoulent après l'entrevue avec le premier magistrat de la commune. Julian quitte Narbonne et retourne sur La Palme après une grosse journée à la fac. Il demande à Léana de le déposer chez Nathan. Sur le pas de la porte, il sonne. L'hôte lui ouvre puis ils s'attablent. Damiano Ornaisons joue le troisième larron. Toutefois, Il est surpris d'apercevoir une dame dans un milieu d'hommes.

— Salut Constance, je ne m'attendais pas à te voir. Merci de nous aider.

— C'est normal. La Palme est mon village et j'y suis très attachée. Tout ce qui peut aider à donner une belle image de notre fief, est pour moi capital. Tu verras, même les femmes ont de bonnes idées. Pour ta gouverne, un proverbe indien raconte : si tu enseignes à un homme, tu enseignes à une personne. Si tu enseignes à une femme, tu enseignes à toute la famille. Je te laisse cogiter !

— Ce n'est pas ce que je voulais dire, répond l'étudiant en journalisme, embarrassé.

— Je te charrie, rétorque Constance tout sourire.

Ils sont quatre à table pour cette première réunion tenue secrète. Nathan et Julian racontent leur entrevue avec le maire. Tout d'abord, une équipe sans joueurs s'avère plutôt compliquée. Les « quatre fantastiques » recensent les villageois qui pourraient composer le groupe. Ils sont classés en fonction de leur éventuel poste et selon leur gabarit. Avec des collègues venus de clubs voisins, ça devrait le faire. Après une bonne heure, trente joueurs dessinent l'effectif. C'est pas mal pour un début. Ils se penchent ensuite sur des potentiels bénévoles pour faire tourner la machine. Des noms sont gribouillés. Muscat et pizzas consommés, les jeunes pensent aux finances. Il faut dénicher des sponsors pour faire fonctionner la boutique. Et les voilà repartis sur la liste des commerçants du village. Ensuite, ils établissent un inventaire d'un éventuel soigneur ou plutôt soigneuse. Ah ! Ça rigole et ça fantasme !

— Eh, ça suffit les gars ! Pas la peine d'imaginer un tel scénario, bande d'obsédés. La Cicciolina a d'autres chats à fouetter, décoche Constance.

— Ou plutôt d'autres chattes, répond Damiano.

Les garçons ricanent. Constance tient un sourire bien plus réservé.

— Oh quelle finesse Monsieur le marquis de la poésie, rajoute la demoiselle.

— Au sein de la caserne des pompiers, il doit bien y avoir quelqu'un qui accepterait le job. J'en parlerai au chef de centre, lance Nathan, plus sérieusement.

— Ou alors, une infirmière ou kiné à la retraite. Ce serait l'idéal pour ce poste, réplique Damiano.

Il commence à se faire tard. Homps met un terme à cette discrète rencontre. Ginestas indique à ses compères, qu'il se renseignera au comité du Languedoc, basé à Narbonne, concernant les démarches à effectuer pour remonter une équipe. Nathan annonce à son tour qu'il rencontrera le maire afin de connaître l'avis du conseil municipal. Damiano annonce :

— Après le recueil de vos infos, nous devrons organiser une réunion publique et formelle.

Le quatuor se quitte d'un commun accord, devant le domicile des Homps. Soudain, un couinement se fait entendre et se rapproche. Damiano penche la tête et reconnaît Jimmy sur son vieux vélo. Ce dernier approche. Intrigué, il lance en ricanant :

— Vous faites des cachotteries entre filles ?

— Et toi, tu n'es pas encore au dodo mon petit ? lui répond Constance.

Malgré ses vingt-sept ans, Jimmy est d'apparence juvénile. Ce à quoi il ne manque pas d'être taquiné.

— Je te rappelle que tu attaques à six heures demain matin.

— Négatif, Miss Cascastel. Les RTT me tendent leurs bras. Bien tenté mais tu as perdu. Et puis c'est pas parce que tu es ma responsable au boulot, que j'ai des comptes à te rendre en dehors.

— Lanet, jamais tu ne passes ton permis ? À ton âge, se trimbaler à vélo, ça fait peine, ajoute Damiano.

— J'ai le permis mais pas les moyens de m'acheter une voiture. Je n'ai pas la chance d'avoir des parents qui me payent tout comme toi.

— On recherche un second de ligne. Tu es tellement solide que nous avons pensé à toi. Puis, avec ton mental d'acier, tu vas démonter nos adversaires ! Chabal n'a qu'à bien se tenir, renchérit l'Italien, habituel moqueur.

— Damiano, tu es fier comme d'Artagnan. Tu te bades et ça te perdra, rétorque Jimmy offensé.

— Fier comme Artaban tu veux dire, glousse Julian.

— Arta-quoi ? De toute manière, je m'en fiche. À plus, conclut Jimmy.

Il quitte le groupe avec vélocité par crainte d'une nouvelle humiliation. Le grincement de la bicyclette se fait de plus en plus discret jusqu'à ce qu'il disparaisse sous une légère tramontane. Julian repère une ombre lointaine, une silhouette familière à l'opposé de la rue.

— C'est qui lui ? demande-t-il.

— Ah ça, c'est Rachid… ou Mounir. C'est l'Arabe du village. Il est arrivé il y a trois ou quatre ans. Il me semble qu'il est maçon. Mais on ne le voit pas souvent, à croire qu'il cache quelque chose. Quelqu'un l'aurait croisé à Narbonne et l'aurait vu pénétrer dans l'enceinte d'une mosquée radicale, répond Nathan.

— Mais méfions-nous des rumeurs, tempère Constance avec sagesse, il est peut-être simplement timide, allez savoir.

— J'ai eu l'occasion de l'apercevoir. Je l'ai salué mais il ne m'a même pas calculé. Soit. Il doit avoir une petite trentaine d'années. À son âge, il pourrait s'investir au club, propose Julian.

— On verra ça plus tard mais j'en doute, conclut Nounours.

Après cette balade nocturne dans les ruelles du fief palmiste, Jimmy navigue sur la toile, bien installé dans sa chambre. Sur le clavier, il compose quelques mots-clés divers et variés : « foot, Anelka, vengeance, bagarre, arme ». Il visionne des combats de rue américains. Ah ! Qu'est-ce qu'il ne donnerait pas pour mettre une raclée à Damiano. Il ne perd jamais une occasion pour le rabaisser. Cela commence à faire beaucoup. Puis il atterrit sur une interview du footballeur Djebourri, international algérien :

— Durant *ma jeunesse j'étais le bouc émissaire de mon quartier. Je subissais les outrages et les avilissements des plus grands.*

Le jeune Lanet semble se reconnaître dans ce discours, il y prête une attention particulière.

— *Mon cousin, Rédouane, m'a pris sous son aile. Il m'a enseigné des notions de boxe et m'a orienté vers la mosquée du coin. J'ai eu le soutien nécessaire, la religion m'a apporté confiance et fierté. J'ai affronté ceux qui m'opprimaient. J'ai gagné le respect !*

— *Votre livre de chevet actuellement ? demande le journaliste.*

— *Le Coran et les saintes écritures, bien entendu.*

— Baisse le son de ton putain d'ordinateur ! coupe José, pénétrant dans l'antre de son fils. Jimmy se crispe et lance timidement :

— Désolé Papa.

Jimmy referme l'écran de son ordinateur portable précipitamment.

— T'as vu l'heure ? Je vais me coucher. Tu devrais en

faire de même fainéant. J'irai chasser aux aurores. J'ai besoin de repos.

— Très bien. Je ne travaille pas demain, je pourrais t'accompagner peut-être.

— Certainement pas. Tu es aussi bon tireur que rugbyman. J'ai pas envie de me traîner un boulet. Demain t'iras faire quatre courses. Ce putain de frigo est vide et le stock de bières est aussi garni que ton QI, c'est-à-dire que c'est le néant.

Jimmy rentre sa tête dans les épaules telle une victime subissant la foudre violente d'un homme aigri par la solitude et la dépression, puis il baisse le regard.

— Mais papa, j'aimerais passer plus de temps avec toi.

José le regarde et pouffe.

— Oui c'est ça ! Occupe-toi de te trouver une gonzesse plutôt, à moins que tu ne préfères les hommes, rajoute José cynique.

Jimmy, malheureux, conclut :

— Bonne nuit papa.

Vêtu d'un débardeur fané à l'effigie de Diane, la déesse romaine de la chasse, José le regarde, l'air détaché, puis claque la porte, sans un mot, sans une réponse.

7

Le lendemain, les coups de téléphone s'enchaînent entre les quatre protagonistes que sont Constance Cascastel, Julian Ginestas, Nathan Homps et Damiano Ornaisons. Le comité du Languedoc validera la qualification à une condition : verser dix mille euros pour les frais d'inscription et de licences, avant le trente juin. D'ici deux mois, en gros. Quant au conseil municipal, sa réponse est claire : l'idée est validée si un bureau solide est mis en place. Alors une subvention sera dégagée. Le montant reste inconnu.

Une réunion est organisée au foyer municipal dès la

semaine suivante. Une dizaine de jeunes répondent présents. Nathan expose le projet, entouré de Damiano et Constance. Le nouveau reste en retrait. Peu de monde le connaît. Il ne veut pas donner un argument aux sceptiques comme quoi un étranger veut remonter une équipe dont il ne connaît pas le passé. Certains semblent intéressés, d'autres émettent plus de doutes. Peu d'anciens sont là. Sieur Ginestas est déçu, il comptait sur eux pour trouver un président et créer un bureau.

Jimmy Lanet apostrophe Nathan :

— L'équipe n'existe plus, laisse-la où elle est. Tu vas rouvrir les cicatrices du passé.

Constance répond :

— Tu ne crois pas qu'il est temps d'aller de l'avant ?

Jimmy regarde la salle entière :

— Vous n'y arriverez jamais. Regardez, il n'y a même pas de quoi constituer un groupe.

— Jimmy, tu m'épates. Je trouve que ton vocabulaire s'est enrichi, riposte Damiano. Tu as visionné *Motus* ce matin ?

On entend des rires dans l'assemblée.

— Si c'est pour commenter avec pessimisme, tu peux partir. Heureusement que tu es bon à faire des raisonnements car au rugby, tu dois être ridicule. On n'a pas besoin de toi. Les éléments néfastes, je m'en détache.

Furieux, Jimmy quitte les lieux rapidement sans répondre. Dix minutes plus tard, il arrive à son domicile. Il claque la porte, file directement au réfrigérateur, récupère une canette de soda et se jette sur le canapé.

Une voix coléreuse se fait entendre :

— C'est à cette heure-ci que tu rentres ?

— J'étais à la réunion du rugby. Ils me prennent tous pour un guignol. Je vais leur prouver le contraire et intégrer l'équipe.

— Pour une fois, j'suis d'accord avec eux. T'es un

guignol, répond son interlocuteur.

— Arrête papa, s'il te plaît. Ça suffit, dit Jim en sanglotant.

— Oh mais, tu pleures ? Pas étonnant que t'aies quitté l'école à seize ans et que tu te coltines un boulot de perdant. Apporte-moi une mousse plutôt que de faire le gamin, réagit José le paternel.

Pendant ce temps au foyer municipal, la réunion s'achève. Les joueurs séduits donnent leurs coordonnées. Puis les membres de l'assemblée quittent les lieux. Les quatre se regroupent. La déception se fait sentir. Sept recrues potentielles seulement. Ils s'encouragent mutuellement. Il ne faut pas lâcher le morceau et persévérer.

8

Le lundi suivant à la fac narbonnaise, pendant le cours de Maître Gruissanot, Julian raconte l'avancement de son projet à ses camarades.

— Et toi, Toanui, ça te dirait de jouer à La Palme ?

— Je cherche un complément à la boxe depuis un certain temps, alors je te dis oui, répond Tita avec son bel accent des îles.

— Le sport, ce n'est pas mon truc. C'est comme si Teddy Riner se mettait au patinage artistique. Ce n'est pas compatible. En revanche, si tu cherches quelqu'un pour filer un coup de main, je suis là, mâchouille Laurent, intéressé par le projet humain.

— Merci les gars, vous êtes au top !

— Visiblement je vous dérange jeune homme, le conflit afghan ne vous plaît pas ? Vous souhaitez venir à ma place ? intervient le professeur.

— Non, désolé monsieur, répond Ginestas hébété. Vous

pouvez poursuivre.

Le ricanement de quelques étudiants se mêle au sourire de Roger Gruissanot :

— Faites-nous part de vos réflexions, allez-y ! percute Roger, d'un ton ferme.

— Euh… Je participe à la reconstruction de l'équipe de rugby de La Palme. L'ensemble des élèves ont leur regard fixé sur Julian. S'il y a des joueurs motivés ou simples bénévoles, pensez à moi. Désolé de vous avoir interrompu, Monsieur.

— À La Palme ? Des intéressés ? Non ? Alors reprenons, conclut Roger, surpris après l'évocation du village blotti au sein des Corbières maritimes.

Durant deux soirées, les quatre mousquetaires se divisent le village en secteur. Les lotissements des Montpellières et des Costes sont partagés par Constance et Damiano. De magnifiques villas situées sur les hauteurs du village, domptent les étangs et la mer. Le bas du village est offert à Nathan et Julian. Chacun distribue des affichettes dans les boîtes aux lettres annonçant une nouvelle réunion en fin de semaine. Tapi dans l'ombre, quelqu'un observe Nathan dans le quartier du Labadou. La rue Ségoïa est sombre. Un simple lampadaire crépite, agonise, à la manière d'un zèbre étouffé par une lionne. Homps se retourne à plusieurs reprises, sentant une présence. La silhouette progresse entre les voitures garées sur le trottoir. Elle n'est plus qu'à quelques mètres de Nounours et s'approche très rapidement, trop rapidement.

9

Soudain, Nathan pivote et se trouve nez à nez avec Jimmy. Ce dernier est déçu de ne pas avoir effrayé sa cible.

— Au lieu de faire l'enfant, aide-moi plutôt à distribuer les papiers, demande Nounours, resté de marbre.

— Bon, OK. Désolé, répond Lanet gêné. Je voulais m'excuser pour l'autre soir, je suis allé trop loin.

— Aucun souci, c'est déjà oublié.

Jimmy, satisfait de la réponse poursuit sa mission au côté de monsieur Homps junior.

— Tu sais, j'ai des doutes sur ce nouveau. Il arrive, veut remonter l'équipe, fait ami-ami avec tout le monde, c'est trop bizarre.

— C'est juste un gars qui souhaite s'intégrer, voilà tout. Tu ferais bien de montrer autant d'envie que lui, ça nous aiderait.

— Je reste persuadé qu'il cache quelque chose, il joue trop le garçon parfait, répond Jimmy plutôt perplexe.

La seconde réunion débute. Les spectateurs venus en masse, occupent l'espace. Satisfaits, les membres attablés et présidés par Nathan réitèrent le discours de la précédente assemblée. Nounours insiste sur le fait que le projet avance. Les gens ont besoin d'entendre un message positif. Alors, Nathan gonfle les chiffres concernant le recrutement. Ne dit-on pas que le monde attire le monde ? Julian est heureux d'apercevoir Toanui et Laurent, ses potes de fac. Pour la première fois, la réunion atteint un objectif : attirer des anciens. Les invités adhèrent au message. D'autres sont plus sceptiques comme Louis Fanjeaux et Auguste Albas, membres antiques du club. Pour terminer, le journaliste en herbe et Nathan collectent les infos sur les futurs joueurs alors que Damiano et Constance se consacrent aux personnes plus âgées, pour intégrer le bureau.

Les jeunes défilent, même Jimmy s'inscrit. Puis arrive le tour d'Alban Cabardès, capitaine et talonneur d'antan de l'EOP.

— Salut Alban, lui dit-il tout en lui serrant la main, merci d'être venu. Pour intégrer le bureau, c'est à côté, avertit Nathan.

— Oui je sais, mais je pense être dans la bonne file, répond-il en souriant.

— Tu veux jouer ? À ton âge ? rétorque Nathan, surpris.

— Ne t'en fais pas pour moi. Si je suis ici, c'est que j'en suis capable. Je n'ai que cinquante ans après tout, dit-il avec ironie. Vous avez besoin d'un vieux briscard. D'un papa pour rassurer les plus jeunes. Il vous fallait un type d'expérience ? Me voici.

Pendant ce temps, Dam et Constance sondent leurs contacts. Ils sont d'accord pour aider mais personne ne veut de la présidence.

Vêtu d'un jogging sang et or, un homme essoufflé au gabarit de pilier et à la mine empâtée, entre :

— Bonsoir, je suis à la bourre, désolé. Vous cherchez toujours un entraîneur ?

Les quatre se regardent, ahuris. Ils avaient oublié de se pencher sur ce dossier. Pourtant un dossier primordial.

— Oui, toujours, répond Nathan.

La salle se vide peu à peu. Les quatre reçoivent le bonhomme habillé de rouge et de jaune. Il s'assoit et se présente.

— Bonsoir, je suis Jacques Pézilla. J'ai cinquante-cinq ans. Je suis éducateur depuis bien longtemps maintenant. J'ai coaché au sein de l'école de rugby de l'USAP[3] au départ. Après être passé par plusieurs clubs de Fédérale comme Céret, Toreilles et l'ES Catalane d'Argelès, j'officiais au Boulou cette saison. Œnologue de profession,

[3] Club phare de rugby à XV de Perpignan

je viens d'accepter une mutation à Fitou et je me retrouve disponible désormais, dans le secteur.

— Vous possédez de beaux arguments alors pourquoi tenter La Palme, un petit club de village ? Leucate ou Sigean-Port-la-Nouvelle correspondraient mieux à vos qualifications, demande Damiano sceptique.

— Je cherche un nouveau challenge. Les deux clubs que vous venez de citer ont perdu l'esprit de clocher, les valeurs d'amour du maillot. Ils ont atteint un niveau de compétition élevé alors ils recrutent des mercenaires. Ils ne laissent plus la place aux jeunes pousses locales. Mais si vous ne souhaitez pas de ma présence, tant pis pour vous. J'aurai les dimanches de libre pour amorcer les dorades et autres bars.

— C'est notre rôle de devoir vous poser quelques questions. On apprécie votre initiative, poursuit Constance.

Cette dernière soutenue par Julian et Nathan accepte l'offre. Avec un curriculum vitae semblant sérieux et faute de candidats, les jeunes ratifient l'accord. Il ne faut pas faire la fine bouche non plus. Néanmoins Damiano semble plus mesuré, dubitatif sur le caractère de Pézilla. Il n'est pas arrivé à le cerner.

10

Deux jours s'écoulent durant lesquels Constance cogite. Quelle est la solution pour trouver un président ? Tout le monde veut assister mais personne ne veut engager sa responsabilité. Constance Cascastel travaille à La Palme au sein de la station-service située sur l'autoroute. Elle gère l'approvisionnement en carburants. Jimmy est employé au même endroit et s'occupe de l'entretien. À vingt et un ans, Constance, au physique passe-partout est une Palmiste pure souche. Bonne élève, elle n'a jamais souhaité quitter son fief. Elle aurait pu envisager une carrière professionnelle sur fond de géopolitique, ça, c'est son dada. Mais elle est viscéralement attachée à son village, un peu trop peut-être. Elle a choisi d'intégrer l'IUT de Perpignan il y a quelques années plutôt que de se diriger vers la fac de géographie de Montpellier. Elle terminera ses études diplômée d'une licence d'urbanisme et depuis elle cherche un job dans lequel elle pourra s'épanouir. Elle partage sa vie avec Benjamin Bélesta depuis une bonne année. Ce jeune homme trapu possède une belle cicatrice sur le front. La résultante d'une expérience amère lors d'une balade à moto. Il est plutôt têtu, ses origines ariégeoises y sont certainement pour quelque chose. Il est chef des rayons alimentaires dans l'Hyper U de Port-la-Nouvelle. Il a une nouvelle patronne depuis peu, Nadine Ginestas, avec qui les relations sont au beau fixe.

Face au square Désiré Pech, à côté duquel la mare aux canards glisse sous un moulin du Moyen Âge, le jeune couple réside dans un studio flambant neuf. Leur petit appartement est coquet à la décoration moderne colorée de gris, de blanc et de noir. Sur le balcon, Constance gribouille des sudokus, tout en réfléchissant. Sur sa chaise longue, elle profite de magnifiques rayons de soleil pour faire le plein de vitamines. Elle jette un œil sur le lac où les marmots offrent des quignons de pain un peu trop dur, aux palmipèdes. Elle appelle son compagnon :

— Benja, il faut que je te parle.

— Deux secondes, je finis de ranger le linge dans l'armoire, répond-il, au loin.

Le jeune homme quitte la chambre, traverse le salon et débarque contre la baie vitrée donnant sur la mini terrasse.

— Je suis tout à toi.

— Le projet de créer le club est en bonne voie.

Constance pose le stylo sur une de ses oreilles.

— Il manque quelques bénévoles et surtout personne ne veut prendre la présidence.

— Oh, je te vois venir. J'ai compris. Tu veux devenir la

présidente, c'est ça ? souffle Benjamin. Ton village, ton village tu n'as que ça en tête. Et moi alors, j'arrive après ? J'ai une idée. Mets-toi en couple avec ton village, ce sera plus simple pour tout le monde. Après le comité des fêtes, l'association paroissiale, tu vas présider l'EOP désormais. On se voit à Noël, alors ?

— Ça y est ? Ton monologue est terminé ? Écoute-moi avant de t'emporter. Si je prends la présidence, je mettrai un frein à mon engagement dans les autres assoc.

— Un frein ? Tu crois que cela va me suffire ? Je veux bien être conciliant, mais n'exagère pas. Tu t'éparpilles.

Les enfants et les parents se promenant autour du bassin, ne perdent pas une miette de cette conversation énergique. Ce qui a le don d'agacer Constance.

— Alors les curieux, la discussion vous intéresse ? Souhaitez-vous venir boire le café avec nous ?

Cette réaction surprend les badauds qui tournent les talons et s'éloignent.

— Baisse d'un ton Benjamin s'il te plaît. On attire les mouches.

— C'est normal, le débat tourne au vinaigre.

— Belle répartie mon chéri. Bon, si je deviens présidente du rugby, j'arrête tout le reste. Et puis, je vais me proposer mais je ne serai peut-être pas choisie pour occuper cette fonction. Un vote sera prononcé.

— N'essaye pas de noyer le poisson, personne ne veut de cette place.

Constance, consciente que sa moitié est en train de céder, tente d'humoriser la situation pour enfoncer le clou :

— Noyer le poisson ? Pour quelqu'un qui habite à côté d'un lac, c'est fort ! Tes expressions me font fondre Benjamin.

— Ne détourne pas le sujet.

— Pense que tu seras la première dame, mon biquet.

Ça fonctionne. Benjamin a un petit sourire qui se

dessine en coin.

— Pouah, trop heureux. J'aurai une place dans les tribunes présidentielles alors, ironise-t-il. Constance en profite et poursuit avec une dernière boutade :

— Pardi ! à côté de Sarko et de Cécilia !

Le couple rit aux éclats. Finalement la forte tête originaire d'Ariège a baissé pavillon, au grand bonheur de Constance.

— Tu quittes le club de Portel. Tu embarques tes potes dans ton sac, direction l'EOP. Entre le rugby et la maison, on ne se quittera plus. Alors, heureux ?

Benjamin pouffe, embrasse sa moitié et retourne vaquer à ses occupations, le sourire aux lèvres.

Après avoir eu une longue discussion avec son compagnon, Constance convoque le soir même au café des Palmiers, ceux qui souhaiteraient intégrer le bureau. Elle contacte ensuite le maire Urbain Monséret, l'invitant à assister à cette réunion improvisée. Constance tente un coup de poker. Elle veut mettre les gens devant le fait accompli. Leur forcer la main en quelque sorte. Au crépuscule, Constance arrive à l'entrée du troquet. Elle accueille un par un ses potentiels futurs acolytes.

— Monsieur le maire, merci d'avoir répondu présent. Vous ne le regretterez pas, annonce Constance.

— Ne tardons pas alors. Les réunions improvisées ce n'est pas ma tasse de thé, souffle Urbain, regardant sa montre.

Une fois les convives arrivés et installés dans l'arrière-salle du bar, Constance met tout le monde à l'aise en se proposant comme présidente de l'association. Évidemment, elle est seule à lorgner sur ce poste. Ayant participé dès son plus jeune âge au monde associatif, Urbain Monséret ne voit aucun inconvénient à ce que cette jeune, la tête sur les épaules, prenne cette fonction. Constance enchaîne et s'adresse aux autres :

— Vous voyez, le plus dur est fait. Ne me laissez pas seule maintenant. Qui veut m'aider ?

Les personnes sourient et ne se cachent plus. Constance continue.

— Je vais citer les missions à effectuer, dites-moi lorsqu'elles vous intéressent.

Elle énumère les tâches. Puis avec du retard à l'allumage, les mains se lèvent et s'enchaînent. Elle note au fur et à mesure les informations récoltées, avec une grande satisfaction.

Pendant ce temps, dans la salle principale du troquet :

— Eh béh regarde qui voilà. Ne serait-ce pas Mohamed, notre petit Maghrébin ? lance le premier homme.

— Moi, c'est Samir, Messieurs.

— Eh béh Samir, Rachid, Mohamed, peu importe c'est pareil. Vous vous ressemblez tous, répond Fanjeaux.

— Excusez-moi, je veux boire mon thé au calme.

Le second villageois s'impose et s'assoit face à son interlocuteur.

— Boudu[4] qu'est-ce qu'il a Nordine ? Il est pas content de nous voir ? allume Albas.

— Oh les gars, laissez le jeune tranquille, il n'emmerde personne, intervient le gérant. Allez derrière plutôt, il y a une réunion pour vous.

— OK patron, on va écouter ce qui se dit.

Un des deux pénibles récupère une tranche de saucisson laissée sur le comptoir et vient l'étaler sur le visage de Samir. Ce dernier glisse son bras derrière le cou de l'offenseur et lui aplatit la face sur la table.

— Ne recommence plus jamais ça sinon je te promets

[4] « Bon Dieu ! » en Occitan

que je t'ouvre ton gros ventre de porc, lui chuchote-t-il dans le creux de l'oreille.

Puis il se lève, dépose la monnaie sur le bar face au patron, et quitte le café sans un mot.

— Ça suffit les gars. La prochaine fois, je vous sors à coups de pied au cul, rétorque le tavernier.

— Boudu si on peut plus rigoler avec les étrangers alors, ajoute-t-il tout en effectuant quelques mouvements de l'épaule légèrement endolorie. Viens mon ami, continuons vers là-bas, conclut « la victime » en pointant du doigt le fond du bistrot.

Le duo agressif poursuit sa route. Ils déboulent comme des fous dans l'arrière-salle. Âgés d'une soixantaine d'années, Louis Fanjeaux et Auguste Albas ont connu la tragédie du village vingt ans auparavant. Les bedonnants aux visages mâchés par l'alcool et les rucks agressifs ne sont pas dans leur état normal, vraisemblablement éméchés.

Ils parlent d'une même voix :

— Boudu, arrêtez tout. Sinon vous aurez de gros problèmes. Laissez le passé au passé ! hurle Auguste.

— Vos menaces, gardez-les. Nous n'avons pas besoin de vos hautes pensées lyriques, répond Constance.

— Eh béh réfléchis bien. On risque de se recroiser. Un petit conseil, rase les murs ma petite, avertit Louis.

— Stop, ça suffit maintenant. Partez ! lance à son tour Urbain, bondissant de son tabouret, autoritaire. Pas de menaces ni d'intimidations ici !

— Oh très bien Monsieur le maire. Vos désirs font désordre… Euh, sont des ordres ! ricanne Auguste.

Puis il se penche et reconnaît son employé, Pascal Jacou, mécanicien au garage local. Il lui souffle :

— Boudu mon petit Pascal, si tu participes à cette mascarade, tu pourras chercher un nouveau patron. Auguste ramasse un verre de rosé sur une table et le renverse volontairement frôlant son salarié.

— Oups désolé. Viens Louis, on se barre.

Les deux ivrognes partis, Pascal apeuré et la voix tremblotante ajoute :

— Désolé Constance, je ne peux pas rester.

Il part précipitamment. Pascal devait s'occuper de l'entretien des maillots. Un grain de sable peut enrayer la machine.

— Je m'occuperai du nettoyage si ça vous convient, lance Laurent.

Après ce passage mouvementé, Constance remercie le maire, les nouveaux membres de l'association et conclut :

— Quand un arbre tombe, on l'entend. Mais une forêt qui pousse ne fait pas un bruit. Notre projet avance petit à petit. Ne nous laissons pas intimider. On va y arriver !

Le lendemain, Constance, sur son lieu de travail, contacte Julian pour lui faire un résumé de la soirée de la veille. Elle a débauché un secrétaire et un trésorier. Elle lui indique qu'elle va déposer les statuts de l'association à la sous-préfecture de Narbonne. Elle va également se renseigner pour la création d'un compte bancaire et autres formalités. Elle coupe court à la conversation, un client entre. Elle le connaît, elle le sert régulièrement. Ils échangent parfois quelques mots sur l'actualité. Il s'agit de Roger Gruissanot, le prof de fac, qui habite Perpignan. Le monde est petit, si petit.

11

Les jours s'écoulent. Il ne reste qu'un mois et demi avant l'échéance financière du Comité. L'association *Espoir Olympique Palmiste* est officielle. Constance a reçu confirmation de la sous-préfecture. Le compte bancaire est activé. Néanmoins, dix-neuf joueurs seulement sont concernés par le projet EOP. Alors Nounours propose une idée simple mais séduisante : chaque joueur doit faire venir une personne à la prochaine réunion.

Nous arrivons à la fin mai. Toutes les équipes voisines ont terminé leur saison. Pour attirer le plus de monde possible après le colloque, des grillades suivies d'un bal sont organisées au stade. La stratégie de Nathan est en place. L'assoc de la pétanque prête la tireuse à bière, le comité des fêtes la sono. La soirée est un succès. Le fond de caisse de l'EOP débute de bien belle manière. Par la même occasion, Léana, Julian et les trois Narbonnais arrosent leur réussite aux partiels et leur passage en deuxième année. N'en déplaise à Nicolas, toujours l'œil vissé sur sa Julie.

Sur la pelouse, entouré de ses camarades, Toanui, verre à la main, lance :

— Les amis, fêtons notre réussite !

— Yes ! répondent les autres d'un même son de cloche.

Les cinq s'enlacent et dansent en formant une ronde. *Rock this party* de Bob Sinclar enflamme le petit groupe.

— Julie, que comptes-tu faire pour les vacances estivales ? s'époumone Julian.

— Comme chaque été depuis deux ans. Je vais faire les marchés du littoral avec mes parents. Tu pourras déguster des fruits et légumes 100 % naturel. Mais pourquoi me poses-tu cette question ? Tu comptais m'extirper de la routine afin de découvrir d'autres horizons ? répond la Narbonnaise avec un petit sourire.

— Je songeais te kidnapper à ton cher et tendre pour te faire découvrir les plages aux eaux turquoise, les sentiers de garrigues aux odeurs de lavande et de thym, le cœur historique d'un vieux village et tout ça à La Palme !

— Quel romantique ! La Palme et ses splendeurs. Il m'en faudra plus si tu veux me surprendre.

— Je n'ai pas dit mon dernier mot !

Le lendemain, les bénévoles nettoient le site festif de la

veille. Constance et Julian se penchent sur la recherche de sponsors. D'autres s'activent à remettre en état les vestiaires et à rafraîchir le club-house. Les locaux n'avaient plus servi depuis cinq ans. Les dernières pensionnaires étaient les rugbywomen de Leucate qui s'exerçaient deux fois par semaine.

— Alors Julian, la soirée s'est bien déroulée ? Pas trop mal aux cheveux ?

— C'était génial, Constance. Je n'ai même pas eu recours à ce brave doliprane. Une réussite complète. Du monde, des amis, de la musique, du muscat, de l'argent dans la caisse, que pouvons-nous avoir de plus ?

— Une camarade répondant au prénom de Julie, par exemple. Vous vous cherchez, cela n'a trompé personne.

— Je pense que s'il y avait eu un manège un peu trop flagrant, son Nicolas serait venu à notre rencontre.

— Tu parles du poivrot qui a vinassé toute la soirée ? Je ne sais pas ce qu'elle lui trouve. À la vue de son état, il ne pouvait pas remarquer grand-chose. Et sans être rabat-joie, que fais-tu d'Aurore dans tout ça ?

— C'est une situation complexe. J'ai bien peur que la distance ait raison de notre histoire. Nous avons de moins en moins de contact. Loin des yeux, loin du cœur. Je crois que cette expression se confirme mais il faut que nous clarifiions cette situation.

— Retrouvons les autres dehors, nos neurones ont assez chauffé. Allons prendre l'air et nettoyer notre magnifique verdure. La pelouse devient un billard, lisse comme la surface de l'eau.

— Constance, c'est bien d'être optimiste mais le terrain donne plutôt l'air d'un champ de patates, bien bosselé et l'herbe commence à jaunir avec la chaleur et le manque de pluie.

— Regarde au-delà des apparences Julian. Observe la capacité de la nature devant toi. D'ici peu, nous jouerons sur un billard.

— Tu es sûre que tu ne veux pas prendre un peu de paracétamol ? Tu as des vapeurs d'alcool sous le crâne. Tes réflexions me filent la chair de poule.

Les deux protagonistes échangent un regard puis ricanent, ensemble.

— Oh les jeunes, vous nous aidez maintenant ou à Noël ?

— On arrive Damiano, on arrive. Pas de stress !

Julian et Constance s'extraient du club-house, se saisissent d'un sac-poubelle chacun et déboulent sur le stade. Les jeunes occupent la zone de jeu, s'entraident, rigolent. Une belle image d'équipe apparaît. C'est à travers des moments comme ceux-là qu'un groupe se soude.

12

Nous sommes à la mi-juin. Le bureau est en place, l'effectif est de trente et un joueurs. Tout va bien. Pourtant, l'entraîneur Jacques Pézilla, venu du Boulou, se désiste et plante l'équipe. Quelle mauvaise surprise, tout le monde comptait sur lui. Louis Fanjeaux arrive au stade en cette belle après-midi. Il entrevoit Damiano et les autres membres de l'association en train de peindre l'intérieur de club-house.

— Eh béh alors l'entraîneur vous a fait faux bond ? dit-il avec ironie. Vous voyez, vous n'y arriverez pas, vous gaspillez votre énergie.

Rouleau de peinture en main, Damiano lui répond sèchement :

— Les nouvelles se propagent à vitesse grand V. Ne t'en fais pas, on trouvera quelqu'un de sérieux. Pas un chante matin comme ce Pézilla. Il vaut mieux mille refus qu'une promesse non tenue. Il n'a même pas eu le courage de nous l'annoncer en face, on a reçu un simple texto.

— Eh béh j'ai prévenu Jacques que vous étiez des perdants, une génération de ratés. Mais il avait tout de même souhaité vous rencontrer.

— Ah bon ? Tu le connais ? lance Damiano étonné.

— Eh béh vieille amitié ne craint pas la rouille.

— Après tout, ça ne m'étonne pas, vous êtes le même genre de charlot.

— Ne lui manque pas de respect, réplique Louis énervé.

— Vous nous avez tendu un piège, c'est ça ?

Louis se bidonne :

— Eh béh ça a bien marché en attendant. On vous a bien eu. Tu croyais qu'un gars comme Jacques allait venir s'occuper d'une bande de gamins stupides ? Vous avez perdu votre temps. Il est trop tard pour trouver quelqu'un d'autre.

— Je trouverai, je connais du monde qui serait ravi de me faire plaisir. Au fait Louis…

Ce dernier ne voit pas arriver le rouleau de peinture bleu marine, en pleine figure. N'apercevant plus rien, Il s'écrie, la rage au ventre :

— Tu auras de mes nouvelles sale gosse, je te briserai. Tu vas payer et j'te ferai pas crédit petit con !

Il quitte les lieux avec une vision très partielle et heurte un container se cassant la figure. L'ensemble des membres rient aux éclats au regard de la situation.

Constance arrive dans la foulée. Amusée de voir Louis dans cette posture, elle ne demande aucun détail :

— Je ne veux rien savoir, dit-elle en souriant.

Elle annonce à ses camarades que la mairie va verser quatre mille euros de subvention. Les partenaires ont donné en tout quatre mille euros également. Elle regrette que seulement la moitié des commerces du village aient joué le jeu. L'autre moitié se laisse influencer et intimider par des bornés qui vivent dans le passé. Louis et Auguste auraient même rencontré un des deux boulangers pour faire pression. Ils lui auraient dit qu'il lui arriverait un tragique accident s'il aidait le club. L'artisan a cédé au stress et ne veut pas entendre parler de l'équipe locale. La vie est faite d'épreuves, de difficultés. Avec de la volonté et de la solidarité, un challenge peut toujours être relevé.

13

Niveau animations, toutes les dates importantes de juin sont déjà réservées par d'autres associations. Donc il ne faut pas compter sur le fond de caisse du club pour faire gonfler le budget. Julian n'a plus beaucoup de contact avec Aurore. Cela ne semble pas le chagriner. Ses pensées sont tournées vers l'équipe de rugby. Et la petite Julie trace sa route dans son esprit. Il parle à sa mère, de ce grand projet sportif, qui ne pourrait aboutir à cause du nerf de la guerre, l'argent. Elle est réceptive à la contrariété de son fils.

Les jours défilent. Il manque désormais mille cinq cents euros pour le comité du Languedoc. L'ensemble des jeunes sont à la plage du Rouet située à trois kilomètres du village. Ce morceau de sable est coincé entre la longue plage des Montilles nouvelloises au nord et la plage des Coussoules de La Franqui, au sud. Ils profitent du début de la saison estivale. Le jeune Ginestas reçoit un coup de téléphone. Il s'agit de sa mère.

— Coucou mon grand, que fais-tu de beau ?

— Je prends un bain de soleil sur le sable avec les copains. Tu es encore au boulot ?

— Oui, j'aurai du retard. Problème informatique à gérer de toute urgence. Je t'appelle rapidement, pour t'informer d'un fait qui devrait t'apporter le sourire. Il quitte sa serviette sur laquelle il était confortablement installé et s'éloigne de ses camarades.

— Je suis tout ouïe.

— Le grand patron m'a fait savoir via le service

comptabilité qu'il accepte de devenir partenaire de l'EOP.

— Mais nous n'avions pas effectué la demande de sponsoring.

— Je sais. Je m'en suis occupée. J'espère que tu ne m'en voudras pas.

— Il accepte de devenir partenaire, c'est-à-dire ?

— C'est-à-dire que vous allez recevoir prochainement un chèque de deux mille euros.

— Maman, tu es géniale ! Je t'aime. Je vais l'annoncer au groupe. Bisous, à ce soir.

Julian raccroche, saute et hurle de joie.

Son entourage ricane sans comprendre le comportement de l'étudiant.

— Ça va ? Tu n'as pas pris tes cachets pour les nerfs ce matin ? lance Constance en riant.

— Ma mère me signale que l'Hyper U de Port-la-Nouvelle nous sponsorise à hauteur de deux mille euros ! On a réuni l'argent qui nous manquait.

L'euphorie est contagieuse. Filles et garçons finissent dans le grand bain. Plus rien ne peut les arrêter.

— Tu sembles proche de ta mère, quasi fusionnel. Je me trompe ? demande Constance, curieuse.

— Je n'en ai parlé encore à personne. Mais elle seule m'a élevé. Je n'ai aucun souvenir de mon père. Il est décédé alors que je n'avais que deux ans. Elle a joué le double rôle de maman et de papa. C'est vrai que notre relation est solide, je lui dois tout !

— Désolé pour l'indiscrétion. Je ne pouvais pas imaginer, répond-elle gênée.

— Aucun souci Constance !

Le soir même, sans perdre une minute, Constance et Damiano s'attellent à régler et finaliser la paperasse administrative dans la joie et la bonne humeur.

— Avec le recul, on peut dire que l'on vient de loin. On a galéré mais nous y sommes arrivés, formule Ornaisons.

— L'aventure ne fait que commencer, informe la néo présidente. Un bon nombre de missions restent à développer et à concrétiser. Restons les pieds sur terre. Ce n'est que le début. Il y a la fameuse étape du comité à valider.

— Garde le moral Constance. Tout se passe comme sur des roulettes.

— J'essaye de rester pragmatique et de ne pas m'emballer. J'ai un mauvais pressentiment que je ne saurais expliquer. Fanjeaux et sa bande ne vont pas en rester là.

14

1988

— Oui magnague[5], tu saignes. Allons-y, répond-il complètement troublé.

Trente minutes plus tôt

Comme tous les vendredis soir, elle concocte un délicieux repas pour le lendemain au bénéfice de son amoureux. Au milieu d'une légère fumée, la cocotte bout. Une agréable odeur de ragoût se dégage et envahit la pièce. Le temps de mijoter, elle fait l'aller-retour entre la cuisine et le salon. On distingue un bruit de fond. La télévision fonctionne. Il s'agit d'un débat offert aux téléspectateurs. En cette fin de cohabitation, Chirac et Mitterrand s'affrontent. Les nouvelles échéances présidentielles arrivent à grands pas. Elle apprécie la politique. Cette femme discrète, aimante et attentionnée couve une paire de jumeaux. Il lui reste deux mois à tenir. Elle ne travaille pas pour l'instant. Elle se réserve pour être la meilleure femme au foyer possible. Son petit ami est au rugby. Elle s'apprête à dîner seule, comme tous les vendredis soir. C'est une fervente

---

[5] Gentille et jolie jeune fille, en occitan

supportrice du rugby local. Et pourtant elle habite depuis peu à La Palme. Elle est native des Vosges et a rencontré son amour lorsqu'il exerçait au 1er régiment de tirailleurs d'Épinal. Après avoir été viré de la Grande Muette pour avoir frappé son supérieur, René qui est pourtant quelqu'un de réfléchi, a décidé de revenir chez lui, au sein son village natal, suite à son coup de sang incontrôlé. Passionnée, elle le suit car rien ne la retient dans l'est du pays. René a trouvé du boulot à la cave coopérative viticole du village. Il a su convertir sa chérie à l'ovalie, elle qui était plutôt adepte du ballon rond auparavant.

Vêtue d'un magnifique tablier, qu'elle ne peut plus nouer désormais, elle soupe. Alternant entre la télé, son repas, et le ragoût sur le feu, elle reste une femme active malgré sa gestation encombrante.

Soudain, la sonnette retentit. « C'est étrange, René a les clés. Et puis il n'est que vingt-deux heures affichées sur la pendule de la cuisine. Pourquoi serait-il déjà rentré du stade ? pense-t-elle, dubitative. Avec les événements atroces qui se sont déroulés dans le village, il n'a peut-être pas eu envie de rester boire un verre avec ses amis. Il a certainement oublié son trousseau ».

Elle prend le soin de couper le son de la télévision. Elle entend le moteur d'une voiture tourner. Elle écarte le rideau de la fenêtre de la cuisine et aperçoit le véhicule de René. En fait, il s'agit de la Peugeot 205 de ses beaux-parents. Ils leur prêtent en attendant que le jeune couple ait assez d'argent de côté pour s'acheter une quatre-roues à eux, et rien qu'à eux. Il semblerait que le coffre soit ouvert. Néanmoins, tout en restant derrière la fenêtre, elle ne remarque pas René devant la porte d'entrée. Bizarre. « Il est peut-être retourné derrière la voiture » songe-t-elle. Il n'est pas grand. L'envergure du coffre ouvert peut masquer sa silhouette. Mais s'il s'agit d'une blague, elle est de mauvais goût. René ne va pas être sourd. Elle décide d'ouvrir la porte d'entrée. Personne. Tant bien que mal, elle sort, descend les quelques marches de la terrasse et s'approche du véhicule. Les phares l'aveuglent. Avançant à tâtons, elle arrive à hauteur du siège conducteur. Elle jette un coup d'œil à l'avant puis sur les sièges arrière. Toujours personne. Elle s'approche du coffre lorsqu'un frisson glacial et électrique parcourt son corps. Elle découvre le père de ses enfants qu'elle aime tant, sans vie, dans un état que personne ne pourrait imaginer. Le sang enveloppe son corps, son visage est démoli. Un cri strident arrache la timide clarté lunaire à travers la brume. Les giboulées se sont éclipsées comme effrayées, tétanisées par la réaction cauchemardesque de la jeune femme. Les maisons avoisinantes s'éclairent. Certains riverains sortent à la fenêtre, d'autres quittent leur habitation et s'approchent de la scène. Mais elle se trouve dans sa bulle, figée. Les voisins s'adressent à elle mais elle ne les entend pas. Elle finit par ressentir une violente douleur en elle. Une douleur qui provient du plus profond d'elle-même. Raymond Douzens, le garde champêtre qui habite au coin de la rue avance avant de s'adresser à sa femme :

— Mon Dieu, Ginou, appelle la gendarmerie et le docteur Feuilla. J'emmène la pitchoune[6] à l'hôpital.

Cette dernière réagit, le regard hagard et fixé sur son mari :

— À l'hôpital ? répond-elle, sonnée.

— Oui magnague tu saignes. Allons-y.

Alors, elle se touche le visage, le cou, puis se palpe les avant-bras. Mais elle ne trouve aucun signe de blessure. Puis son regard descend et elle se rend compte que le saignement provient de son entrejambe. La chair de sa chair est en souffrance. Elle se laisse tirer par le bras, le regard

[6] Petite, en occitan

toujours en direction de son défunt amour. Elle grimpe dans la voiture de Douzens. Son gilet s'accroche à la portière et laisse entrevoir un tatouage, fraîchement dessiné sur son épaule droite. Une rose entourant un ballon de rugby.

Elle, c'est Nadine Ginestas.

15

2007

Ses réflexions, ses pensées conduisent ses pas à proximité du stade, lorsqu'il tombe sur une scène inimaginable.

Une heure plus tôt

La nuit est tombée lorsque Julian rentre à son domicile. Sa mère, arrivée il y a une heure environ, est exténuée de sa très longue journée. Les inventaires se sont succédé depuis deux jours. Son fils découvre Nadine, sur le canapé, somnolente. Il ne peut s'empêcher de la réveiller. En douceur tout de même.

— Maman, chuchote-t-il.

— Qu'y a-t-il mon cœur ?

— Tout s'emboîte parfaitement bien, je suis heureux tu sais. Le club, les potes, tout roule ! Je ne pense même plus à Aurore. Je me rends compte que notre histoire n'avait pas d'avenir. Je me sens bien ici. C'est étrange d'ailleurs, je me sens parfois comme hypnotisé par ce village, je ressens comme des ondes positives. Enfin je ne sais pas trop comment le décrire, c'est trop bizarre.

Nadine se redresse et s'assoit sur le bord du divan, tout en bâillant.

— C'est parfait, je suis ravie pour toi. C'est un nouveau départ et tu t'es parfaitement intégré avec ce projet de rugby. Je t'en félicite mon fils.

Mais son visage se durcit. Le jeune homme ne

comprend pas ce changement d'attitude. Une mauvaise nouvelle aurait frappé sa mère ?

— Pourquoi fais-tu cette tête ? interroge-t-il.

— Je dois t'avouer une chose, une chose qui va changer ta vie. Mais avant cela, je souhaitais que tu te familiarises avec ce village. Assieds-toi.

Julian s'exécute et répond, perplexe :

— Comment ça ? Dis-moi, je ne comprends pas.

— J'ai déjà vécu ici, à La Palme, il y a une vingtaine d'années.

— Et tu ne me le dis que maintenant ?

Nadine ajoute, d'un ton froid :

— Ne m'interromps pas et laisse-moi terminer.

Après quelques secondes, elle reprend.

— Avant que je ne m'installe en Aveyron, j'ai habité dans ce village, avec ton père. Il était natif de La Palme. Ton père aimait par-dessus tout le rugby, comme toi. Je le revois à travers toi. C'était un très bon joueur.

Elle marque un temps.

— Tes copains, puis monsieur Cascastel t'ont raconté le malheur que le village a connu, que j'ai connu aussi.

Nadine quitte son gilet et laisse apparaître son tatouage. Elle se rapproche de son fils puis glisse ses fines mains dans celles de sa progéniture.

— Ton père ne s'appelait pas Michel mais René, René Espezel. Il a été assassiné par un tueur en série. Lorsque j'ai découvert ton père, un choc d'une extrême violence s'est propagé en moi. J'étais enceinte de jumeaux mais j'ai perdu ton frère avant que je n'arrive à la clinique. Après plusieurs semaines d'hospitalisation, j'étais toujours une loque. Comment se remettre d'une telle épreuve ? J'ai réussi à quitter l'établissement avec toi, sous le bras, puis je suis retournée à La Palme. Le temps d'un instant pour récupérer quelques affaires, en toute discrétion et nous sommes partis. Je ne pouvais plus vivre ici. C'était au-dessus de mes forces.

Julian pousse les mains de sa mère et s'éloigne. Comme un flash, il revoit la photographie de René dans l'album d'Henri Cascastel.

— Donc tu m'as menti sur la mort de mon père, sur son nom et ses origines. Et toi qui es-tu ? Qui me dit que tu ne me mens pas une nouvelle fois ? Es-tu vraiment ma mère ? Et moi qui suis-je alors ? Tu as volé mon passé, tu te rends compte de ce que tu viens de me faire ? Je ne te le pardonnerai jamais.

— J'attendais le bon moment pour te l'annoncer. Je souhaitais t'en parler quand tu étais plus jeune, mais j'ai toujours retardé l'échéance. Ne m'en veux pas, je voulais te protéger.

— Me protéger de quoi ? Et puis, pourquoi sommes-nous venus nous installer à La Palme ? Pourquoi maintenant ? Dans quel but ?

— Je souhaitais te voir renouer avec ton passé, je n'ai plus le droit de te l'interdire. Tu es un homme désormais, libre de tes choix. Mais n'oublie jamais que j'ai fait ça pour toi. Tu as été la force qui m'a permis de me battre contre l'horreur et la fatalité. Sans toi, je n'en serais pas là.

— Dis-moi où trouver mes grands-parents. Où se trouve la maison dans laquelle j'aurai pu grandir, dans laquelle j'aurai dû grandir ?

— J'ai toujours gardé un œil proche de l'enquête, sur le village. Les parents de René, tes grands-parents nous ont quittés il y a bien longtemps, juste après ces événements tragiques. Ils ne se sont pas remis de la perte de leur fils unique. Leur âme était brisée. Ils n'avaient plus goût à rien. Ils se sont laissé mourir. Mais promets-moi une chose, mon fils. Ne parle à personne de ta filiation pour le moment. Tout cela pourrait être mal perçu dans le village. Laisse-moi encore un peu de temps. C'est à moi de franchir le cap désormais.

— Je ne peux plus rien te promettre. Toi, ma mère, qui

m'a élevé et qui a toujours prôné des valeurs de sincérité et d'amour, tu me demandes de mentir ? Pourquoi tu ne m'as pas donné le patronyme de mon père ? Tout le monde a cru que tu avais perdu tes deux enfants. J'en ai assez entendu, je vais prendre l'air.

Julian, dans une colère contenue, quitte le salon puis la demeure. Assaillie de questions, Nadine ne cherche pas à retenir son fils. Elle sait qu'il vient de subir un choc. Aurait-elle dû encore lui cacher ? Non, elle pense que c'était le bon moment. Son fils va débuter une période compliquée psychologiquement, elle le sait. Tôt ou tard, il finira par la remercier, enfin elle l'espère. Le doute gagne son esprit. Et si elle avait fait une erreur ? Et si son fils était plus fragile que ce qu'elle imaginait ?

Julian erre dans les ruelles sombres du vieux village. Tellement de questions le travaillent. Peut-il faire encore confiance à sa mère ? Comment a-t-elle pu lui dissimuler un si lourd secret ? Il marche, mains dans les poches, mâchoire serrée, casquette sur la caboche, éclairé par les lampadaires vacillants. Il est paumé, tout simplement. Il se sent trahi. Lui qui idolâtrait sa génitrice, il est plus que déçu. Son père n'a pas disparu au large des côtes brésiliennes lors d'une mission sur les plateformes pétrolières comme il le pensait, comme on le lui avait inculqué. C'est un tueur, un monstre qui l'a privé de sa figure paternelle. Ce monstre qui a vécu ou qui vit peut-être encore à La Palme. Ce village maudit a engendré la Bête. Julian est en colère envers cette bourgade. Une partie de son sang, une partie de son cœur est palmiste pourtant, qu'il le veuille ou non. Mais que ne donnerait-il pas pour détruire ce fief, à ce moment-là ? Soudain il aperçoit ce type. Comment s'appelle-t-il déjà ? Rachid ? Ce maçon assez mystérieux qui flâne comme lui, en pleine nuit. Il décide de le suivre, un instant. Ce garçon l'aurait-il repéré ? Sa cadence s'accélère à hauteur de la place Général de Gaulle. Puis il perd sa trace à la croisée de la caserne des pompiers. Le jeune homme n'est plus maître de son corps. Ses réflexions, ses pensées conduisent ses pas à proximité du stade, lorsqu'il tombe sur une scène inimaginable.

16

Nous sommes le 29 juin, veille de clôture des inscriptions au comité. Julian et Constance se rendent à Narbonne afin de déposer le dossier avec le gros chèque. Dans la voiture les menant au comité du Languedoc de rugby, Constance baisse le volume de la musique du poste radio d'où émane *Les valses de Vienne* de François Feldman. Julian n'a pas ouvert la bouche durant tout le trajet, s'enfermant derrière un mur de silence.

— Tu es absent, quelque chose ne va pas ?

— Non ça va, juste une nouvelle qui m'a bouleversé.

— Le mot que tu retiens entre tes lèvres est ton esclave. Si tu le désires, tu peux m'en parler, ça te soulagera.

— C'est sympa, mais c'est personnel.

— Il s'agit d'Aurore ?

La perche tendue, le jeune homme décide de la saisir et d'esquiver une éventuelle conversation sur ses origines bouleversantes :

— Oui voilà c'est ça. Notre relation était semble-t-il plus superficielle que ce que je pensais, mais je n'ai pas envie d'en parler pour le moment. Je change de conversation mais les deux anciens, qui picolent, mince j'ai oublié leur nom.

— Louis Fanjeaux et Auguste Albas ?

— Oui c'est ça.

— Il faut s'en méfier, ils vont nous mettre des bâtons dans les roues, il faut rester vigilant.

— Garde tes amis près de toi, et tes ennemis encore plus près, ajoute Cascastel l'air sérieux.

— Exact. C'est Épicure, Spinoza ou bien François Valery ?

— Non, c'est Al Pacino dans *Le Parrain*, conclut Constance en souriant.

La réponse du comité est attendue début juillet. Le groupe compte les jours. Chaque passage à la boîte aux lettres est une déception. Pas de réponse. Puis elle arriva. Constance ne peut ouvrir seule le fameux courrier et Benjamin s'est absenté auprès de ses grands-parents ariégeois, originaires de Pamiers. Sans son chéri, elle souhaite faire partager ce moment à ses trois camarades, initiateurs du projet. Ils se réunissent à l'entrée du stade. Elle incise l'enveloppe, retire la feuille ; elle souffle. Elle attaque la lecture devant ses amis, tous très excités :

Suite à la réunion de la commission des épreuves, blabla blabla. Suite à l'étude du dossier, blablabla. L'Espoir Olympique Palmiste peut intégrer le championnat de quatrième série du Languedoc.

Les jeunes se congratulent et s'embrassent. Tout le chemin parcouru n'aura pas été vain. Nathan pointe le stade de son index et annonce :

— Voilà notre avenir !

La scène est chargée d'émotion. Tous ont les yeux fixés sur l'enceinte sportive. La gorge serrée mais non sans arrière-pensée, Julian déclare :

— Vous voyez, je ne suis pas d'ici et pourtant vous me faites participer à une aventure extraordinaire, merci.

— On n'en serait pas là sans toi, le nouveau. C'est toi que nous devons remercier. Tu as fait en sorte que nous arrêtions de nous lamenter sur notre passé, répond Damiano.

— Trêve de bavardages, venez m'aider à mettre un coup de pinceau sur la façade des vestiaires. Un tag stupide est apparu et nous devons l'effacer. L'EOP va renaître ! lance Constance, sautillant.

— On a tout repeint il y a deux semaines et c'est déjà dégradé ? Si je sais qui a fait ça, il va goûter mon steak à cinq branches, rétorque Damiano.

L'association arrive à caler quelques maigres dates pour les festivités de l'été. Le but est simple : rassembler les joueurs, créer une sensation de cohésion et remplir les caisses. Après avoir organisé un repas moules frites qui a duré jusque tard dans la nuit, Nathan et Damiano se rendent au stade au petit matin, commencer le grand rangement. Au moment d'insérer la clé dans la serrure de la porte du club-house, ils s'aperçoivent que cette dernière a été forcée. Le duo prend les précautions nécessaires pour ne pas laisser de traces papillaires. Nounours glisse son pied et pousse la porte délicatement. Ils entrent. Leurs visages se décomposent. Tout est cassé. Les tables, les frigos et congélateurs sont renversés. La nourriture stockée jonche au sol. De la javel a été déversée dessus pour éviter de récupérer ce qui pourrait l'être. Un message est écrit sur le mur principal. Un message à glacer les Esquimaux :

Lorsqu'il n'y a plus de place en Enfer, les morts reviennent sur Terre.

Tant d'efforts réduits à néant pour les bénévoles. Les jeunes contactent Constance puis la gendarmerie de Port-la-Nouvelle. Arrivés sur les lieux, les militaires examinent et procèdent à des relevés d'empreintes. Ils expliquent que cela ne donnera rien. Énormément de personnes ont fréquenté les lieux récemment et ont posé leurs paluches partout. Les faits se seraient déroulés dans la nuit entre trois heures et huit heures. Entre la fermeture du stade suite au repas, et la découverte du matin. Constance est invitée à déposer une plainte. L'assurance la demandera pour établir le remboursement des frais.

Une piste se dégage à l'esprit des jeunes bénévoles. Louis et Auguste ont clairement dit qu'ils ne voulaient pas que l'équipe prenne forme, jusqu'à menacer même. L'information est transmise aux gendarmes. Ils n'ont pas besoin de chercher les deux hommes, ce sont eux qui viennent aux gendarmes. Concours de circonstances, ils passent à vélo devant le stade et s'arrêtent spontanément apercevant le véhicule bleu. Le major Dusautoir et ses hommes viennent à leur rencontre, accompagnés de Constance. Cette dernière leur lance :

— Alors vous vous êtes bien éclatés cette nuit ? Bande d'enfoirés !

— Eh béh pourquoi tu nous agresses, jeune ? rétorque Louis.

— Au bar, tu m'as menacée en public, puis tu as recommencé avec Damiano au stade. Tu es passé à la vitesse supérieure. C'est quoi la prochaine étape ?

— Boudu, lorsque quelqu'un te met en colère, sache que c'est ton jugement qui te met en colère Constance, se mêle Auguste dans un élan philosophique ou bien éméché ; peut-être un peu des deux. On n'a rien fait du tout, boudu. De quoi tu parles ?

— Où étiez-vous cette nuit entre trois heures et huit heures ? demande le major.

— Eh béh désolé de vous décevoir, mais nous étions en Espagne, en charmante compagnie. Attendez, regardez mes relevés de carte bleue.

Louis fouille dans la poche de son short puis tend les papiers au major. Celui-ci y jette un œil furtif.

— Voyez plutôt le petit Arabe, Il a tendance à traîner toute la nuit dans le village.

— De toute façon, je vous veux tous à la brigade maintenant pour vous entendre officiellement.

Durant les jours qui suivent, les bénévoles sont à pied

d'œuvre pour arranger les dégâts. Les quatre mousquetaires n'en démordent pas. Ils sont persuadés que Louis et Auguste se cachent sous ce délit. Pour la gendarmerie, leur alibi est bon. Mais les jeunes pensent qu'ils auraient pu se débrouiller autrement comme demander à d'autres personnes de le faire pour se couvrir par exemple. Les soûlographes ne manquent pas de soutien.

17

Les joueurs s'inquiètent de ne pas savoir qui sera l'entraîneur. En ce début août, après des recherches infructueuses, Damiano abat une dernière carte. Sans grande conviction, il demande à Olivier Mirepeisset qu'il contacte son oncle sigeanais, Pierre Puilaurens. Il a tous les diplômes requis. Après une expérience douloureuse à Sète, il a décidé d'arrêter d'entraîner.

— Damiano, ça ne marchera pas. Il a décidé de couper avec le monde du rugby. Trop de mauvais souvenirs le hantent.

— Dis-moi Olivier, ma sœur m'a parlé de toi. Tu en pinces toujours pour elle ?

— Bien sûr. Tu le sais. Je la bade. Mais ce n'est pas réciproque, dit-il déçu.

— Détrompe-toi. Je pourrais parler de toi à Jenny. Mais avant il faudrait que tu appelles ton oncle, répond Damiano, pressant.

— Ce n'est pas top de faire du chantage à un pote, rétorque Mirepeisset désabusé.

— Ce n'est pas du chantage. Finalement, c'est pour toi que je fais ça ! lance l'italien avec un sourire arrogant.

Olivier s'exécute, subissant les arguments d'Ornaisons. Il appelle son oncle afin de se réunir en comité restreint, au club-house dès ce soir. À l'étonnement général, Pierre accepte ce rendez-vous.

Une demi-journée plus tard :

— Entre tonton ! s'écrie Olivier. Je te présente Constance la présidente, Damiano, Julian et Nathan.

Les jeunes gens sont attablés autour d'amuse-gueules et d'un rosé pour faire descendre les gâteaux salés. Chacun se lève et salue Puilaurens, petit homme au pelage blanc.

— Bonjour à tous. Je suppose que si vous souhaitez me rencontrer, ce n'est pas pour faire une balade à cheval aux abords de la plage.

— Non en effet monsieur Puilaurens. Bien que cette idée soit à conserver dans un coin pour une éventuelle sortie de cohésion de groupe, intervient Constance. Monsieur Puilaurens…

— ...Appelez-moi Pierre, coupe-t-il, ce sera plus simple.

— Très bien Pierre. Par l'intermédiaire d'Olivier, nous voulions vous demander un énorme service. Vous n'êtes pas sans savoir que le club de La Palme renaît officiellement. Je ne vais pas passer par quatre chemins. Nous avons besoin d'un entraîneur. Vous avez le profil idéal.

— Je vous remercie de l'intérêt que vous me portez mais le boulot de manadier est très prenant. Je n'aurai pas le temps de m'investir à 100 %. Quand je m'aventure dans un projet, je le fais à fond. Si c'est pour faire les choses à moitié, je ne préfère pas m'engager.

— Nous comprenons votre situation. Que buvez-vous ? Un petit rosé ? demande Damiano.

— Rien merci. J'évite, répond Pierre.

— Tonton, tu m'accompagnes pour un whisky ? sollicite le petit Mirepeisset.

Hésitant, Puilaurens accepte finalement l'offre.

Vingt minutes plus tard, et trois verres consommés, Pierre s'adresse à Nathan :

— C'est bien ce que je disais. Tu n'aurais pas dû traiter tes vignes la nuit dernière, la pluie va arriver.

— Désolé de vous couper, mais revenons-en au club. Avec votre expérience Pierre, vous pourriez la mettre au profit du village. En plus ça ferait un sacré coup de pub à votre centre équestre, propose Constance.

— C'est vrai, ce n'est pas idiot comme argument, répond Pierre, plus mesuré. J'en aurais bien besoin car depuis qu'il y a la concurrence leucatoise, j'ai perdu en clientèle. Je peux vous filer un coup de main de temps en temps. Mais je vous répète, mon centre me demande beaucoup d'attention et je suis seul. Je n'ai pas d'employés.

— Tonton, je peux te garantir que si tu as un coup de bourre ou un quelconque souci, nous trouverons du monde pour t'épauler, ajoute Olivier tout en servant un énième scotch. Les copains du club seraient ravis d'aider leur entraîneur.

Cela fait maintenant une heure que les négociations sont en cours.

— Pierre, tu as la chance de pouvoir coacher ton neveu. La famille est la branche la plus importante à quoi se raccrocher. Les liens du sang sont plus forts que tout, enchérit Nathan.

L'alcool commence à faire son effet. Les cheveux et la barbichette blanche font ressortir les joues bien rouge-turlu de Puilaurens. La bouteille de bourbon est sur le point d'être achevée.

— Bon, vous m'avez convaincu les jeunes. Je dois signer où ?

— Nous avons votre parole ? Nous avons déjà connu la déception par le passé, soutient Constance.

— Oui vous l'avez.

— Alors, j'aurai besoin au plus vite, d'une photographie d'identité, une copie de votre carte d'identité ainsi que votre diplôme d'éducateur.

— Bien. Vous aurez la totalité… Euh… La totalité des

pièces avant la fin de la semaine.

À l'instar de ses collègues, Olivier est ravi d'avoir trouvé un coach pour le club. Néanmoins, pour y arriver, il a usé du point faible de son oncle : le whisky. Avec une pointe de remords et de contrariété, il quitte le club-house et raccompagne le tonton titubant légèrement jusqu'à la sortie du stade.

— Je te ramène jusqu'à Sigean. Je me débrouille pour t'apporter ta voiture demain. Je ne peux pas te laisser conduire.

— Tu as raison. J'ai recommencé et j'ai exagéré. Ce maudit alcool prend le dessus à chaque fois.

— Tu es conscient que tu t'es engagé auprès du club.

— Oui je sais. J'ai encore un minimum de lucidité. J'ai dit oui. Je ne me débinerai pas. Tu peux compter sur moi mon neveu. Heureusement que je t'ai.

— Je n'en suis pas si sûr, chuchote Olivier, peiné.

18

Vendredi 24 août sonne le début des entraînements. Pierre Puilaurens prend son rôle très au sérieux. Il décide d'amener ses troupes sur la plage du Rouet. Rien de tel pour souder une équipe, que le sable et la mer. Le Rouet est le monument incontournable des Palmistes. Paris possède sa tour Eiffel, Toulouse a son Capitole, Port-la-Nouvelle tient son phare et La Palme dispose de son Rouet. Cette bâtisse est reliée aux salins du village par un canal. Le Rouet est à moitié sur la plage tandis que l'autre partie se trouve dans la Grande Bleue. Il contient deux pompes. Elles permettent d'aspirer l'eau de mer et de l'envoyer dans les marais salants via le petit aqueduc. Chaque génération de villageois a pêché des crabes et autres socanelles[7] dans le chenal.

Deux équipes s'affrontent en effectuant un toucher. Le jeu est décousu mais les jeunes semblent prendre du plaisir. Jimmy se greffe à une équipe. N'étant pas un bon joueur, il est vite pris pour cible par les autres. Il est maladroit et avorte toutes les occasions de sa formation jusqu'au moment où ses partenaires arrêtent de lui transmettre le ballon. Après une bonne heure de cardio, l'effectif s'achève à l'eau. Une bonne baignade rafraîchit les idées. Tout en s'approchant de la mer, Jimmy en profite pour rencontrer Puilaurens :

— Je me suis rendu compte que ma licence n'était pas prête. Il manque quel papier ?

— Je ne m'occupe pas de l'administratif mais ne te fatigue pas pour les papiers. À la vue de ce soir, tu ne peux pas jouer. Tu n'as pas le niveau, répond Pierre, placide.

— Mais, laissez-moi une chance de m'améliorer, je vais progresser.

— N'insiste pas, ma grand-mère qui dort sous les sapinettes serait plus douée que toi. J'ai de l'expérience et je repère ceux qui ne progresseront jamais.

Damiano écoute étroitement puis intervient :

— Attends Pierre, Jimmy a le droit de prendre la licence quand même. Ce dernier, époustouflé de la réaction de Damiano, attend la suite du discours. J'aurai besoin de quelqu'un pour lacer mes crampons et remonter mes chaussettes, poursuit Ornaisons, cynique.

Jimmy, dégoûté par la réaction du coach et du meneur de jeu, est encore plus blessé quand il entend les rires des autres joueurs.

Une grillade est offerte par les dirigeants pour conclure cette première journée de la saison sportive. Jimmy s'isole pour grignoter. Julian et Constance s'en aperçoivent. Ils se

[7] Petites dorades, juvéniles de l'espèce.

dirigent vers lui. À défaut de jouer, ils l'invitent à entrer au bureau de l'association.

Jimmy, dégoûté, ne finit pas son morceau de pain :

— Non merci. Franchement je ne pensais pas que vous arriveriez à remonter l'équipe. Quand j'ai constaté votre réussite et que le projet prenait forme, j'ai eu envie de prouver à mon père que je n'étais pas un minable. Mais je me suis fait une raison. Ce jeu n'est pas pour moi.

— Je suis persuadée qu'il serait fier de toi, que tu joues ou pas. Participe à notre aventure, ce n'est pas dévalorisant d'être bénévole, répond Constance, compatissante.

— C'était jouer ou rien du tout, tant pis, rétorque Lanet, énervé.

Ce dernier quitte la conversation.

Julian lance à Jimmy dans le vide :

— Attends ! On te propose une solution, ne réagis pas comme ça. Tu apportes de l'eau au moulin de ceux qui ne croient pas en toi.

Puis il s'adresse à Constance :

— Il est bizarre ce garçon. Il a quel âge douze ans d'âge mental ?

— Il a vingt-sept ans le pauvret. Il a eu une enfance très compliquée. Il n'a pas connu sa mère, elle est partie quand il avait quelques mois. Dès le plus jeune âge, il s'est débrouillé seul. Son père aimait la boisson et il était violent, mais les assistantes sociales n'ont jamais réussi à lui retirer la garde. Il y a plus d'un an environ, son père…

La conversation est coupée par Nathan :

— Venez tous, on fait une photo avant que la nuit ne tombe.

Constance en profite pour glisser quelques mots à Puilaurens :

— Je ne veux pas me mêler du sportif mais tu as été dur avec Jimmy Lanet. Laisse-le intégrer l'équipe, fais-le pour lui. Il n'a rien dans la vie à quoi s'accrocher.

— À cent cinquante euros la licence, tu crois qu'on peut se permettre de jeter l'argent du club ? Et puis, je ne suis ni son oncle, ni son tuteur. L'effectif est de qualité, on n'a pas besoin de lui. La discussion est close.

— Je suis déçue par ton manque de pédagogie. Le rugby c'est la solidarité. Quelqu'un a besoin d'aide et tu ne lui tends pas la main, c'est triste comme réaction.

Elle se tourne et file rejoindre le groupe.

Vingt minutes plus tard, Jimmy arrive chez lui. Il dépose sa bicyclette contre la façade de la villa. Il pousse la porte d'entrée. Son père l'apostrophe :

— Alors cet entraînement, c'était bien ?

— Non, c'était zéro. Ils ne veulent pas de moi, souffle Jim.

— Mais qu'est-ce que t'as dans le froc, t'es une gonzesse ou quoi ?

— Désolé, je ne suis pas à la hauteur, poursuit le fils.

— T'es un perdant. Pas étonnant que ta putain de mère nous ait quittés avec un fils comme toi. Mais si tu joues pas, alors personne ne jouera, je te le garantis fiston. Allez, rends-toi utile et va faire la vaisselle.

Jimmy ne répond pas et s'échappe pour se cloîtrer dans sa chambre. Il se positionne devant son écran d'ordinateur, préférant un morceau de vie virtuelle plutôt que la dure réalité de son existence.

19

1992

— S'il lui arrive malheur, ce sera votre faute et je vous le ferais payer, jura-t-il dans une colère noire.

Quinze minutes plus tôt

Les cloches retentissent et annoncent les douze coups de midi. À un an d'une retraite bien méritée, Raymond Douzens, fidèle garde champêtre depuis près de vingt ans, achève son service matinal lors de la sortie de l'école. Il fait circuler les enfants sur le passage piéton. Certains parents qui accompagnent leur chérubin, lancent à monsieur Douzens : « Merci ! Bon appétit ! ». Raymond leur répond avec toute la gentillesse qu'on lui prête. Plus personne à l'horizon. Il enfourche sa mobylette et quitte le groupe scolaire Jean Prat. Il traverse le village et file en direction de son domicile, rue du Grenache. Il arrive à proximité de la cave particulière vigneronne *Domaine Homps* et aperçoit une silhouette qui s'y extrait. Une silhouette qu'il connaît très bien même. Raymond freine d'un coup sec. Il s'agit de son épouse Geneviève. Elle titube. Elle visualise avec insistance son époux. Après quelques hésitations, elle lance, la langue pâteuse :

— Ah chéri, j'arrive tout de suite. On a achevé le rancio hier, je suis venu en récupérer.

— Ah bon ? répond Raymond déconcerté. Pourtant tu as les mains vides. Rentre à la maison, j'arrive. Je vais aller chercher la liqueur moi-même.

Ne pipant mot, Ginou file au domicile familial situé à une vingtaine de mètres. Quelle ironie de la vie que de résider rue du Grenache lorsque l'on est dépendant d'alcool.

Raymond gare la mobylette sur le trottoir, retire son casque et ouvre la porte. Au franchissement, une cloche retentit et le garde pénètre dans la boutique. Quelques pas se font entendre dans l'arrière-salle. Le patron, Marcel Homps arrive.

— Salut Raymond, tu tombes bien, ta femme a oublié le rancio sur le comptoir.

— Je t'arrête immédiatement. La bouteille, tu peux la garder. Je t'ai déjà dit que Ginou était malade à cause de ta putain de vinasse. Tu veux la faire crever ?

— Attends, je ne l'oblige pas à venir. Et puis tu sais, si je lui interdis d'entrer ici, elle ira chez les Fanjeaux ou chez les Nébias ou à la coopérative.

Le ton monte entre les deux parties. Véronique, l'épouse de Marcel arrive et se glisse au milieu des deux hommes pour les séparer.

— Ça suffit, maintenant. Raymond, rentre chez toi.

Ce dernier glisse un pas en arrière en direction de la sortie.

— Véronique, tu cautionnes ce genre de choses ? Geneviève tient une cirrhose qui s'aggrave. Je ne veux plus que vous la serviez. C'est compris ?

— Marcel a raison, elle ira ailleurs si elle trouve porte close ici. Tant qu'elle paye, je la servirai.

Raymond n'en croit pas ses oreilles. Il ne tirera rien de ces gens. Avec un profond dégoût, il rétorque :

— S'il lui arrive malheur, ce sera votre faute et je vous le ferais payer.

— Tiens donc, ricane Marcel, un garde qui profère des menaces. Mais où allons-nous ?

Avant de quitter l'établissement, Raymond saisit la bouteille tant convoitée par sa chère et tendre, la propulse au sol et claque la porte avec violence. Il chausse son casque et quitte la devanture commerciale.

À l'intérieur, on entend :

— Maman, c'était quoi ce bruit ?

Un jeune garçon fait son apparition dans la salle et

découvre le sol jonché de vin et de débris de verres.

— Ce n'est rien Nathan, une bouteille qui s'est cassée. Allez, mets-toi à table que tu retournes à l'école après, répond la maman.

— Mon Nounours, avant d'aller à la cuisine, fais-moi passer le balai et la serpillière s'il te plaît, demande le papa.

20

2007

— Tu fais trop de bruit sale gosse, ferme-la ! hurle-t-il d'une haine endiablée.

Quatre heures plus tôt

Comme souvent, Jimmy quitte son domicile et file chez son grand-oncle Raymond afin de partager le repas dominical. Sur son vélo, il traverse le village au gré du chant des cigales aoûtiennes. Il fait une étape à la boulangerie, achète une baguette et gagne la rue du Grenache, sous une chaleur de plomb confirmant la réputation du midi de la France. Il arrive devant l'habitation de l'ancien garde champêtre. C'est une maison de village typique dont la peinture mauve des volets est écaillée et la façade laissée à l'abandon. Les moustiquaires sont en mauvais état, crevées à certains endroits. Jimmy se faufile entre la façade et la Renault 5 de Raymond, garée un peu trop près du mur. La sonnette ne fonctionne pas depuis fort longtemps. Jim glisse sa main dans le heurtoir en fer forgé rouillé par les caprices des saisons, et frappe sur la porte en bois. Tonton Raymond ouvre et laisse entrer son petit-neveu accompagné de la bicyclette. Une simple bise ponctue la salutation.

Raymond Douzens est retraité depuis une quinzaine d'années. Son veuvage l'a refermé sur lui-même, lui qui était pourtant un bon vivant. Il pensait pouvoir profiter de la retraite aux côtés de son épouse Geneviève, mais une cirrhose prévisible et foudroyante ne leur a laissé que quelques semaines après son retrait de la vie active. N'ayant jamais pu avoir d'enfants, José Lanet, leur neveu, a toujours été considéré comme leur fils. Maintenant, c'est Jimmy qui représente la seule famille de Raymond.

Les deux protagonistes s'avancent dans le couloir et calent le deux-roues contre la cloison. C'est un peu la pagaille. Il faut se faufiler entre les piles de livres et les plantes à moitié fanées. Ils débarquent dans la cuisine. Jimmy observe quelques vieilles photos sépia.

— Tiens regarde celle-là, ma Ginou et ta grand-mère. Elles étaient complices à l'époque les frangines. Tu sais que tu lui ressembles de plus en plus, soupire Raymond.

Comme souvent, l'ancien a préparé des pâtes à la bolognaise. Ils s'installent sur la petite table en pin. Cette dernière est recouverte d'une toile cirée jaunie et légèrement collante. Jimmy ne fait plus attention au manque d'entretien de Raymond. Le déjeuner débute avec un morceau de mousse de canard poussé par un quignon de pain.

Comme souvent, le grand-oncle raconte des anecdotes qu'il a vécues. Jimmy connaît toutes ces histoires, mais il l'écoute attentivement. Sa jeunesse dans le Lauragais, sa participation à la guerre d'Algérie, son arrivée à La Palme, et le rugby sont décortiqués avec la mesure exacte, sans fausse note, comme si l'Ancien récitait une leçon de grammaire ou une poésie. Raymond, au secret si lourd, n'a jamais abordé le drame local provoqué par le tueur en série, d'il y a deux décennies ; jusqu'à aujourd'hui.

Le plat principal consommé, Raymond propose un yaourt à la myrtille légèrement périmé ou une pomme sensiblement flétrie. Jimmy opte pour la pomme, Raymond récupérant l'autre choix dans un réfrigérateur peu garni, à l'image de la maigre pension récoltée par nos bons vieux retraités.

Comme souvent en fin de repas, Raymond lance :

— Mila-dieu[8], je parle trop. Et toi alors, que me racontes-tu ?

— Pas grand-chose, répond Jimmy avec discrétion.

— Alors l'équipe de rugby reprend. Ce n'est pas une bonne idée. Les blessures vont se rouvrir.

— Ils me dégoûtent tous, s'énerve le jeune. En plus, ils n'ont pas voulu que j'intègre l'équipe.

— C'est une bonne chose, ça ne t'apportera rien de positif. Cette équipe est bâtie sur des morts. Ça ne présage rien de bon, réplique Raymond. Le présent est notre avenir, pas le passé.

— Je voulais que papa soit fier de moi, mais c'est une cartouche supplémentaire pour m'humilier. Heureusement j'ai une amie sur internet qui m'aide à oublier mon quotidien dramatique. Je peux me confier à elle, ça fait du bien, elle me conseille…

— … ah ton père, coupe Raymond, navré.

— J'en ai marre, je ne le supporte plus.

— D'accord, d'accord, s'accorde Raymond, compréhensif.

Quelques secondes s'écoulent.

— Et ton traitement, tu le prends toujours ? C'est important mon grand, ne l'oublie pas.

— Oui tonton, merci, mais je me sens mieux. J'ai l'impression que les migraines s'estompent. Au fait, tu pourrais lui parler. Il ne pense qu'à boire et à regarder la télé.

— Écoute-moi bien, répond Raymond en faisant preuve d'empathie, et fais-moi une promesse. Prends ton traitement et ensuite je parlerai à ton père. Tout cela cessera.

— J'ai peur qu'il me refasse du mal !

Raymond se lève de sa chaise et s'approche de Jimmy. Il

---

[8] « Mille dieux ! » en occitan. (*juron classique*)

place ses mains ridées sur les joues du petit et lui confie :

— Je ne laisserai personne te faire du mal malgré mes vieux os. Laisse ton père là où il est. N'y fais plus attention, lance-t-il avec conviction. Ne raconte pas tes peines aux gens, les vautours s'abattent sur le blessé qui pleure.

— Merci tonton. Merci, réplique Jimmy, sanglots en gorge.

Comme souvent, l'*au revoir* est plus intense que le bonjour. Jimmy quitte Raymond en se disant « *à dimanche prochain* ». Il grimpe sur son vélo et retourne chez lui.

Une voix accueillante résonne :

— Fais-moi le plaisir de ranger ton deux-roues de merde. Tu le mets toujours devant la porte et à chaque fois il me gêne. Bordel, tu as le permis, achète-toi une voiture. On dirait une gonzesse avec ta bicyclette. Alors tu t'es régalé chez le vieux ? Une fois de plus, j'ai dû me faire la bouffe. Tu me sers vraiment à rien. Pas étonnant que ta mère se soit barrée. Et au fait, t'as encore reçu du courrier hier. Range-le au lieu de le laisser traîner. Je vais pas le faire à chaque fois, fainéant !

Jimmy ne répond pas à la déferlante d'agressions verbales, évite la présence de son père comme s'il n'avait rien entendu et file s'enfermer dans sa chambre. Un poster de l'actrice Salma Hayek jouxte plusieurs images de sportifs comme Cassius Clay et Nicolas Anelka. La tapisserie bleu marine s'accorde parfaitement bien avec le mobilier en pin repeint en blanc. La pièce est soigneusement rangée au contraire de l'ensemble de la maison. Comme si cette chambre était hors du temps. Son antre, sa bulle, son intimité lui appartient. Il retrouve sur son bureau une nouvelle enveloppe dorée, toute aussi étrange que la précédente, et sa boîte d'anxiolytique. Il regarde cette dernière avec insistance, l'a saisi et la balance avec rage de l'autre côté de sa chambre. Puis il ouvre l'emballage ambré.

Il extrait un document. À sa lecture, son visage se déconfit, une nouvelle fois. Que peut-elle contenir, encore ?

La porte s'ouvre brusquement. José débarque. Sa silhouette chétive n'est pas impressionnante. Paradoxalement, l'expression de son visage en impose. Ils plantent ses yeux noirs dans le regard de son fils. Il s'avance vers Jimmy, se jette sur lui en le prenant à la gorge. Il s'écrie :

— Tu fais trop de bruit sale gosse, ferme-la !

Jimmy se débat mais ne prend pas le dessus. Il est soumis et finit par s'évanouir dans un climat de violence insoutenable.

21

Après cette nuit mouvementée et une étape aux urgences du centre hospitalier, les Palmistes regagnent leur fief, à la lueur de l'aurore, avec un sentiment de mise en bouche.

Trois semaines plus tôt

Deux matchs amicaux sont programmés pour l'Espoir Olympique Palmiste. Au tintamarre des bennes et à la valse des tracteurs préparant la prochaine récolte, l'EOP reçoit sa voisine. L'union Sigean-Port-la-Nouvelle évolue en Fédérale 3[9]. Certes, ce n'est que la réserve de l'équipe fanion qui déboule mais enfin, le niveau est présent. La partie se déroule en trois tiers-temps de vingt minutes. Avec un effectif de trente bonshommes, il y a de quoi faire tourner. Avec un manque d'automatismes certains, le XV du palmier s'incline cinq essais à deux, inscrits par Nathan Homps et Micka Nébias. Le vendredi suivant, c'est le match retour au stade Jean Moulin, le fief nouvellois. L'effectif

[9] Cinquième division du championnat français de rugby à XV

conséquent permet d'effectuer une rotation des sportifs et ainsi essayer plusieurs formules tactiques. Défaite des palmistes cinq essais à trois. Damiano Ornaisons puis les frères Nébias sont les marqueurs. Il y a du mieux mais il faut encore travailler dur.

Le village est en effervescence entre les vendanges et le championnat rugbystique qui rapplique à grand pas. En quatrième série, La Palme se donne le droit d'affronter Saint Pons-des-Thomières, Vinassan, Olonzac, Montredon-Moussan, Lieuran, les voisins de Portel, La Grande Motte et Villeneuve-la-Comptal. Les dernières préparations sont intenses. Une équipe type se dessine au sein de l'effectif. Clin d'œil du destin, le calendrier offre la réception des Villeneuvois, comme vingt ans plus tôt, lors de la dernière saison de l'EOP juste avant la tragédie.

Nous sommes vendredi soir et à deux jours du match, les joueurs veulent gagner leur place, pour une rencontre historique. La session est engagée. Chacun veut gratter un siège sur la feuille de match. Les frères Nébias débarquent tardivement. La cueillette a été plus longue que prévu. Chacun son sac sur l'épaule, ils s'excusent auprès de Puilaurens ; un des tracteurs est tombé en panne. Ils gagnent les vestiaires afin de se changer puis attaquent l'entraînement bien entamé. Sur le bord de la main courante, les sceptiques sont de sortie.

Entouré de quelques camarades, Auguste Albas s'écrie en direction des joueurs :

— Boudu vous recevez *La-Comptal*, c'est un signe du destin. Arrêtez tout tant qu'il est temps.

À l'instar des anciens, Jimmy, à proximité est venu assister à la séance, ce qui ne passe pas inaperçu aux yeux de Damiano. Le jeune aux origines ritales termine son atelier d'exercices et aboie :

— Jim, je t'attendais pour que tu laces mes crampons. Tu viendras me savonner sous la douche après, guignol !

Les badauds ricanent. Lanet chuchote, dépité :

— Pauvre type. Tu ne l'emporteras pas au paradis.

Le coup de sifflet de Pierre Puilaurens signale la fin de la session. Il rassemble les jeunes et annonce le groupe final. Alonzo Quintillan et d'autres sont déçus. Certains éprouvent même de la jalousie. Ils ne comprennent pas les choix du coach. Ils ne sont pas intégrés alors que d'autres, moins assidus le sont. Micka et Léo Nébias apparaîtront sur la feuille de match malgré le peu d'entraînements. C'est l'heure des premières tensions, des premières joutes verbales. En quittant la pelouse pour rejoindre les vestiaires, Alonzo lance à Léo :

— T'es pistonné, toi. Tu as Pierre dans ta poche à coups de muscat.

— Et encore tu n'as rien vu, ironise Léo. Je serai capitaine dimanche.

Alonzo s'approche nez à nez :

— Moi aussi, je viendrai un vendredi sur quatre, peut-être que je jouerai.

La Tique arrive avec un grand sourire et met un terme à la conversation :

— Tu sais bien qu'avec les vendanges, on ne peut pas s'entraîner comme il faut, alors sois bon et tu joueras.

— Un conseil pour la prochaine fois, mettez le protège-dents, menace Alonzo.

La pression finit par retomber et la soirée se poursuit autour d'une paella concoctée d'une main de maître par les bénévoles. Quatre joueurs achèvent l'apéro au comptoir tandis que la majorité de l'équipe est déjà attablée, babines salivantes. La retransmission du match France-Irlande passionne les foules. C'est un match décisif pour accéder aux quarts de finale de la coupe du monde du rugby. Julian prospecte afin d'apercevoir Nathan dans les tribunes. Pour son anniversaire, il avait reçu deux places offertes par ses camarades. Il a naturellement proposé à sa chérie, Claire, de l'accompagner dans la capitale. Mais le séjour va être bref car demain matin, Nathan doit être au pied des souches pour achever la vendange. Damiano et les frères Nébias ne comprennent pas les choix du sélectionneur Bernard Laporte. Pourquoi laisser sur le banc Yannick Jauzion et installer David Marty en tant que titulaire ? Olivier arrive et poursuit :

— Chabal en seconde ligne ? N'importe quoi, il apporterait beaucoup plus en numéro huit.

Les téléspectateurs palmistes sont dubitatifs. Simplement douze à trois pour les Bleus à la pause. Pendant qu'ils savourent leur cône glacé comme dessert, c'est Vincent Clerc, durant le second acte qui débride le match. Il inscrit deux essais en dix minutes. Explosion de joie dans le club-house. Avec une victoire 25 à 3, la France se permet le droit d'affronter les Blacks au tour suivant. Désormais les joueurs de l'EOP attaquent le débriefing du match. Tout ça, autour de la tireuse à bière.

Léo s'approche de Toanui lui tendant un gobelet particulier.

— C'est quoi ça ?

— Ma spécialité locale. Le Tahitien observe le contenu.

— Du pastis ?

— Exactement. Mais ici, tu dois le boire cul sec.

— Simplement ça ? OK.

Les partenaires poussent la chansonnette : « Ami Toanui, ami Toanui, lève ton verre et surtout ne le renverse pas… » Tita s'élance et dès la première gorgée avalée, une grimace apparaît sur sa face. Mais il poursuit sa mission et achève son verre.

— Ouah ! Ça arrache. Prêtez-moi un briquet et je fais cracheur de feu ! Pas mal Léo. La prochaine fois, je te concocte Ma spécialité. Mais c'était quoi avec le pastis ?

— Juste de la vodka à la place de l'eau, répond Nébias surpris, hébété et déçu par la facilité de sa victime à déguster ce nectar.

Une fois le fût de bière terminé ainsi que les autres liqueurs et motivés par les fers de lance Alonzo et Damiano, les jeunes décident de poursuivre la soirée au *Dancing Dallas*, discothèque de Narbonne. Mickaël et Léo déclinent l'offre. Demain sera la dernière journée de récolte pour ces jeunes exploitants agricoles. En plus, leurs parents se sont absentés pour se rendre au chevet d'une vieille tante sur le point d'agoniser.

Ils sont une bonne dizaine à quitter le stade et à prendre la route. Les moins éméchés prennent le volant. Un exemple à ne pas suivre car les moins ivres sont quand même alcoolisés. L'inconscience et la bêtise de la jeunesse. Dans l'habitacle d'Olivier Mirepeisset, les douces mélodies de Radio Flashback vont bon train. Alonzo, Julian et Toanui s'en donnent à cœur joie. Le pilote coupe les ondes FM puis insère un album reprenant les tubes des années quatre-vingt. *Capitaine abandonné* de Gold ouvre le bal, avec des modifications de paroles pour pimenter le trajet : *« Ouh ouh ouh, ils sont partis pour gagner. Ouh ouh ouh, les joueurs de l'EOP. Les rugissants du Pacifique.* Toanui exulte à ce moment-là, lui, le natif de Tahiti. *Les remous des torrents palmistes, vont briser les mecs du Lauragais, ils vont tomber. »* Après deux ou trois chansons fredonnées par les barytons d'un soir, le volume redescend en douceur. Les conversations partagées deviennent plus terre à terre, voire bien plantées profond en sous-sol.

— Ce soir, je vais choper tout ce qui bouge, chantonne Alonzo.

— Tu risques d'attraper la bouteille alors, répond Julian.

— Pas que ça mec, lance Alonzo avec ironie. Et toi Toanui, ce soir tu restes sage ? Remarque, il faut garder des forces pour le match, enchérit le jeune Quintillan.

— Je verrai bien si les opportunités s'offrent à moi. Je connais une demoiselle qui sera au bar ce soir, elle est caliente[10], clame l'îlien.

— Dis-moi son nom. Je tenterai ma chance, poursuit Alonzo.

— Elle se nomme Tatiana, Tatiana Eristoff. Elle a une cousine Anna Poliakov, avec une lichette de pomme, elles sont au top ! rétorque Toanui faisant référence aux deux grandes marques de la boisson importée d'Europe de l'Est.

Les études sociologiques indiquent que lorsqu'un groupe d'hommes se retrouvent, le niveau de mentalité dégringole. À travers les ricanements sur cette dernière intervention, la règle se confirme.

Les trois véhicules palmistes arrivent à destination. Les garçons pénètrent dans l'enceinte narbonnaise. Ils achètent trois bouteilles, deux de whisky et une de vodka. Julian et Olivier récupèrent la commande. Pendant que certains s'installent sur les banquettes bien confortables, d'autres monopolisent la piste de danse sans perdre une minute. En célibataire en puissance, Alonzo Quintillan et Damiano Ornaisons s'approchent d'un petit groupe de jeunes femmes. Entre danse et petits mots dans le creux de l'oreille, le courant semble passer. Les chorégraphies sont de plus en plus sensuelles. Sous des regards sans équivoque, les filles quittent leurs partenaires masculins et regagnent leur table afin de se désaltérer. Et puis pour se faire' désirer certainement. Les deux Palmistes en font de même. Ils sont surexcités.

— Olivier, tu me prêtes ta voiture ? demande Alonzo.

— Pour quoi faire ?

— Je n'ai pas l'intention de jouer à la belote, si tu veux tout savoir. Après quelques hésitations, le blondinet à lunettes cède :

— Trouve le moyen de ne rien salir. Sinon je te fais

---

[10] Chaude, en espagnol

nettoyer à coups de langue.

— À coups de langue ? Quelle excitation ! Ne t'en fais pas, je suis un expert. Merci mon pote.

Olivier offre les clés de sa Renault Clio, plutôt spartiate. Après cinq minutes de pause, Alonzo attaque. Il s'approche de la table de sa cible. Accompagné de turlurettes des *eighties* et des stroboscopes, il semble convier la demoiselle à faire un petit tour à l'extérieur. Ses amies émettent des réticences. Elle ne connaît pas ce jeune homme tatoué. Légèrement désinhibée par l'alcool, la fille accepte à la surprise générale ne faisant pas cas des réflexions de ses copines. Elle file sous le bras d'Alonzo.

Une autre miss prend la direction des toilettes. À sa table, Dam l'Italien fixe et annonce :

— Celle-là, elle est pour moi.

Il se lève et quitte sa place. Il entre dans la pièce commune des w.-c., et attend que sa proie termine son affaire. Quelques instants plus tard, la jeune femme pousse la porte des toilettes féminines et se retrouve dans le sas, face à Damiano. Une fraction de seconde d'observation, et les deux se jettent l'un sur l'autre. Ils s'embrassent avec fougue et vigueur, n'en déplaisent aux gens qui souhaitent accéder aux w.-c. Ornaisons pose sa main sur la cuisse de la dame. Il remonte sous la jupe, avec douceur, chaleur et volupté. Ils sont littéralement emboîtés l'un dans l'autre. Cette blonde aux cheveux mi-long et frisés possède un petit haut en soie rouge extrêmement serré qui lui permet de faire ressortir sa poitrine affriolante. En pleine excitation, ses tétons se durcissent à travers le tissu carmin. Damiano rugit de plaisir lorsque la demoiselle l'enlace avec vigueur comme une noyée au bord de l'asphyxie. Son entrejambe se durcit à l'instar d'un Pinocchio en train de mentir. Cette fille est un volcan en éruption qui n'attend qu'à être refroidie.

Pendant ce temps, Alonzo se retrouve sur le parking en charmante compagnie. Ils arrivent à hauteur du véhicule d'Olivier. Alonzo s'assied sur le capot et commence à caresser l'épaule de la fille, puis le cou. Il passe sa main dans les cheveux et les deux protagonistes commencent à s'embrasser langoureusement. Leurs pubis ont fusionné ne laissant aucune place au moindre courant d'air.

— Prends-moi ici et maintenant !

Il n'en fallait pas moins à Alonzo pour accélérer la cadence. Il dégrafe le soutien-gorge à travers le t-shirt de la petite brune. Toujours la main sous le haut de la miss, il commence à malaxer ses seins, lèvres toujours accolées. Aucun homme ne pouvait résister au magnétisme de la jeune femme surtout lorsqu'elle est aussi entreprenante. Mais ils sont rapidement interrompus.

— Oh bâtard, qu'est-ce que tu fais ?

Alonzo aperçoit un homme d'une vingtaine d'années, casquette vissée sur la tête, sapé d'un survêtement blanc. Il répond, tout en se redressant :

— C'est à moi que tu parles ?

— Tu vois d'autres bâtards à part toi ici ? Cette meuf, elle est à moi, alors tu dégages.

La jeune femme commence à paniquer. Alonzo la rassure en lui chuchotant :

— Reste derrière moi !

Puis il s'adresse à l'homme :

— On ne t'a pas appris à respecter les dames dans ton quartier ? Il y a deux sortes de types : ceux qui filent les gifles et ceux qui les reçoivent. Alors barre-toi petite racaille de mes deux.

Alonzo entend du bruit derrière lui. Il se retourne. Six ou sept individus avec une apparence similaire au premier s'approchent. Il dit à sa conquête :

— Rentre vite et préviens mes collègues.

La jeune femme ne se fait pas prier et s'enfuit en direction de la salle, esquivant l'offenseur arrivant de face. Alonzo a compris ce qui allait se passer. Il s'écrie :

— Visiblement tu as besoin de tes copains pour discuter.

— Tu vas surtout faire connaissance avec lui.

Il sort un couteau de sa poche.

— File-moi les clés de la voiture.

— Tu veux les clés ?

Alonzo se fait craquer les cervicales.

— Va les chercher !

Il jette le trousseau de clés de l'autre côté du parking. C'est à ce moment-là qu'il se fait ceinturer par-derrière.

La jeune fille pénètre dans la discothèque. Elle alerte les vigiles au sujet de la scène qui se déroule à l'extérieur et court tout droit dans la salle de danse. Elle reconnaît Olivier, un membre de l'équipe d'Alonzo. Paniquée et à bout de souffle, elle explique rapidement la situation. Mirepeisset l'intello avertit ses copains. Julian va chercher Damiano aux toilettes et l'interrompt dans sa phase de préliminaires. Frustré sur le moment, il n'hésite pas à quitter sa prise.

— Attends-moi, je reviens ma beauté !

Un des portiers est en communication avec la police. Les autres vigiles ne semblent pas vouloir bouger. Ce qui se passe dehors reste dehors. On ferme les yeux. Toanui et ses amis s'extirpent de la boîte. Ils aperçoivent Alonzo à terre, entouré de ses agresseurs. Ils courent d'un seul homme, pour lui prêter assistance. La bagarre générale est déclenchée. Les rugbymen prennent rapidement le dessus sur les assaillants. Ceux-ci comprennent qu'ils ne font pas le poids et un par un, s'enfuient dans toutes les directions possibles sous le chant des sirènes de la police. La patrouille ne devait pas être bien loin. Il ne faut pas chercher midi à quatorze heures pour savoir que les soirs de week-end, il y a de l'action à proximité des discothèques. Julian relève Alonzo, marqué au visage :

— Comment tu te sens ? Tu as mal quelque part ?

— Les côtes sifflent quand même. Heureusement que je

ne joue pas demain, ajoute-t-il en souriant.

— Un proverbe chinois dit : « *Je détestais mes chaussures puis j'ai rencontré un homme qui n'avait pas de pieds et je me suis trouvé content de mon sort* ». Contente-toi de ce que tu as, cela aurait pu être pire mon ami, enchérit Olivier.

— Olive, ne me fais pas rire avec tes proverbes, ça me fait mal ! pouffe Quintillan, soutenant ses côtelettes.

Un équipage de la brigade anti-criminalité du commissariat débarque. Les trois policiers procèdent aux formalités. Que s'est-il passé ? Description. Envoi d'une seconde patrouille sur le secteur. Invitation à rencontrer un médecin puis à déposer plainte.

Après cette nuit mouvementée et une étape aux urgences du centre hospitalier, les Palmistes regagnent leur fief, à la lueur de l'aurore, avec un sentiment de mise en bouche. Demain, sera la première confrontation de championnat. La partie pourrait être plus que virile face aux hommes du Lauragais.

22

— Voici le lieutenant Novès et l'adjudante-chef Liévremont qui seront en charge de l'enquête, ajoute-t-il avec empathie.

Trois heures plus tôt

Nous sommes samedi, à la veille du premier match. L'euphorie est à son paroxysme dans le village. Vingt ans que le stade n'avait plus connu de compétitions officielles. Ce ne sont pas les tournois de foot organisés par le comité des fêtes ou encore les entraînements des rugbywomen leucatoises qui ont véritablement enflammé les foules. Comme la famille Homps, les Nébias vendangent sous un ciel clément pour la dernière journée de cueille. La coye[11] est efficace. C'est la même armée de saisonniers espagnols que l'an passé. L'ambiance est bon enfant. Quelques grappes voltigent et s'écrasent sur les visages. Le porteur finit même dans la benne lorsqu'il vide, poussé discrètement par un camarade. Néanmoins, quelqu'un les observe à travers les feuillages de la vigne. Louis Fanjeaux s'approche à pas de velours, dans un silence de cimetière. À hauteur du tracteur et muni d'une grande pointe affûtée, il incise le pneu avant gauche non sans mal. Puis il repart aussi discrètement qu'il est venu.

Après avoir terminé l'ultime vigne de macabeu au lieu-dit La Bouchère, les cueilleurs regagnent le bercail dans le fourgon conduit par Donato, saisonnier ibérique. Léo laisse partir ses ouvriers et grimpe dans son tracteur.

Après un nettoyage sommaire au domaine des Nébias, chaque employé astique les seaux, les sécateurs, tout en regardant les festivités débuter. Puis ils se saluent, se quittent en pensant à la fête qui a déjà commencé pour clôturer les vendanges. En plein centre du village, la propriété des Nébias se compose de trois caves agricoles encerclant un parking privé donnant sur la rue Bonaparte, assez passante. Les frères ont aménagé eux-mêmes leur habitation au-dessus de ces caves, tout comme leurs parents. Ces derniers ont dû s'absenter en urgence, une tante est en train de rendre l'âme du côté de Font-Romeu. Mickaël, le petit frère, arrive sur sa placette avec la machine à vendanger. Il essaye de se faufiler entre les villageois déguisés. Lui, a terminé le carignan, cépage noble, sur le secteur du lieu-dit Les Légunes. Il se gare à côté du fourgon. Il lance à Donato, dernier employé encore sur les lieux :

— Quand tu as fini, bouge le fourgon por favor. Je

[11] L'équipe de vendangeurs

laverai la machine.

Après observations, il ajoute :

— Léo n'est pas encore rentré ?

— Non, pas encore señor.

— C'est étrange. Je l'appelle.

La Tique compose le numéro de son frère.

— Allô, mais enfin où es-tu ? Tu as vu l'heure ?

— En repartant de la vigne, je me suis rendu compte que j'avais crevé. J'ai aperçu Nathan qui passait non loin. Je l'ai contacté et il est venu me dépanner.

— Dépêche-toi, le défilé a commencé, poursuit Micka avec un fond sonore de bandas. Une douche, le costume et c'est parti !

— Tu crois que je vais passer par Durban pour revenir ? Je fais au plus vite.

Un quart d'heure plus tard, Léo arrive, enfin. Il ouvre la portière, moteur toujours allumé et demande à Mickaël :

— Tout s'est bien passé ?

Le cadet lève le pouce pour répondre positivement.

— Et toi alors ?

— C'est incompréhensible. Aucun souci à l'aller pour gagner la parcelle de vigne. Je repars et je remarque que le pneu avant est hors d'usage. Je l'ai dans la benne. Tu verras la grosse entaille. C'est illogique. Sur place, il n'y avait aucune barre métallique qui aurait pu provoquer cela, raconte Léo.

— Il y avait peut-être un défaut et ce n'est ressorti que maintenant.

— Pff et ta sœur, elle a un défaut ? dit-il en souriant.

Mickaël tient une admiration profonde pour son grand frérot. Il a toujours été présent pour lui. Dès le plus jeune âge, ils s'entraidaient quand un autre enfant les ennuyait dans la cour de récréation. En ayant seulement moins de deux ans d'écart, ils ont vécu beaucoup de choses et partagent désormais le même boulot et le même maillot.

La Tique descend péniblement de la machine, le dos usé par les secousses. Léo lui lance :

— Au fait, c'est bon, j'ai enregistré Angleterre-Samoa. Allez vite, au défilé !

— OK, je me presse, répond son petit frère.

Mickaël lave l'engin dans la cour, au milieu de ces trois remises. Le bruit du jet d'eau camoufle les bruits de pas. Quelqu'un approche, tend le bras en direction de la Tique et pose la main sur son épaule. Ce dernier pivote rapidement, surpris. C'est son frère.

— Je vais finir. Avec ton dos, on y est jusqu'à Noël, dit-il en souriant.

Micka accepte sans broncher. Il répond en se tenant les hanches :

— Je me douche et on file. Regarde la foule, il y en a qui ne manque pas d'imagination… Tiens, tu vois celui-là ? C'est quoi son costume ?

— Oh putain, c'est un Bogdanoff.

Ils se mettent à rire.

— Tiens, regarde les grands-mères en short de cuir, alors elles t'excitent ?

— Mon frère est fou ! Mais, elles ont raté leur lifting les *Bananarama !*

L'hilarité envahit la cour. Le petit frère quitte le parvis puis Léo reprend le flambeau du nettoyage. Mickaël est le portrait craché de son aîné. Ils pourraient être faux jumeaux que ça ne choquerait personne.

Un individu, déguisé en dératiseur, se détache du défilé et des autres costumés. Il longe le mur de la propriété et se glisse dans une des caves. On ne perçoit qu'une sombre silhouette tapie dans l'ombre. Un fracas sourd retentit dans la remise. Léo est alerté. Il décide de vérifier ce qui se passe. Il s'avance et aperçoit la machine à dos utilisée pour sulfater, à terre. Il s'accroupit pour la saisir quand soudain, un chat surgit et bondit sur lui. Il tombe sur les fesses, hébété. Il ricane seul et souffle. Avoir peur d'un chat sautillant lui fait penser à un cliché de films d'horreur. Il replace la machine à dos sur l'établi, à son emplacement habituel. Une ombre avance petit à petit, en toute discrétion, derrière Léo. Cette ombre s'approche, glisse un poignard et tranche la gorge du grand Nébias. Il chute. Le martyr essaye de crier mais c'est impossible. Il agonise. Léo enveloppé de son propre sang, ne peut plus se mouvoir. L'individu essuie sa lame tranquillement avec un mouchoir, tout en prenant plaisir à visionner la scène. Il glisse son matériel dans la poche droite de sa blouse et récupère un objet dans la gauche. Il se met à genoux et ouvre la bouche de Léo. La flamme vitale du regard s'éteint peu à peu. Il dépose un porte-clés en forme de ballon de rugby dans le gosier de sa victime. Sur l'établi, il trouve un stylo et un vieux papier qui traînent. Malgré l'épaisseur des gants, il écrit un message sans se presser, puis le place sur le corps de Léo. Il semble prononcer du charabia durant une dizaine de secondes. Il dépose le stylo là où il l'a trouvé et quitte les lieux sans s'affoler, sans se faire repérer et se fond à nouveau dans la masse des costumés, comme il s'en était délié quelques instants plus tôt.

— Bon, que fais-tu ? Tu t'es endormi ? s'exclame Micka emmitouflé dans une tenue de militaire. Le défilé est bientôt terminé. Bouge-toi, frérot.

Le jet d'eau toujours activé, la Tique ferme le robinet qui se trouve dans la cour. Il s'approche de la remise, grande ouverte. Un cri le surprend. Il se retourne. Alonzo Quintillan, déguisé en Tarzan, surgit :

— Vous venez au bal ?

— J'attends Léo, il a dû s'endormir… Que tu es beau, entre tes poils et tes tatouages, tu ressembles plus à Cheeta… Mais, c'est quoi ce coquard ? Tu t'es battu ?

— Couillon va, je t'expliquerai. J'ai croisé un groupe de pom-pom girls, j'y vais. Je ne veux pas perdre de temps, je vais leur montrer ma liane !

— Tu ne changeras jamais, toi ! À tout à l'heure le solide, répond Micka en souriant.

Ce dernier pénètre donc, dans la cave.

— Léo, tu es là ?

Micka contourne la benne et découvre son frère, au sol. Figé durant une fraction de seconde, il se précipite :

— Léo, tu m'entends ?

Il s'agenouille dans une mare d'hémoglobine et prend la tête de son frère :

— Non, c'est pas vrai. Léo réponds-moi, je t'en prie, Léo !

Son frère ne peut plus l'entendre. C'est fini. Il a rejoint l'au-delà. Pendant qu'il passe sa main dans les cheveux de son aîné, dans un esprit protecteur, il murmure :

— Reste avec moi, mon frère. Je t'en supplie, reste avec moi.

Le papier déposé sur le corps, glisse et se camoufle, s'imprégnant du sang. Mickaël est anéanti. La vie est telle une lueur qui finit toujours par s'éteindre. Les larmes, les cris s'extériorisent. Les flashs de souvenirs en commun dès le plus jeune âge jusqu'à ces derniers moments envahissent son esprit et son cœur. Une partie de lui vient de disparaître, pour toujours.

Plus d'une heure après la tragique découverte, la Tique est debout dans la cour, se rongeant les ongles comme un affamé. Sonné, choqué, groggy, son regard se plonge dans la remise dans laquelle il vient de découvrir l'inimaginable. Les sapeurs-pompiers de La Palme, les médecins du SMUR, les pompes funèbres Garetier, la gendarmerie de Port-la-Nouvelle et la brigade de recherche de Narbonne encerclent la zone, remuant comme une valse macabre.

Le maire Urbain Monséret arrive sur place :

— Je te présente mes plus sincères condoléances. Dis

bien à tes parents que je repasserai. Courage Mickaël. Je pense fort à ta grande famille.

Puis il s'éclipse aussi vite qu'il a débarqué. Le major Dusautoir de Port-la-Nouvelle s'approche du jeune frère et lui dit :

— Voici le lieutenant Novès et l'adjudante-chef Liévremont qui seront en charge de l'enquête.

— Il faut que je prévienne mes parents. Il faut que je prévienne Samantha sa copine, murmure le cadet, la gorge nouée et les yeux dans le vide.

— Bonsoir, je suis le lieutenant Maxence Novès de la brigade de recherche de Narbonne. Voici ma collègue Charlotte Liévremont. Sincères condoléances. Vos parents ont été prévenus. Ils ne devraient plus tarder. Mais j'aurais quelques questions à vous poser, lance-t-il compatissant.

23

— Tu as sali notre sport et notre club. On vient de débuter la saison mais pour toi elle est déjà terminée, conclut-il avec un profond mépris.

Six heures plus tôt

— Alors, le match est maintenu ?

— Pardi, soi-disant que le Comité a refusé de reporter la partie, c'est honteux !

— Comme vous dites, c'est honteux. Un jeune du village, apprécié de tous. Qui a pu faire ça ?

En ce dimanche matin, les commérages vont bon train. La malheureuse nouvelle n'a pas tardé à se répandre comme une traînée de poudre. Paradoxalement, c'est à la boulangerie de la place de la République, lieu de vie et d'échanges, que l'on parle des morts. Sur la terrasse du commerce, les anciens discutent de vive voix.

— Je me demande s'il n'y avait pas un peu de jalousie

entre son frère et lui, dit l'un.

—Ne dis pas de sottises. Par contre il y avait des tensions avec la famille Homps par rapport à leurs domaines viticoles, répond l'autre.

Chaque langue y va de son commentaire même jusqu'à des pronostics navrants.

—Ah sacré Fanjeaux, lui qui était hostile à ce que l'équipe renaisse, et bien, ça va conforter ses positions. Et si c'était lui ?

À l'intérieur de la boutique, Constance la présidente du club, entend les conversations. Elle s'agace et finit par intervenir les mâchoires crispées :

— Vous ne voulez pas un peu vous taire ? Ça suffit ! Si la connerie se mesurait, vous pourriez chatouiller les nuages ! Les Nébias sont assez touchés dans leur chair comme ça. Alors un peu de respect et évitez de raconter des conneries. Louis Fanjeaux ne veut pas de notre équipe. Je ne l'apprécie pas, mais de là à tuer quelqu'un. Vous imaginez ce que vous dites ? Et oui, le match aura bien lieu. Les gars sont traumatisés, et notre cœur sera avec Léo, mais nous sommes obligés de jouer. Alors on va jouer, on va gagner et on va honorer sa mémoire. Faites preuve de soutien envers ceux qui en ont besoin plutôt que de vous abaisser avec vos sordides commentaires.

Constance récupère sa baguette, dépose la monnaie et quitte la boulangerie en passant à travers les badauds, dans un mutisme inébranlable. Les anciens semblent moucher par le franc-parler de la jeune fille.

La météo clémente laisse retentir deux sons de cloches annonçant quatorze heures lorsque le bus de Villeneuve-la-Comptal déboule sur le parking du stade. Les joueurs palmistes sont dans un coin du pré, assis, écoutant Pierre l'entraîneur. On ne perçoit pas la conversation, mais certains garçons sont en larmes. D'autres montrent des signes de colère. C'est dans cet esprit pesant que tout le monde regagne les vestiaires. À l'intérieur du club-house, le staff local échange avec leurs homologues du Lauragais. La figure des visiteurs se décompose. L'annonce du terrible drame vient de faire son effet. Les deux formations sortent pour s'échauffer. L'envie n'est pas là, ce n'est pas surprenant.

— Allez les gars, on répète les gammes. Les avants avec moi. Damiano, prends les arrières, lance Puilaurens à Ornaisons, tentant de dynamiser ses troupes.

Vingt minutes plus tard, l'arbitre siffle. Le groupe se resserre, se lie. Il a besoin de se sentir souder, dans un esprit fraternel, avec toujours en tête, l'image de Léo. Le capitaine Damiano Ornaisons mobilise ses copains :

— Pensez à Léo, pensez à un événement que vous avez vécu avec lui, pensez à son sourire, pensez à sa copine, à son frère, à ses parents. On a tous perdu un frère hier.

Ah sacré Léo. Il n'était jamais le dernier à faire des entourloupes. La fois où il avait inversé l'eau du robinet par de la vodka. Nathan s'en souvient encore. Son pastis avait le goût d'un volcan en éruption. Les brûlures d'estomac lui avaient fait passer une nuit d'enfer. Pour Toanui, l'anecdote remontait à quarante-huit heures seulement. L'arbitre siffle une seconde fois alors que les Villeneuvois ont regagné l'axe du terrain, attendant impatiemment les Palmistes. Damiano reprend son souffle et termine :

— Putain les gars, ils nous obligent à jouer, on va leur montrer de quoi on est capable, on est une famille. Quand vous tombez, pensez à Léo. Quand vous ratez un plaquage, pensez à Léo. Quand votre coéquipier est en difficulté, pensez à Léo. Car lui, il serait là pour vous, il ne vous abandonnerait pas. Ne l'oubliez pas, à La Palme, on affronte les malheurs ensemble ! ! !

C'est sous le cri commun « Léo » que le groupe se délie et s'approche. Le maire déboule dans l'enceinte sportive accompagné de quatre membres du conseil municipal. Le sport, ce n'est pas la tasse de thé d'Urbain. Néanmoins, il faut savoir se montrer lors de tels événements. Il encourage ses jeunes villageois :

— Tous les Palmistes sont avec vous !

Le juge annonce une minute de silence avant d'ouvrir les débats. Elle paraît durer une éternité. Les supporters appuyés sur la main courante renvoient une image de tristesse sincère. L'arbitre use du sifflet pour achever la minute. C'est terminé. Le talonneur Alban Cabardès demande à Ornaisons de temporiser :

— Pour les plus jeunes d'entre vous, je voulais vous raconter qu'à l'époque, le club de La Palme avait une tradition avant de commencer chaque rencontre à domicile.

— C'est exact, répond Damiano, fouillant dans sa mémoire. Vous chantiez *la Marseillaise.*

— Avec moi les amis pour ce chant guerrier.

Les joueurs se rapprochent et forment une ligne, comme pour les matchs officiels diffusés à la télévision. Alban ouvre le bal :

— *Allons enfants de la patrie.*

Ses partenaires enchaînent :

— *le jour de gloire est arrivé.*

Le public palmiste reprend la suite se remémorant leurs vieilles réminiscences :

— *Ils viennent jusque dans vos bras égorger vos fils, vos compagnes.*

C'est au tour des gens du Lauragais de se fondre dans cette communion, permettant de réunir tant de personnes disparates sous un étendard commun, celui de la solidarité et de la fraternité dans une épreuve terrible :

— *Qu'un sang impur abreuve nos sillons.*

Au centre du terrain, l'arbitre applaudit cette représentation improvisée tout comme l'ensemble de l'enceinte sportive.

Chaque joueur prend sa place et occupe son territoire. Le sifflet de l'arbitre retentit ! Le capitaine Ornaisons tape le coup d'envoi et offre le cuir aux visiteurs. La défense bleu marine monte bien et les premiers contacts de la saison sportive ouvrent le bal. Le manque d'automatismes se fait ressentir. Quelques belles phases de jeu sont avortées par maladresse. La mi-temps sonne avec un maigre 6 à 6. Ornaisons répondant par deux fois au buteur orange et noir Jo Pezens. Puilaurens annonce quelques changements afin d'apporter du sang neuf à sa formation. Après les agrumes, Villeneuve prend le dessus et trouve la faille à l'heure de jeu. Suite à une pénal touche, la cocotte du Lauragais pilonne à plusieurs reprises, avance et finit par trouver la terre promise. L'essai ne sera pas transformé. Mais on se demande comment peut réagir l'EOP. Après quelques applaudissements au soutien des Villeneuvois, un cri retentit dans l'enceinte sportive. C'est Mickaël Nébias qui vient d'arriver :

— Vous pouvez revenir les gars. Pensez à Léo, pensez à votre ami, pensez à mon frère, s'époumone-t-il les larmes ruisselant sur ses joues.

Les Palmistes se fixent la tête haute et une flamme traverse leur regard. Le temps semble s'être arrêté. C'est maintenant ou jamais.

Au coup d'envoi, les avants maritimes sous l'impulsion de Homps récupèrent le ballon avant leurs adversaires. La vitesse supérieure est enclenchée. Le jeu s'écarte parfaitement sur la cavalerie légère. Après plusieurs temps de jeu, on sent La Palme capable de revenir, n'étant menée que de cinq points. Il ne reste plus que quelques minutes avant la fin du match. Les locaux obtiennent une mêlée sur la ligne des 22 mètres adverses. Le capitaine et seconde ligne de Villeneuve, Revel, va alors jouer son va-tout pour gagner le match. Il espère faire dégoupiller ses adversaires afin que l'arbitre siffle la fin du match prématurément. La mêlée est en place et juste avant l'introduction du cuir, Revel lance :

— Soi-disant que votre copain à crier comme une fillette quand il est mort.

Le sang ne fait qu'un tour dans la tête des Palmistes et comme un seul homme, la mêlée se relève et les coups de poing pleuvent. La marée bleu marine fait reculer les hommes du Lauragais sur vingt mètres. Ils terminent dans leur en-but à goûter les sapinettes, essayant de se défendre comme ils le peuvent. Revel pensait que l'arbitre allait siffler la fin sur cette bagarre, mais c'est raté. L'arbitre lui sort le carton rouge ainsi qu'à Martial Jonquières, pour La Palme. La mêlée est rejouée. Les hôtes ont pris l'ascendant psychologique. Le ballon est extrait par le demi de mêlée Olivier Mirepeisset pour son ouvreur Ornaisons. Il trouve son arrière, qui transmet intérieur, à son ailier Julian Ginestas fraîchement entré sur la pelouse. Il perce le rideau défensif et marque l'essai de l'égalisation. Durant un instant, la joie domine sur le gazon et autour du stade. Ornaisons a la victoire au bout des crampons. Il pose le tee, puis la balle. Il prend quelques pas de recul et s'élance. Depuis la main courante, le capitaine exclu Revel regarde l'ovalie avec crispation prendre la direction des poteaux. Les juges de touche lèvent leurs drapeaux. Damiano Ornaisons a marqué et offre la victoire aux Palmistes treize à onze. Revel pose ses mains sur son visage et comprend que sa tactique n'a pas fonctionné. Avant de rejoindre ces collègues sur la pelouse, le troisième ligne Jonquières, exclu s'approche de Revel et lui glisse :

— Ce que tu as dit, je ne l'aurai même pas sorti à mon pire ennemi. Tu es un minable.

L'entraîneur du Lauragais se serre à son tour et lance à son capitaine :

— Tu peux faire ton sac, un tel esprit n'a rien à faire sur un stade. Je ne veux plus te voir. Tu as sali notre sport et notre club. On vient de débuter la saison mais pour toi elle est déjà terminée.

Pendant ce temps, Julian, Damiano, Toanui et les autres se dirigent vers Mickaël, l'entourent et l'enlacent avec ferveur et amour. Nébias pleure, il sait qu'il n'aura plus l'occasion de partager le même maillot que son ami, son confident, son frère.

24

C'est en l'église du village, le mardi suivant, que se retrouvent les proches de Léo pour un dernier adieu. Le premier rang est occupé par Samantha, Mickaël et Alice. Sylvie Nébias, mère de la victime est cramponnée au banc, les mains tremblantes à côté de son époux. Ses yeux sont fixés sur le cercueil et sur la photographie représentant son fils, tout sourire. Elle a le regard dur, crispé, mais aucun fluide ne s'est échappé de ses globes oculaires depuis samedi dernier. Durant la célébration, une vieille dame allume le poste et diffuse quelques notes chères au défunt. La musique *Hallelujah* de Jeff Buckley, accompagne les larmes et sanglots de l'assemblée. Les obsèques religieuses s'achèvent. « L'inhumation se fera dans la plus stricte intimité » annonce l'abbé Quirbajou. Les employés des pompes funèbres s'approchent. Mickaël chuchote à sa mère :

— Les larmes qui coulent sont amères mais celles qui ne coulent pas le sont davantage. Tu as le droit de pleurer maman.

Sylvie craque et s'effondre sur le sarcophage.

— Mon fils, non ! Reste avec moi, mon amour.

Elle enlace le cadre photo représentant sa progéniture. Ses joues sont inondées de larmes. Mickaël se précipite et arrache sa mère, en douceur. Il l'enlace afin de lui témoigner son amour et son soutien. Il pleure également. Son frère n'est plus. Les fossoyeurs hissent le cercueil à l'épaule. Ils avancent lentement, d'un seul pas. La famille suit, le cœur lourd. Dans les allées bondées, les regards pleins de compassion s'abattent sur les têtes des endeuillés. Sylvie, la maternelle de feu Léo essuie son regard d'un mouchoir en tissu, trempé de larmes. Elle gémit, soutenue par son époux. Ils franchissent la massive porte en bois de l'église. Les croque-morts installent Léo pour son dernier transport. Sylvie et son mari se positionnent sur le côté du bâtiment. Ils ne remercient pas mais laissent circuler les villageois venus assister à la sépulture. Les gens sortent peu à peu. Soudain, les yeux fixés au sol, Sylvie redresse sa tête et aperçoit un homme quittant l'église, comme si un radar lui avait indiqué cette présence. La gorge serrée, elle l'apostrophe :

— Qu'oses-tu venir faire ici ? Tu n'es pas le bienvenu. Va-t'en !

Cet homme, agressé verbalement, regarde Sylvie du coin de l'œil, pas surpris par sa réaction et file ne pipant mot. Le corbillard patiente sur le parvis de l'église. Léana et Julian sont abasourdis par cette scène. L'individu pris à partie par Sylvie est leur Professeur de Fac, Roger Gruissanot. Lui qui souhaitait quitter les lieux en toute discrétion, c'est raté. Cet accrochage semble s'être passé hors du temps. Personne n'a réagi. Le deuil a déposé un voile sur le regard et les oreilles des gens.

— Sylvie, si je peux faire quelque chose, n'importe quoi, n'hésite pas, je suis là, lance Monséret le premier magistrat de la commune.

Il serre avec vigueur la mère Nébias. Muni d'un mouchoir, il semblerait qu'il en fasse un peu trop. Son attitude semble manquer de franchise, de simplicité. Les anciens du village puis les joueurs du club partent à leur tour. C'est vraiment l'ensemble du village qui est touché dans sa chair. Constance remarque même que Louis Fanjeaux et Auguste Albas étaient présents pour la sépulture. Ces derniers repèrent Samir, leur camarade du bar juste à l'extérieur du parvis.

— Boudu, regarde Loulou, depuis quand les Arabes fréquentent les églises ?

— Eh béh il est pas net ce jeune. Je te le dis Auguste, il est pas net. Soi-disant qu'il fait venir chez lui des imams salafistes de la région parisienne.

— On va arriver à un point qu'on sera obligés de se défendre nous-mêmes, avec nos fusils de chasse contre cette racaille qui nous envahit.

Le lieutenant Novès et Lievremont de la brigade de recherches ont fait le déplacement également. Ils font partis des rares à n'avoir pas loupé une miette de la petite altercation entre Sylvie et Roger. En retrait, les militaires Maxence et Charlotte observent l'attroupement. Ne dit-on pas qu'un meurtrier aime contempler son œuvre ? Pourtant personne ne se doute que l'auteur de ce crime abject est là, terré dans le silence, fondu dans la masse, regardant la résultante de son action maudite.

25

Julian ouvre les yeux. Mêmes décors. Il se retrouve dans ce profond couloir sombre. Sur un mur, il distingue les lettres *LA PALME* peintes à la couleur de sang. Le scénario se déroule comme à chaque fois. Une silhouette lointaine apparaît. Il court pour s'en approcher. Mais l'éclairage devient de plus en plus faible. Les murmures imperceptibles de l'ombre s'estompent. Puis cette dernière surgit sous son nez, provoquant un réveil des plus suffocants. Ces mauvais rêves ne s'estompent pas. Doit-il en parler à sa mère ? Il l'a encore mauvaise. Lui avoir caché son passé durant autant de temps, comment a-t-elle pu ? Il ressent encore de la rancune. Doit-il rencontrer un médecin pour évoquer cette situation devenue usante ? Non, pas pour le moment, songeait-il.

26

L'Espoir Olympique Palmiste se déplace à Vinassan pour son deuxième match de la saison. L'Étoile Sportive Vinassanaise s'est imposée le week-end dernier à Olonzac, une belle performance. Puilaurens doit faire face à la suspension de Jonquières. Il décide d'aligner l'habituel seconde ligne Nathan Homps en numéro huit. C'est Alonzo Quintillan, gagnant la confiance du coach, qui comble la place au sein de l'attelage. Au stade de la prairie, La Palme vient à bout de son hôte grâce notamment à deux essais de son demi d'ouverture et capitaine Damiano Ornaisons. Le premier est la finalité d'une belle combinaison sur une sortie de mêlée entre le troisième ligne centre Homps, le numéro neuf Olivier Mirepeisset et Damiano. Puis l'Ouverture enterrera les velléités des noirs et blancs avec son deuxième essai personnel, à la suite d'une course tout en puissance. Sa petite danse provocatrice a fortement agacé l'adversaire. Victoire quatorze à huit pour les maritimes. Mickaël a assisté à la rencontre mais il ne se sent pas prêt à rechausser les crampons. Sa blessure ne se refermera jamais mais avec le temps, la peine s'atténuera. À travers cette nouvelle victoire, les villageois sourient à nouveau. Mais pour combien de temps ?

Le soir de la victoire, la Tique Nébias décide d'avouer un détail important à son entourage, un élément qui va les chambouler. Il demande à Nathan, Julian, Damiano et Constance de venir chez lui. Alors qu'ils sont attablés, Alice chuchote à son amoureux :

— Tu es sûr de ce que tu fais ?

— Oui j'ai bien réfléchi mon cœur, répond-il. Écoutez-moi, c'est très important. Dans la semaine, j'ai été interrogé par la BR[12] de Narbonne, en charge de l'enquête. Il y a deux éléments dont je souhaitais vous parler. J'ai l'ordre de ne rien dire, mais je vous fais confiance et j'ai le besoin viscéral de le partager. Tout d'abord, c'est moi qui étais visé.

— Peux-tu nous en dire plus ? demande Nounours, effaré.

— Ils ont trouvé un message à côté de mon frère sur la scène du crime qui disait que cela aurait dû être moi.

— Mais c'est impossible. Qui pourrait t'en vouloir au point de s'en prendre à ton frère ? s'étonne Constance.

— Si je le savais, je serai déjà en prison pour avoir descendu ce meurtrier. Mais ce qui est sûr, c'est que c'est de ma faute si Léo n'est plus des nôtres. Il était au mauvais endroit, au mauvais moment.

Alice pleine de tendresse, ajoute :

— Je t'interdis de dire une chose pareille. Nous avons affaire à un malade, ce n'est pas ta faute Micka.

— Merci, mais tu ne me feras pas changer mon ressenti qui bouffe mon esprit.

Quelques instants plus tard, il poursuit.

— Le second élément dont je voudrais vous faire part c'est que le *Boucher de l'Ovalie* est de retour.

Un frisson parcourt l'ensemble des invités.

— Qu'est-ce qui te fait dire ça ? demande Nathan. Cela fait vingt ans qu'il a disparu, ce n'est pas possible.

— Et pourtant.

La Tique avale une gorgée de salive.

— Ils ont retrouvé le fameux porte-clés en forme de ballon de rugby dans la gorge de mon frère.

Rien que d'imaginer la scène, Micka craque et se met à pleurer. Alice le prend dans ses bras. Les jeunes gens sont choqués par ce qu'ils viennent d'entendre. Ils se promettent

---

[12] Brigade de Recherches de la Gendarmerie Nationale

de n'en parler à personne. Tous quittent le domicile de Mickaël, chacun dans sa direction en prenant soin de regarder derrière soi à chaque bruit suspect, à chaque couinement douteux.

27

Du haut de ses trente et un ans, Damiano Ornaisons est un jeune homme célibataire au physique lambda. Avec une grande confiance en lui, il incarne le sacré charmeur avec une pointe d'arrogance. Ce rugbyman aux origines napolitaines travaille dans le restaurant routier familial au hameau Les Cabanes. Situé à un kilomètre environ du village de La Palme, ce quartier est traversé par la route départementale qui relie Narbonne à Perpignan jouxtant de multiples et interminables parcelles de vignes. À l'écart géographiquement, il est donc devenu le lieu idéal pour les dépravés. Le trafic de drogue s'accole aux travestis avides de sexe. Quelques dames bulgares tiennent présence afin d'offrir leur service à certains camionneurs en manque de romantisme. Comme d'autres entreprises locales, le restaurant se trouve non loin de cette faune particulière. Il est attenant à l'habitation des Ornaisons. Damiano ne peut s'empêcher de penser et ressasser les confidences de la veille du jeune Nébias. D'ailleurs, il a très mal dormi. Doit-il en parler à ses parents, à ses sœurs ? C'est trop tôt pour le moment. Cela n'arrangerait pas les choses, à part créer de la peur et de l'angoisse, à chaque retard, à chaque coup de téléphone, à chaque frappement de porte, se dit-il. Et puis, il a promis de garder le silence à l'instar de ses copains. Après le match à Vinassan dans lequel il a brillé, un œil au beurre noir s'est développé sur son visage.

— Heureusement que tu es en cuisine, tu ne feras pas peur aux clients, lance Denise, sa mère, en train d'installer la salle à manger du commerce.

— On sert des routiers, je pense qu'ils en ont vu d'autres, répond son fils. Tu connais le dicton : *les lundis, stigmates du match pas jolis-jolis*. Pour ce soir, il y a les restes du civet de midi, tu te le feras dire !

— Magnifique expression fiston, tu l'as trouvée dans un livre de Jean-Pierre Rives ?

— Simple improvisation, je suis doué tu sais.

— L'humilité te grandira plus vite, conclut-elle en lui pinçant la joue.

La pièce principale est décorée avec les couleurs locales : le rouge et le bleu. Quelques photos représentent les équipes palmistes du passé. D'autres sont à l'effigie de l'équipe de France d'antan, en noir et blanc des Domenech, Albaladéjo et Boniface. Il apparaît également plusieurs trophées de gibiers accrochés au mur. Un petit drapeau italien flotte entre un faisan et un perdreau.

La semaine, Damiano reste seul aux manettes des fourneaux. Le week-end, il est épaulé par ses sœurs jumelles cadettes Jenny et Émilie. Elles sont en apprentissage dans un lycée de Perpignan préparant le CAP cuisine. Comme quoi, chez les Ornaisons, la cuisine c'est dans les gènes. Les parents de Denise, qui ne se connaissaient pas encore, ont fui le régime fasciste de Mussolini alors qu'ils n'étaient que des adolescents. Puis ils se sont rencontrés du côté de Béziers avant de s'unir et de s'installer sur La Palme. Ils ont ouvert un restaurant aux spécialités transalpines et ont transmis la recette du succès à leur fille unique. Robert, le père de Damiano est en soins à Cerbère, petit village catalan à la frontière espagnole, suite à un infarctus. C'est Denise qui gère seule et d'une main de maître, la salle et le service pour le moment, dans l'attente du retour de son mari. Denise a transmis le prénom de son père à son fils. L'appel des racines peut être parfois très solide. Damiano s'attelle à la préparation du plat du jour ou plutôt du plat du soir. Les premiers convoyeurs ne devraient pas tarder à arriver. Le cognement des casseroles, le crépitement des poêles, les couverts qui s'entrechoquent représentent une mélodie dynamique qui ravit le chef. Une partie de la cuisine est ouverte sur la salle. Comme à son habitude, Damiano cale les écouteurs sur ses oreilles sous les yeux de sa mère, désabusée. Elle ne supporte pas ça. Pour communiquer, c'est compliqué. Provocateur, Damiano se régale d'apercevoir Denise râler. Soudain la porte arrière claque assez fort pour qu'il coupe la musique. Surpris, il jette un œil dans le couloir, mais il ne remarque rien de particulier. Un courant d'air peut-être. Il retourne au milieu de ses plats et remonte le son rock d'ACDC. Un nouveau claquement retentit. Ce n'est pas normal. Il retire ses écouteurs. Ses pensées vont directement au tueur qui sévit à nouveau. Il avance dans le couloir, en douceur. Il entrouvre la porte de droite, rien. Il continue son chemin, s'approche de la réserve lorsque surgit Jenny. Elle s'écrit :

— T'aurais pas vu mon tablier ? Demain j'ai des travaux pratiques et je n'arrive pas à y mettre la main dessus.

Damiano souffle puis sourit.

— Mais dis donc, je t'ai fait peur ? Éteins ta musique de vieux, ça t'empêchera d'être surpris. Au fait, tu ressembles à rien avec ton œil.

— Je t'aime aussi p'tite sœur mais ce n'est pas ce que disent mes groupies. J'ai vu un tablier qui traînait à la maison, dans la buanderie.

— OK, merci Dam.

Jenny repart par l'issue de secours en faisant claquer cette fameuse porte, sans discrétion aucune.

— C'est quoi ce vacarme ? s'interroge Denise.

— Ta fille bordélique qui ne sait pas ranger ses affaires.

Damiano aperçoit les premiers gaillards qui arrivent. Ce relais routier est prisé des professionnels. Produits frais, ambiance conviviale et chaleureuse garantissent à la famille Ornaisons de fidèles clients depuis bien longtemps.

Vingt minutes se sont écoulées. La salle est désormais à moitié pleine. Denise annonce les commandes. Mais le retour est très long, trop long. Les routiers s'impatientent et le font savoir. La fumée envahit la cuisine et commence à déborder dans le living-room.

— Damiano, tu m'entends ? Que se passe-t-il ? lance Denise.

Puis elle s'adresse aux clients.

— Désolée, je reviens.

« Maudits écouteurs ! Il n'entend rien avec cet attirail », pense-t-elle.

Inquiète, elle quitte la salle et se rend en cuisine. Damiano ne répond pas. Il n'est pas derrière les fourneaux. Où peut-il être ? Denise distingue quelques gouttes de sang dans le couloir. Elle commence à paniquer. Elle les suit, avec inquiétude. Elle n'est pas rassurée.

— Damiano, tu es là ? Ce n'est pas amusant !

Elle arrive dans la réserve. Des traces rouges résident sur la poignée de l'enceinte réfrigérée. Elle ouvre la chambre froide, le regard angoissé. Elle pénètre dans la pièce. Sa vision est une horreur. Au milieu des barbaques surgelées, son fils est couché, couvert d'hémoglobine. Elle s'approche promptement et lui saisit le visage, mais il ne respire plus.

— Damiano, mon fils, mon sang ! Non !

Puis elle s'écrie en italien dans un réflexe inconscient, la gorge remplie de sanglots.

— Il mio bambino, la mia vita, il mio amore[13] !

Damiano est mort, égorgé. C'est alors qu'un hurlement combinant colère, tristesse et effroi envahit le routier. Un restaurant si convivial, si festif, dans lequel il fait bon vivre, ou plutôt dans lequel il faisait bon vivre.

---

[13] Mon enfant, ma vie, mon amour ! *en italien*

28

Sous un léger crachin soutenant un automne on ne peut plus banal, le lieutenant Novès débarque de sa Peugeot 307, sur le dernier lieu du crime en fin d'après-midi. Une affaire bien pourrie. Deux meurtres à la finalité similaire. Maxence n'est pas du genre à se laisser impressionner, mais ce dossier-là risque d'être plus que compliqué et convoité. Pourtant ce jeune cinquantenaire, à la paire de lunettes circulaires, mal rasé avec un léger embonpoint, a bourlingué durant son activité. En poste à la Section de Recherches d'Agen, il avait participé au démantèlement d'un réseau de trafic de drogue reliant la France, la Bulgarie jusqu'en Tchétchénie. L'ultime intervention s'était déroulée de façon virile voire inconsciente dans un bâtiment désaffecté. Maxence reçut un coup de couteau à hauteur du menton qui lui offre une magnifique cicatrice en guise de souvenir. Ensuite il fut muté à Nîmes. Il était en charge de la démolition d'un autre réseau. Cette fois-ci, il s'agissait de proxénétisme. Les deux axes drogue prostitution vont souvent de pair. Durant près de deux ans, une filiale hispano-roumaine de tapinage sévissait dans le grand Sud. À travers les filatures, planques et infiltrations, Novès a contribué une nouvelle fois à l'éradication de ce fléau. Puis il a souhaité terminer sa carrière militaire à proximité de ses racines, lui le natif de Lézignan-Corbières. Il a accédé à sa dernière mutation jusqu'à Narbonne où il est en poste depuis cinq ans maintenant, songeant à la retraite qui lui tend les bras d'ici une bonne année. Il s'extrait du véhicule avec sa collègue Liévremont. Cette blonde vénitienne de quarante ans, célibataire endurcie et bien en chair, côtoie Novès depuis quelques mois. En poste à Lunel, elle avait demandé sa mutation pour se rapprocher de ses parents vieillissants natifs de Saint André-de-Roquelongue. Elle avait bien travaillé sur des homicides, mais seulement des règlements de comptes entre dealers des cités montpelliéraines et nîmoises. Les prémices d'un tueur en série, ça, c'est du lourd.

Pour s'abriter de l'humidité, le duo remonte leur veste de manière synchronisée à la Dupond et Dupont. Comme à son habitude, Maxence mâchouille le bouchon de son stylo Bic, une sorte d'évacuation du stress, selon l'hypothèse de son médecin.

— Si j'ai bien compris Lieutenant, vous pensez que la scène de crime du jeune Ornaisons a été bâclée ?

— Je n'ai pas dit ça Charlotte, mais la Scientifique passe parfois à travers d'éléments qu'elle croit être futiles et qui ne le sont pas forcément. L'autopsie du jeune Nébias a été vite expédiée. Trois jours après son meurtre, il a été inhumé, alors permets-moi d'émettre quelques réserves sur les savants de laboratoires. Regarde, l'enseigne lumineuse est éteinte. Le resto est toujours fermé.

— Apparemment oui. Pourtant la scène de crime a été levée. Les scellés ont été retirés. La mère doit marquer le deuil. La situation doit être terrible, ajoute-t-elle avec empathie.

— Eh oui, si jeune, la vie devant lui. Il n'est pas près de refaire des lasagnes.

— Enfin Lieutenant, comment pouvez-vous ?

— Humour noir Charlotte, détends-toi. Je t'ai choqué ?

— Je commence à vous connaître. Simplement un peu de respect pour la famille serait le bienvenu.

Les gendarmes se dirigent à l'arrière du relais routier. Ils examinent le chemin qui dessert l'issue de secours par laquelle a pénétré le meurtrier pour déverser son ignoble brutalité.

— Que cherche-t-on exactement ? Depuis une semaine que le crime s'est produit, il a plu, il a venté. Les moindres traces biologiques ont certainement disparu.

— Les gardes à vue, les écoutes et ce fameux porte-clés qu'on retrouve dans les gosiers n'ont rien donné. On est à poil. Le procureur va commencer à s'impatienter. On a besoin de billes et rester dans le bureau à contempler Narbonne par la fenêtre, ne fera pas avancer le chariot. Ce qui est certain, c'est que pour le meurtre de Nébias dans sa cave, il n'y avait rien du tout. Ce fut l'acte d'un fantôme. Il nous reste deux solutions : trouver un indice ici ou attendre le troisième meurtre. Que veux-tu faire ?

— Le choix est vite trouvé Lieutenant.

— C'est sûr que mis à part les clopes à moitié consommées et les capotes usagées déposées dans le secteur par cette faune dégueulasse, on n'a pas grand-chose.

— La nuit tombe vite. Lieutenant, passez-moi votre lampe torche s'il vous plaît.

— Un instant.

Novès fouille dans son caban, extrait le bien demandé et le transmet à Liévremont.

— Tu as remarqué quelque chose de particulier ?

— On va le savoir rapidement. Il y a un bout de papier qui dépasse de sous le gravier, à hauteur de la première marche menant à l'arrière du restaurant.

— Quelle vision de lynx ! Il est quasiment enfoncé. Il doit être dans un état lamentable. Utilise tes gants au cas où.

— C'est bien ce que je comptais faire, dit-elle en offrant un petit sourire narquois.

Après avoir enfilé sa paire de gants en latex, elle gratte le sol pour dégager l'appât, avec la plus grande dextérité possible.

— Avec la météo capricieuse, tu auras de la chance d'en tirer du positif, si tu ne l'as pas déchiré d'ici-là.

Accroupie et concentrée, Charlotte ne répond pas. Minutieuse, elle réussit à délivrer ce fameux papier de cinq centimètres de long, sans trop l'endommager. Elle se redresse.

— C'est dur à déchiffrer. L'encre a coulé. On dirait de l'écriture arabe. Qu'en pensez-vous ? Maxence s'approche, essuyant les verres de ses lunettes mouillées.

— C'est possible, souffle-t-il, dubitatif. Rien d'intéressant.

— On le dépose au labo ?

— Si c'était un élément probant, je t'aurais dit oui. Mais là, il s'agit d'un vieux papier qui s'est peut-être envolé du bled, qui s'est peut-être retrouvé coincé dans un poids lourd, qui a traversé toute l'Espagne, et qui a peut-être fait une halte sur le parking arrière de ce restaurant. Beaucoup de peut-être en somme.

— Et le milliardaire Donald Trump sera le nouveau Président des États-Unis. Vous êtes dans le comble de l'exagération coupe Charlotte, caustique.

— La Scientifique aurait récupéré ce bout de papier, s'il avait été si précieux. Elle a assez de boulot comme ça.

— Pourtant il y a dix minutes, vous me disiez que la Scientifique pouvait passer à côté d'éléments pas forcément intéressants au premier abord.

— Ah bon, j'ai dit ça moi ? ajoute-t-il en souriant. Continuons à chercher.

29

— Coucou Denise, alors comment vas-tu ? demande Constance.

— Comme une mère qui vient de perdre son enfant.

— Ma question était maladroite, je te prie de m'excuser.

Madame Ornaisons fait un geste de la tête démontrant que ce n'était pas bien grave.

— Ton mari est rentré ?

— Il doit arriver demain. Une ambulance le raccompagnera directement à la maison. Il n'a même pas pu assister à la sépulture de son fils. Même pas un dernier adieu.

Denise est méconnaissable. Amaigrie, son visage est tuméfié par des jours et des jours de larmes interminables. Et **ses** lunettes noires ne peuvent camoufler les stigmates du chagrin. Elle, la passionnée de rugby, la bonne vivante aux tenues les plus colorées et festives, est vêtue d'un ensemble noir, à faire pâlir un corbeau.

Au pied du caveau familial, elle s'adresse à Constance :

— Les fleurs que tu tiens, c'est pour Damiano ?

— Oui Denise, c'est pour lui. Un peu de bleu, un peu de rouge, comme les couleurs de son village, de notre village. Ça doit lui faire plaisir de là-haut.

Denise sourit timidement.

— Huit jours aujourd'hui que j'ai enterré mon fils. J'ai l'impression de vivre un cauchemar.

Constance saisit le bras de Denise, compatissante.

— Je comprends, répond Cascastel.

Denise fait un pas en arrière, obligeant Constance à lâcher son bras.

— Comment peux-tu comprendre ? lance Denise plus agressive. Un monstre a pénétré chez moi et a pris ce que j'ai de plus cher. Il m'a arraché le fruit de mes entrailles, ma chair et mon sang. Tu ne peux pas imaginer la souffrance en moi. C'est impossible. Perdre son enfant est la chose la plus effroyable que l'on puisse subir. À chaque respiration, j'ai l'impression que l'on m'éventre. À chaque seconde qui s'écoule, je n'ai qu'une seule envie, celle de mourir.

La pression finit par retomber.

— Je te prie de m'excuser Constance, tu n'y es pour rien. Un temps viendra où tu seras mère et là, tu pourras essayer de comprendre ce que l'on peut ressentir dans un moment pareil. Le suicide est l'espoir de ceux qui n'en n'ont plus.

— Enfin Denise, ne dis pas ça.

Constance tente une nouvelle approche.

— Pense à ton mari, à tes filles. Jenny et Émilie sont à

Perpignan ?

— Oui, elles ont repris les cours. Tant bien que mal. Elles sont courageuses, tu sais.

— Elles ont le parfait exemple avec leur mère. Il faut que tu t'accroches pour elles. Elles sont jeunes et ont besoin de toi.

— Je sais bien qu'il faut être présente à leurs côtés mais je n'ai plus goût à la vie. Je ne dors plus, je ne mange plus. Je suis un zombie, une morte vivante. Un dicton asiatique dit : « *le chagrin de la mort d'un époux dure six mois ; le chagrin de la mort de son enfant dure l'éternité.* »

Constance tente à nouveau de détourner la conversation.

— Il est bientôt midi. Souhaites-tu que l'on mange ensemble ? Benjamin prépare un sauté de veau au citron confit et Henri, mon grand-père est convié. Joins-toi à nous. Cela nous fera le plus grand plaisir.

— Merci mais je ne veux voir personne. Je n'ai pas faim non plus.

— Je t'apporte une part chez toi alors. C'est non négociable sinon tu vas me vexer.

Devant un tel aplomb, Denise cède.

— Tu as gagné Constance. Je goûterai le plat de Benjamin. À tout à l'heure. Merci beaucoup.

Denise glisse sa main sur la joue de Constance.

— Tu es une fille bien, têtue mais bien ; merci pour ton soutien.

Denise quitte sa partenaire et la demeure éternelle de son fils, telle une âme en peine. Sa silhouette s'éloigne, lentement, faiblement, le cœur vide, ponctionné de tout son amour, de toute sa vie.

30

Au sein de l'Hôtel de ville, la jeune présidente Cascastel et le premier magistrat Monséret ont discuté un long moment pour aboutir sur une décision claire. Le rugby à La Palme doit continuer. C'est un sujet qui pourrait devenir de plus en plus encombrant pour le maire. Le scrutin municipal a lieu dans six mois. Ces catastrophes pourraient avoir un effet néfaste sur sa possible réélection. Et pourtant.

— Bonjour Monsieur le maire, dit Constance d'un ton grave. Je vais être directe. Deux jeunes morts dans le village, et plus particulièrement dans le club de rugby, ça suffit. Je ne veux pas voir une troisième famille endeuillée. Il faut que l'équipe cesse.

— Constance, assieds-toi.

Elle s'exécute.

— Tu me mets dans l'embarras. J'ai besoin de cette équipe. Nous en avons tous besoin. Je vais être direct à mon tour. Malgré les cadavres qui s'amoncellent, il y a de plus en plus de Palmistes qui me soutiennent. Entre nous, la logique me dépasse.

— Comment pouvez-vous parler si crûment ? Ne me dites pas que vous pourriez vous servir de l'association comme tremplin en vue des prochaines élections ?

— Je ne vais pas te mentir. Le rugby est positif pour mon image malgré les meurtres. Et puis cela doit être une coïncidence. Je ne crois pas que le *Boucher de l'Ovalie* soit revenu vingt ans plus tard. Je ne sais pas comment l'expliquer mais mon équipe municipale est portée par ces tragiques événements. Tu dois positiver tes troupes et faire en sorte que le club survive.

— Et si je refuse ?

Urbain se lève de sa chaise, contourne le bureau et s'assoit en équilibre sur ce dernier. Il domine son interlocutrice.

— Dis-moi, tu te régales de travailler à la station-service ? Tu as une licence pro d'urbanisme. Tu n'es pas sans savoir que le village s'agrandit et que quatre lotissements vont sortir de terre. Tu es quelqu'un de charismatique. Motive les membres de l'association et je pourrais t'aider à intégrer la fonction publique territoriale. Il va y avoir un poste à pourvoir.

— Si je comprends bien, vous me faites du chantage ?

— Prends-le plutôt comme une opportunité, dit-il en souriant. Je pense que tu serais ravie d'avoir des horaires bien plus souples et la sécurité de l'emploi. Ne fais pas la fine bouche. Les cartes sont entre tes mains.

Monséret quitte sa position, s'approche de la porte de son bureau et l'ouvre, mettant un terme à la conversation.

Constance est dans une situation délicate, mais peut-elle vraiment refuser une proposition aussi alléchante ? Elle est en conflit avec ses opinions. Doit-elle faire passer ces intérêts personnels en priorité ? Il est évident que la gestion des carburants ne l'emballe guère. Il y a plus passionnant. Il s'agit d'un boulot alimentaire comme on dit.

— Je vais voir ce que je peux faire. À bientôt Monsieur le maire.

Constance quitte l'enceinte municipale tout en réfléchissant. Et si Urbain Monséret était derrière cette tragédie ? Il n'est pas du genre à se salir les mains, il pourrait très bien avoir commandité ces deux meurtres. C'est un politique. L'ambition, l'ambition. C'est d'une redondance pathétique. Qui plus est, il a la réputation d'avoir obtenu pas mal d'avantages en nature lorsqu'il était au Conseil régional. Enfin, ce sont les opposants qui profitent de balancer des ragots de bas étage. En même temps, il n'y a pas de fumée sans feu. Savoir peser le pour et le contre, là est la plus grande difficulté.

31

Dans sa maisonnette attelée à son ranch, l'entraîneur Puilaurens cogite. Il planche sur la feuille de match. Le déplacement à Olonzac ne sera pas une mince affaire. Comment remplacer le capitaine Ornaisons ? Pierre gribouille quelques idées. Passer un tel à la charnière. Replacer un autre au centre. Un véritable casse-tête chinois. Lui, n'est pas d'accord avec sa jeune présidente. Il faudrait stopper la saison avant que d'autres victimes ne déboulent au paradis. Certes, il n'est pas de la même opinion que les dirigeants, mais il ne peut pas partir et lâcher le navire. Il l'a promis à son neveu notamment. Il va continuer d'encadrer les jeunes joueurs malgré lui.

Le match à Olonzac, dans le Minervois se déroule sans équivoque. Les Palmistes n'y sont pas. Le mental est resté au vestiaire. Comment remobiliser ses troupes lorsqu'un groupe vient de connaître deux drames ? La défaite 35 à 3 est un reflet sans ambiguïté. Les hôtes ont assujetti de la tête et des épaules les maritimes.

Comme une impression de déjà-vu, Puilaurens prépare un second déplacement consécutif. Aux pieds des pyramides de la Grande Motte cette fois-ci. Attablé, comme la semaine précédente, il sirote son whisky écossais de vingt ans d'âge, sans glaçon pour ne pas dénaturer le goût bien sûr. Penché sur sa copie, il se projette dans ses rêveries. Et si la solution au poste de numéro dix était d'y installer X ? et pourquoi pas Y ? Les difficultés persistent. L'EOP repart bredouille de son voyage sur le littoral héraultais. L'équipe fanion dégringole au classement. Il faut rebooster le groupe sinon la fin pourrait parvenir plus tôt que prévu. Les détracteurs seraient aux premières loges pour féliciter les membres actifs de leur échec.

Le lendemain de cette nouvelle défaite, Constance se

rend à la mairie. Sur le parvis, elle aperçoit un employé municipal en train d'effacer des graffitis d'un rouge vif sur la façade. Elle entre et s'adresse à l'hôtesse d'accueil.

— Bonjour Jocelyne, pourras-tu demander aux employés communaux de tracer le terrain ? Car dimanche on enchaîne avec un troisième match et la réception de Portel.

La secrétaire quitte l'écran d'ordinateur puis saisit un crayon. Elle inscrit sur son agenda, la mission qui lui a été confiée.

— C'est noté. Je le signale aux services techniques, mais je ne sais pas s'ils pourront le faire rapidement, avec ce qui s'est passé à l'école et à la mairie.

— Tu peux m'en dire plus ? demande Constance, curieuse.

Hésitante, Jocelyne Mirepeisset avoue :

— Cette nuit, la devanture de l'hôtel de ville a été souillée. Des inscriptions *« mort au rugby, nique la France, mort aux vaches »* ont été transcrites. Excuse-moi pour la vulgarité. De plus, le groupe scolaire *Jean Prat* a été vandalisé, victime de jets de pierres. Bon nombre de vitres sont explosées. Je pense que la gendarmerie doit être sur place. Monsieur le maire doit déposer plainte. Notre village si accueillant, si charmant devient une zone de non-droit.

— Mais qui aurait intérêt à casser, à dégrader autant ? Je sais qu'il y a certaines personnes qui étaient contre la renaissance du club, mais de là à commettre ces actes, c'est insensé !

— Bonne question, à laquelle je n'ai pas de réponses ma petite. Insulter la patrie, c'est trop ! Je croyais qu'on ne voyait que ça dans les quartiers sensibles. À propos, tu le connais ce Samir, le maçon ? Il est introverti, un peu trop peut-être.

— Non, pas du tout. Il ne fait pas de bruit. Vaut mieux éviter les soupçons infondés. Au revoir.

Jocelyne regarde Constance quitter les lieux avec le visage dédaigneux. « Ah ce Samir, trop étrange le garçon » pense-t-elle.

32

Après quelques réajustements stratégiques, Puilaurens confie le poste d'ouvreur à Julian Ginestas. L'étudiant, athlétique doté d'un excellent jeu au pied est d'une intelligence tactique remarquable. Il aura la lourde tâche de compenser l'absence de Damiano Ornaisons. Le rôle du demi d'ouverture n'est pas une sinécure. C'est une place charnière, ô combien primordiale. Le capitanat est remis à Nounours Homps, le vaillant seconde ou troisième ligne. Pierre Puilaurens tente de stimuler ses troupes pendant les entraînements à travers des exercices ludiques mais surtout à travers le dialogue, lui qui est très peu pédagogue paradoxalement. Après Léo, un autre jeune vient de périr, qui plus est, quelqu'un de charismatique. Comment trouver les mots ? Comment poursuivre l'aventure ? À quoi peut-on se raccrocher dans une telle situation dramatique ?

Sous la houlette de Constance, le bureau se réunit au club-house pendant l'entraînement du vendredi. Même si elle s'est déjà mise d'accord avec le maire en catimini, elle souhaite poser une nouvelle fois la fameuse question : « Doit-on continuer la compétition après ce second meurtre ? » Les avis sont partagés. La majorité des joueurs souhaitent poursuivre. Ne serait-ce que pour faire honneur à leurs amis fraîchement disparus. Le jeune étudiant Laurent Hounoux prend la parole en s'adressant à sa présidente :

— Deux morts, qui sera la prochaine victime ? Toi ? Moi ? Lui ? Désolé mais je préfère arrêter, ça ne sent pas bon.

— Il faut rester soudés. C'est en se dispersant que l'on risque de tout perdre. Laurent, on a besoin de toi, comme de tout le monde. N'agis pas sous le coup de tes émotions, garde ton sang-froid.

— Comment peux-tu dire ça ? On est en sursis. Je ne suis pas natif de La Palme. Je ne prête guère attention aux commérages mais les vieux du village avaient raison. Ce club est maudit. Arrêtons tout !

— On va faire un dernier tour de table, puis nous voterons, dit-elle pragmatique.

Après quelques minutes de tractations et avec sept voix pour et deux voix contre, le bureau décide de poursuivre l'aventure au grand désarroi de Laurent.

— Je continue l'aventure, mais à contrecœur. J'espère me tromper et que tous ces désastres vont s'arrêter.

— Merci Laurent, continuons ensemble, poursuit Constance soulagée du résultat du vote.

◈

L'ancien Alban Cabardès fouille dans le sac à la recherche du bon maillot. En ce dimanche monotone, l'EOP reçoit l'équipe de Portel-des-Corbières. Pierre Puilaurens, l'entraîneur, annonce le nom des joueurs :

— Numéro 8 et capitaine, Homps.

L'expérimenté talonneur Cabardès trouve le maillot adéquat, s'approche de son capitaine, colle son front au sien et lui glisse :

— Damiano adorait fouler ce gazon. Il aimait traîner, flâner dans les vestiaires, dans le club-house. Il s'imprégnait de cette atmosphère avant un match. Il s'agit de la première opposition à domicile sans lui, sans notre capitaine. Sa famille assistera à la partie. On est chez nous. Pas de pitié pour l'adversaire.

Nathan, bandeau-strap autour de la tête, fixe son talonneur et répond :

— Personne ne nous fera reculer !

— N° 9 Mirepeisset, N° 10 Ginestas, poursuit Puilaurens.

Le vieil Alban se serre à son nouveau demi d'ouverture et lui dit :

— On a tous confiance en toi. À chaque coup de pied, à chaque passe, je veux que tu voies ton défunt compagnon.

— Il sera à mes côtés, il me portera de son talent ! enchérit Julian, ultra-motivé.

La tournée des dossards achevée, le groupe des 22 se resserre. Il faut se sentir. Les bras sont entrelacés. La pression monte. Puilaurens s'infiltre au milieu du cercle et entame son discours de motivation. La paroi des vestiaires tremble. On entend les mots du coach jusqu'en extérieur :

— Je ne vais pas vous faire un dessin les gars. Vous êtes face à vos responsabilités. Nous allons disputer un match de rugby. Mais pour moi, ce n'est pas un simple match. Cette partie va se jouer face à nos voisins du Tamaroque. La suprématie du canton, je la veux. La victoire pour le clocher, je la veux. Putain les gars, levez la tête, regardez-vous dans les yeux. Soyez fiers de porter le maillot du palmier. Vous croyez que Léo et Damiano baisseraient le regard ? Vous croyez que Léo et Damiano s'échapperaient ? Vous croyez que Léo et Damiano ne préféreraient par être aux côtés de leurs amis plutôt que de regarder le match de là-haut ? C'est fini ! Ils ne seront plus là pour partager ces moments avec vous. Je terminerai par cette citation : « *Qui veut faire quelque chose trouve un moyen, qui ne veut rien faire, trouve une excuse* », alors aucune excuse cette après-midi, ce match vous allez le gagner.

Les larmes envahissent peu à peu les joues des jeunes hommes. Puilaurens les fixe un par un, distribue quelques gifles pour faire entrer ses oies dans le vif du sujet.

— Ce match, vous allez le gagner pour eux ! À trois, EOP. Un, deux, trois.

— EOP ! ! ! crient-ils de manière collégiale.

Après la traditionnelle *Marseillaise* avec toujours plus d'émotions, de frissons et d'émois, la partie débute. Match propre, pas de mauvais gestes. Entre voisins, on sait rester courtois. Les jeunes se connaissent de part et d'autre. Pour la plupart, ils étaient regroupés ensemble à l'école de rugby de Sigean-Port-la-Nouvelle. Les diables rouges de Portel dominent le premier acte 10 à 7, appuyés par une légère tramontane. Avec des choix judicieux après l'heure de jeu, le coaching de Puilaurens finit par payer. Les joueurs frais apportent leur dynamisme, leur vitesse et la marée bleu marine arrache la victoire 21 à 17 avec trois essais de Julian Ginestas, Alonzo Quintillan et Nathan Homps. Seule ombre au tableau, la sortie sur blessure, au coup de sifflet final du vieux talonneur Alban Cabardès. Avec un collier cervical, il quitte l'enceinte sportive quelques minutes plus tard accompagné des sapeurs-pompiers sous les applaudissements de ses coéquipiers et des villageois.

Les joueurs s'éparpillent au-delà de la pelouse et rejoignent leurs supporters. Portelais et Palmistes discutent des tragiques événements et de la saison sportive. Quant à Julian, il est reçu par Julie, sa camarade de l'IUT.

— Félicitations Ju. Tu as fait une belle partie, dit-elle munie d'un grand sourire.

— Merci Ju, répond-il du tac au tac, lui rendant ce sourire énigmatique. Je t'ai aperçu et ça m'a donné des ailes. Tu es venue en célibataire ?

— Non. Nicolas doit être à la buvette. Il est number one au comptoir. Il pourrait postuler au talent d'or de sa catégorie !

Comme s'il sentait le danger approcher, Nicolas Salanque s'extrait du club-house, bière à la main. Il aperçoit sa bien-aimée en pleine discussion avec le jeune étudiant, risettes sur leur face respective. Il accourt tel un lévrier afghan qui apercevrait la ligne d'arrivée.

— Tu ne t'es pas trop mal débrouillé. Mais la victoire a

été compliquée. Vous êtes trop tendres devant, c'est dommage !

— Tendres ? Tu as raison, seul un guerrier comme toi pourrait nous aider à gagner plus facilement. D'ailleurs, avec ta bedaine, tu pourrais renforcer notre première ligne.

Nicolas, titillé en présence de sa chérie, rétorque :

— Ça fait un petit moment que je n'ai pas chaussé les crampons, ça me tente bien. Dis à ton staff de me préparer la licence. Un trois-quarts centre comme moi vous fera le plus grand bien. Tu m'as donné goût au contact.

— Il est vrai que courir un peu ne te fera pas de mal mon chéri.

Julian éclate de rire.

— Je vous laisse, je vais me doucher. Julie, je te dis à demain en cours. Nico, c'est à dix-neuf heures l'entraînement mercredi, n'oublie pas !

— J'y serai, avec tous mes papiers. J'ai hâte de jouer avec toi.

33

Le bruit du marteau et du burin frottant l'acier perce le chant de quelques étourneaux venus admirer une aurore bien fraîche en ce début de mois de décembre. La gelée matinale couvre d'une fine pellicule blanche la prairie sigeanaise. L'astre solaire fait timidement son apparition. Pas de match en ce jour dominical. Les organismes des joueurs pourront récupérer de cet enchaînement de rencontres. Pour Pierre Puilaurens, aujourd'hui est synonyme de marché de Noël cantonal. Ce rassemblement change de village chaque année. C'est Port-la-Nouvelle qui ouvre ses portes pour ce millésime 2007. Pierre espère ne pas être placé à côté du posticheur, comme l'an dernier à Fitou. Avec son micro, il a cassé les oreilles à tous ses voisins : *« Casseroles, cocottes, à prix réduits… Poêles, robot cuiseur, y'a pas d'erreur, le meilleur c'est chez Duleur »*. Ah, cette phrase, combien de fois Pierre l'a entendue ? Cinquante fois ? Cent fois ? Peut-être plus. Ce monsieur Duleur, un sacré phénomène, un brave type, mais surtout quand il est le plus loin possible. Puilaurens sourit en se remémorant tout cela. Il s'est réveillé il y a une bonne heure maintenant. Après un petit-déjeuner pris sur le pouce, il a fait sa toilette. Il poursuit dans son écurie le bichonnage de ses oies, ou plutôt de ses chevaux. Pierre est rodé maintenant, mais une petite pointe de stress stimule son estomac. Les marchés de Noël sont une excellente vitrine pour son centre équestre *Lo Caval*. Son chiffre d'affaires a baissé depuis deux ans concordant avec l'installation d'un concurrent à Leucate. C'est sûr que le Centre *Crazy Poney* lui fait du mal. C'est une structure bien plus grande, moderne, innovante que la sienne certes. Mais la proximité, les liens qu'il a noués avec ses clients sont bien plus riches humainement que cette usine installée à vingt kilomètres de chez lui. Malheureusement, ce n'est pas la richesse morale qui le fera manger pense-t-il, fataliste. Ce petit homme trapu, possède une barbichette, blanche comme neige. Avec sa petite paire de lunettes clouée sur la pointe du nez, il fait penser à un membre de la famille du Père Noël. Il pourrait être le petit-cousin par exemple. D'ailleurs, certains au club de rugby, le surnomment *Pierre Noël*.

Pierre installe le dernier fer au sabot de son chouchou, un Mustang doté d'une robe blanche et grise. Ce mâle, imposant, se nomme Carillo. Il l'a recueilli il y a six ans de ça, mal en point, au bord de l'agonie, dans un centre camarguais, spécialiste de la maltraitance. La SPA notamment a contribué à la fermeture du site puis a trouvé un hébergement à la cinquantaine de chevaux, ne demandant qu'un traitement amical. Pierre a succombé au charme de Carillo. Plusieurs anecdotes les relient. Une tentative de cambriolage qui aurait pu mal tourner, sans le hennissement du dada ou encore lorsque Pierre fit un malaise, en plein hiver rigoureux. Carillo avait su le protéger du froid en attendant le déclenchement des secours, par des clients. Ce n'est pas qu'un animal. C'est plus que ça. Il s'agit de son meilleur ami. Existe-t-il une connexion entre un animal et un homme ? Assurément. Il subsiste des liens, des regards qui ne trompent pas.

Olivier, le demi de mêlée et neveu de Puilaurens, n'est toujours pas arrivé. P-P est vieux garçon. Olivier est un peu le fils que Pierre n'a jamais eu. L'amour de la bouteille a toujours été trop fort pour construire une relation amoureuse stable. C'est une réelle addiction. Quand il était du côté de Sète, il s'était calmé. Il était intégré dans le rugby local, son centre équestre tournait bien. Il avait même une compagne, Suzette, depuis quelques mois. Elle était vraiment pas mal Suzette. Mais un soir de troisième mi-temps, il réussit tant bien que mal à rentrer chez lui, complètement ivre. Ne supportant pas les reproches de Suzy, son amie, il eut le malheur de la frapper, puis il perdit connaissance dans la foulée. Comment a-t-il pu franchir le point de non-retour ? Il se réveilla le lendemain, à l'hôpital de Béziers, victime d'un coma éthylique. Sa sœur Jocelyne était présente à son chevet et décida de le placer en cure. Il ne pouvait pas rester comme ça. Il ne revit plus « sa » Suzy. Le séjour terminé, il installa sa manade à Sigean, non loin de la réserve africaine, à proximité de sa frangine palmiste, la secrétaire de mairie de La Palme. Il décida de tout reconstruire ici. Malheureusement l'appel du rugby et de la boisson a repris le dessus.

Les poneys sont prêts, la calèche est attelée, les décorations sont achevées. Pierre patiente dans l'écurie en passant un coup de balai. Il entend son téléphone retentir sur le perron de la terrasse. Il court et réussit à décrocher à temps. C'est Constance, la jeune présidente du club :

— Salut P-P, je te dérange ?

— Non ça va, j'achève. J'attends mon cher neveu pour aller sur Port-la-Nouvelle avec les chevaux. Qu'est-ce qui t'amène ?

— Je voulais faire le point avec toi, sur le moral des troupes. Cette victoire sur Portel a apporté du baume au cœur. On a bien fait de poursuivre le championnat.

— Je t'ai déjà donné mon point de vue sur la situation. Gagner c'est bien. Mais je crains que ce ne soit qu'un feu de paille.

Durant la conversation, Pierre Puilaurens ne sent pas une présence qui se rapproche. Trop occupé à parler tout en vérifiant la fixation des guirlandes sur la calèche, il ne se rend pas compte que même les étourneaux se sont tus. Une légère brise refroidit la scène. Avec sa main gauche, Pierre relève son col. Cette belle journée annoncée est en train de tourner. Un craquement de branches mortes se fait entendre. Carillo s'excite. Il semble alerter son manadier. Pierre se retourne, toujours au téléphone et lance :

— Carillo, qu'est-ce qui te prend ? Tout doux. Olivier, c'est toi ?

Le soleil levant aveugle Puilaurens qui ne distingue rien de particulier. Le mustang a-t-il ressenti un potentiel danger pour son maître ?

— Désolé Constance, je croyais qu'Olivier arrivait. Mon Dieu, mais que fait-il ? Il va me mettre à la bourre, et j'aurai un emplacement minab…

Le téléphone heurte la terre battue. Seule la voix de Constance en émane :

— Pierre ? Tu m'entends ? Pierre, ça va ?

Puilaurens vient de recevoir un coup de barre pleine nuque. Il tombe à son tour. Allongé sur le dos, non loin du téléphone, il est encore conscient. Néanmoins il n'arrive plus à balbutier le moindre mot. La luminosité s'accroît et l'éblouit. Ses paupières sont de plus en plus lourdes. Pourtant une ombre lui fait face. La silhouette se rapproche, s'agenouille à côté de Pierre et saisit le téléphone, sur lequel est affiché *Cascastel Constance*. Elle murmure :

— Dis adieu à ton entraîneur, ce mécréant rempli de vices.

Puis l'individu raccroche.

Il colle son visage sur celui de Pierre. Avec ses dernières forces, Puilaurens lance avec grande difficulté :

— Toi ? Comment peux-tu ?

Il ne peut terminer sa phrase. Au même moment, cet homme, ganté, lui glisse un objet dans le gosier. Encore ce porte-clés en forme de ballon de rugby. Il extrait une lame de sa poche. Quelques mots sont prononcés, puis il tranche la gorge de P-P. La lumière est de plus en plus faible. Le sang gicle comme un geyser. Pierre ne lutte pas. Il se laisse partir, sous le regard de Carillo, avec qui il a vécu tant d'anecdotes et de complicité. La fin d'une histoire, peut-être la plus belle amitié qu'un homme puisse connaître.

34

La cadence s'accélère. C'est désormais devenu monnaie courante pour Julian. Malgré l'usage d'un quart de Lexomil pour l'aider à dormir, le rituel cauchemardesque devient quasi-quotidien. Il se retrouve une nouvelle fois dans ce long couloir étroit. Les lettres de sang *LA PALME* sont présentes. Sur l'autre mur, accroché, il aperçoit un tableau. Il semblerait que ce soit le stade du village. Il s'approche. Il l'observe. Tout à coup, une main surgit de la peinture et l'attrape au cou. Il se débat et se jette en arrière percutant l'autre mur. Le sang s'échappe de la toile et coule sur le sol, sous le regard effrayé de Ginestas. Au fond du corridor, la silhouette apparaît. Elle murmure. Il décide une nouvelle fois de s'en approcher. Il court. La lumière baisse d'intensité. Le silence et les ténèbres envahissent la pièce. Soudain, l'ombre surgit juste devant lui. Dans un élan de courage chimérique, il saisit l'ombre. Puis il entend : *Fuis !* La silhouette s'évapore. Il se réveille baignant en sueur. C'est la première fois qu'il comprend quelque chose provenant de son inconscient. Serait-ce un message ? Il choisit de garder ce secret avec lui. Ses amis le prendraient pour un fou. Sa mère l'inviterait à consulter un psy. Non, ce message restera en son for intérieur.

35

— Tout doux Carillo, tout doux.

Olivier se trouve à la manade de son défunt oncle deux jours après le terrible drame que vient de connaître le centre équestre de Sigean. Il nourrit les équidés et leur apporte des soins basiques. Ce n'est pas un expert mais il a appris les premiers rudiments au côté de Pierre. Nettoyer chaque box de l'écurie, ravitailler la luzerne et le foin, remplir les abreuvoirs, vérifier les clôtures, c'est loin d'être sans soucis pour le jeune Mirepeisset. Il faut du temps pour tout cela. Malheureusement, du temps, il n'en manque pas. À la recherche d'un emploi depuis un an environ, il aidait Puilaurens au *Caval*. Après un Bac Pro en électrotechnique puis un BTS, il souhaite intégrer une grande firme dans l'automobile. Le contrôle de freinage des véhicules, les systèmes de navigation, ça, c'est son trip. Néanmoins, le travail ne court pas les rues en Languedoc. Il patiente en espérant que son curriculum vitae tape dans l'œil d'un patron prêt à engager un novice, un jeune diplômé sans expérience hormis les petits stages en entreprise.

Olivier s'éternise sur Carillo, le favori de son oncle. Il le caresse et porte une attention particulière au mustang. Il s'adresse à lui : « Comment vas-tu faire sans ton patron ? Je suis persuadé qu'il te manque déjà. »

Olivier retire sa paire de lunette de vue et l'essuie sur son pull. « Carillo, tu as dû être témoin de cette atrocité. Ah seulement si tu pouvais t'exprimer. » Olivier souffle, les sanglots arrivent en surface. « Il t'aimait beaucoup tu sais. Vous aviez une relation si profonde, tellement forte, tu es plus qu'une simple bête. » Carillo baisse la tête et frotte son bout de nez sur le bras d'Olivier. « Ah ! Je suis persuadé que tu comprends ce qui se passe et ce que je dis. »

Carillo recule légèrement et hennit. « Tout doux Carillo ». Olivier est dans sa bulle et ne remarque pas l'arrivée fortuite d'un véhicule. Monsieur Monséret, le maire s'extrait de l'auto et s'approche tout en vissant son béret en laine vert.

— Bonjour Olivier, j'espère que je ne te dérange pas.

Sans réponse, Urbain insiste.

— Olivier, tu m'entends ?

Ce dernier percute et pivote :

— Ah, bonjour Monsieur le maire, je n'avais pas prêté attention à votre arrivée.

— Je l'avais remarqué. Je ne t'en tiens pas rigueur, répond Monséret, l'air hautain. À la mairie, ta mère m'a dit que tu serais ici. Je te présente mes condoléances mon grand.

— Merci. Je suis désolé mais je n'ai pas très envie de discuter. Je pense que vous me comprenez, ajoute le jeune Mirepeisset, tête basse.

— Bien sûr, je ne vais pas m'éterniser. Il montre du doigt la calèche toujours en place. Alors c'est ici qu'on a retrouvé Pierre ? s'informe le maire.

— C'est exact. La scène de crime a été levée. Vous pouvez y faire un selfie si vous le souhaitez, rétorque le demi de mêlée n'appréciant guère cette indiscrétion.

— Demande-moi ce que tu veux, et j'essaierai de t'aider. Tu as besoin d'un garçon d'écurie pour te soulager. Je connais un gars disponible sur Peyriac, je peux vous mettre en relation.

— J'ai une tonne de paperasse à traiter. Tout ce que

Pierre avait, il me l'a légué. La sépulture a lieu demain, puis je dois rencontrer son notaire. Heureusement ma mère m'épaule, dit-il, mâchoires crispées.

— Ah sacré Pierre, tu savais qu'on s'était connu il y a vingt ans ? Il travaillait aux salins à l'époque lorsque j'étais encore premier adjoint. Puis il est parti précipitamment du côté de Sète monter sa manade. C'est comme ça que j'ai connu ta mère, sa sœur qui a été embauchée à la mairie par la suite. Et le centre, que vas-tu en faire ? J'ai eu des échos comme quoi le *Crazy Poneys* de Leucate est intéressé pour le reprendre.

— Jamais de la vie ! Mon oncle détestait cette concurrence déloyale. Je ne le trahirai pas. J'assurerai l'intérim. Si je ne m'en sors pas, alors je vendrai. Mais je le céderai à une personne proche de ses animaux. Pas à une usine à fric. Quitte à ce que la galère soit très longue. Je ne tromperai jamais Pierre. S'il est mort, c'est ma faute. Urbain pose sa main compatissante sur l'épaule du jeune.

— Voyons Olivier, tu n'es pas responsable de cet événement tragique.

— Malheureusement si. C'est moi qui l'ai fait venir à l'EOP. J'ai abusé de sa confiance pour qu'il prenne les fonctions d'entraîneur.

— Tu ne lui as pas forcé la main tout de même.

— Je vous dis que si, insiste Olivier. J'ai fait une atroce erreur que je ne pourrais jamais réparer.

— Il faut que le club continue sa course. Il faut lui faire honneur. Il n'abandonnerait pas, glisse Monséret non sans arrière-pensée.

— Justement, vous faites fausse route Monsieur le maire. Il souhaitait que l'équipe stoppe le championnat. Il sentait qu'un nouveau meurtre allait toucher notre association. Il ne s'est pas trompé, le pauvre. Mais Constance a tout fait pour perdurer la situation. Elle est artisane du crime de Pierre, qu'elle le veuille ou non. Elle en porte la responsabilité.

— Je vais tout mettre en œuvre pour que le village soit en sécurité. Samedi, je proclamerai une allocution afin que notre village se retrouve, pour resserrer les liens.

— Si je n'avais pas eu ces deux satanés pneus crevés, je serais arrivé plus tôt à la manade pour ce putain de marché de Noël et le barbare n'aurait pas pu commettre son acte odieux.

— Tu as entendu ce que je viens de dire ? lance le maire dans une énième attitude condescendante.

— Je m'en contrefous de votre discours. Je viens de perdre mon oncle. J'ai découvert son corps baignant dans son sang. J'ai tenté de lui prodiguer les premiers gestes de secours mais il était trop tard. Alors, je l'ai serré contre moi en attendant le SMUR. Je l'ai embrassé, je l'ai enlacé pour qu'il ressente une présence. Mais il a fini seul. C'est le chapitre final d'une vie délaissée, esseulée sans soutien sincère. Je n'ai pas été à la hauteur. Le fait que ma mère soit votre employée ne change rien au mépris que je tiens envers vous. Vous avez du mal à saisir visiblement. Le monde ne tourne pas autour de vous. Vous êtes venu pourquoi finalement ? Pour vous faire mousser ? répond Olivier mêlant ses larmes à de la colère froide.

— Bien. Apparemment tu n'as pas besoin de mon soutien. Je préfère partir. Sache que ma proposition pour l'employé d'écurie tient toujours, conclut Urbain d'un air hautain.

Juste avant que Monséret ne remonte dans son véhicule, Olivier s'écrie :

— Vous vous prenez pour un être supérieur, mais de votre immense hauteur, vous ne pouvez apercevoir que la profondeur du précipice.

36

— Messieurs, êtes-vous prêts à poursuivre notre entreprise ? Constance annonce la couleur, d'un ton grave. Le capitaine Nathan Homps répond du tac au tac à sa présidente :

— On ne peut plus abandonner. Pas maintenant. J'ai l'impression d'un éternel recommencement. Tu as posé la question il y a peu de temps, à tes membres dirigeants. Cet enfoiré qui déglingue nos amis aurait gagné. Il déteste certainement le village ou le rugby, j'en mettrai ma main au feu. On ne va pas lui donner satisfaction. Qu'est-ce que j'aimerais me retrouver *cap e cap*[14] avec lui et lui faire manger ses dents. Et ça ne serait que les amuse-bouches.

Constance a souhaité réunir les joueurs au stade. Une conversation était primordiale, il fallait faire le point, une nouvelle fois. Elle poursuit :

— J'ai la sensation de me répéter à travers mes questions. Je comprendrais qu'ils y en aient qui craignent pour leur peau. J'admettrais qu'ils y en aient qui souhaitent partir d'ici. Mais sachez que je n'abdiquerai pas. Pierre est la troisième victime.

Olivier Mirepeisset retire ses lunettes, éponge le coin de ses yeux et prend la parole, dégoûté :

— Deux amis sont décédés. Puis mon oncle s'est fait tuer. Je lui avais demandé de s'engager au club. Tout est ma faute. Il ne serait pas mort si je ne lui avais pas forcé la main. Constance, tu as ta part de responsabilité aussi. Je ne sais pas ce qui te pousse à poursuivre mais tu aurais dû tout arrêter. Je suis sincère les copains, je n'en peux plus. Je suis au fond du sceau. Et puis comment continuer sans entraîneur ? Comment remplacer Pierre, cet homme si

---

[14] Tête à tête, en occitan

serviable ?

— Olivier, je comprends ton désarroi. En plus quelqu'un de ta famille. C'est douloureux et inimaginable. Le bureau et moi-même avons discuté du rôle de coach. Suite à sa blessure, Alban Cabardès nous a annoncé qu'il ne pouvait plus jouer. On lui a proposé d'encadrer les gros. Il a toute l'expérience pour faire travailler les avants. Il ne peut être là ce soir mais il est heureux de rester auprès de vous.

— Je suis navré de ce qui se passe Olivier, tu le sais. Mais on doit poursuivre. En tant que capitaine, je n'ai pas d'objection à ce qu'Alban prenne le pack. Il est légitime, lance Nounours.

— Quant à la cavalerie légère, Jérôme si tu es d'accord pour assurer la gestion, nous n'y voyons aucun désagrément, poursuit Constance. Nous réussirons tous ensemble.

Accroupi au milieu de ses collègues, Verzeille sursaute tel un strapontin et répond :

— Bien évidemment ! Si les camarades ne voient pas d'inconvénients, je veux bien m'occuper des arrières.

Dans cette accablante situation, le pompier humorise sa dernière intervention.

— Je vais leur faire cracher leurs poumons et leurs clopes. Olivier, on va se serrer les coudes. Et on va le faire aussi pour ton oncle.

37

— Bonjour, je ne suis pas en retard ?

— Non, ma nine[15]. Il n'a pas encore débuté.

— Avec ce temps, il aurait pu choisir la salle des fêtes. Ma permanente va rapidement se dégrader.

— Tu vas toujours chez Nanou ?

---

[15] Ma petite, en occitan

— Et pardi. Depuis qu'elle a refait son salon de coiffure, elle a installé des fauteuils massant. Mon Dieu, c'est d'une sensation des plus agréables.

— C'est vrai. J'ai essayé et la dernière fois, je me suis assoupie.

— Chut, il arrive.

La conversation des grands-mères s'achève.

Du haut de son balcon municipal, Urbain Monséret a convié la population sur le parvis de la mairie. Il souhaite rassembler ses habitants autour de lui. Placé au premier étage, il surplombe les administrés, muni de son béret émeraude. Comme tout homme politique, il ne laisse rien au hasard. Cette position surélevée, cette stature, cette hauteur lui donne l'image d'un commandant de chaloupe. Il s'avance, se positionne à côté du drapeau tricolore flottant entre les gouttes. Il pose ses mains sur la main courante comme s'il s'agissait de la barre de son navire. Pas besoin de micro, sa voix grave porte sur des dizaines de mètres. Constance, la présidente de l'EOP est présente. Henri Cascastel se trouve à proximité de sa petite-fille. Jocelyne et Olivier Mirepeisset composent l'assemblée, à contrecœur. Samir le maçon est là. Raymond Douzens, l'ancien garde champêtre et Jimmy font acte d'assiduité à l'instar des Julian, Nathan, Alonzo, Mickaël et autres membres du XV local.

— S'il vous plaît, un peu de silence.

La foule s'exécute.

— Mesdames et messieurs, mes chers amis, je vous remercie d'être aussi nombreux ici même. Si je vous ai demandé de venir en ce samedi pluvieux, c'est pour faire le point sur l'état de notre village. Trois drames ont frappé notre fief et plus particulièrement le monde de l'ovalie.

— Eh béh qui sera le prochain sur la liste des victimes ? s'écrie Fanjeaux.

Un bourdonnement envahit la population.

— Laisse-moi terminer Louis, poursuit le maire. Je tenais à vous informer sur la situation. L'enquête avance. Les gendarmes sont à pied d'œuvre pour trouver le ou les coupables.

— Boudu, c'est exactement le discours que tiennent les gens quand il n'y a aucun élément concret, coupe à son tour Auguste Albas, fidèle compagnon de Louis. Il faut dissoudre l'équipe de rugby !

— Restons solidaires messieurs. C'est en étant unis que nous franchirons cette épreuve. Il faut veiller les uns sur les autres. Si vous constatez un comportement anormal au sein de votre voisinage, contactez les autorités.

— On va laisser les Islamistes nous marcher dessus ? Boudu, on sait très bien qu'il n'y a qu'un Arabe qui peut écrire *« Nique la France »*. Et il n'y en a pas cinquante dans le village.

— Sur ce fait, attendons d'avoir du concret avant d'accuser Pierre ou Paul, répond le maire.

— Ou Rachid ou Samir ou Mamadou ! s'écrie quelqu'un dans la foule.

— Eh béh vous nous demandez de créer une milice privée qui patrouille dans le village ?

— Non, Louis. Je vous demande simplement d'observer, d'être vigilant. Qu'est-ce que vous voulez finalement **?** Plus de patrouilles ?

— Oui ! s'exclame la foule.

— Vous l'aurez. En conseil municipal, nous avons voté la création de trois postes de policiers municipaux.

— Boudu, et le temps qu'ils soient opérationnels, vous aurez combien ? Trois, quatre meurtres de plus ?

— Je sais Auguste. C'est pourquoi, j'ai demandé un détachement de gendarmerie mobile qui débute dès lundi. Ils seront logés au camping municipal.

— Ah ! soupirent de soulagement certains villageois.

Il y a même quelques applaudissements perçant le léger

brouhaha. Monséret reprend la main :

— Restons liés, engagés derrière notre équipe de rugby qui souffre. Elle porte haut les couleurs de notre village. Je ne laisserai plus personne s'en prendre à nos familles. Je vous garantis que le tueur ne frappera plus à La Palme. Je vous en fais la promesse. Êtes-vous avec moi ?

— Oui ! ! hurle la foule.

— Mettons un terme aux agissements de cet assassin. Il se dissimule peut-être dans la foule, en ce moment, à côté de l'un de vous.

Les habitants se dévisagent. Diviser pour mieux régner est sa devise. Urbain a glissé une pointe de paranoïa chez ses poulains.

— Je m'adresse à lui. C'est fini pour toi. Tu as réalisé assez de dégâts comme ça. On va te chercher, on va te trouver, et on va te démasquer. Nous sommes un village fort, j'ai confiance en vous mes amis.

La foule est en liesse. On se croirait à un meeting démagogique pour d'éventuelles élections présidentielles. Tout le monde aime la flatterie mais tout le monde se méfie de la franchise. Monséret est-il un tant soit peu sincère ou pense-t-il à son poste éjectable de maire ? Urbain a touché juste sur un point. Le serial killer est bien dans l'assemblée observant comme les autres, ses vis-à-vis. L'objectif est atteint pour Monséret. C'est un véritable plébiscite qui secoue les pieds de la mairie. La saveur des acclamations est pour le premier magistrat comme un cadeau tendu à un enfant le jour de Noël. Avec ses mains, il fait signe à la foule de temporiser. Elle obtempère.

— Merci à vous toutes et à vous tous d'être venus. N'oubliez pas, gardez toujours l'œil ouvert. Je suis avec vous.

L'objectif est atteint, il a su rassembler les villageois derrière lui tel un père de famille. L'ovation s'estompe. Avec un léger sourire et le regard calculateur, Monséret finit par quitter le balcon sur lequel il vient de marquer à nouveau son territoire.

38

Avant la trêve de Noël, l'Espoir Olympique Palmiste tient deux nouvelles échéances à venir. Le stade des Cauqueillères, là où officie l'entente Montredon-Moussan fut un calvaire pour les joueurs bleu marine de La Palme. La mécanique huilée n'est plus que poussière. La mayonnaise a tourné et n'est plus digeste. Le dimanche suivant, le déplacement à Saint Pons dans le Haut Languedoc n'était pas une sinécure. Au-delà de la défaite, les Palmistes ont découvert la fête de la châtaigne locale. Les gifles et autres marrons étaient de sortie. L'EOP a capitulé. Cette nouvelle débâcle commence à peser lourd dans les cervelles. La déconfiture de trop ? Sur le trajet du retour, en bus, c'est la soupe à la grimace.

Nounours tuméfié par les empoignades face à son homologue de la troisième ligne, remarque le regard perdu de ses partenaires. En l'absence du gendarme Jonquières, bloqué à la caserne de Narbonne, c'était lui le numéro huit aujourd'hui. Il s'écrie :

— Allez les gars, on vient de perdre. C'est vrai. Mais la saison n'est pas terminée. On a commencé ensemble, on termine ensemble.

Sur le siège juste derrière, un jeune répond :

— En plus d'en avoir des traces de crampons, j'en ai plein le dos de cette situation. Je suis désolé mais c'était mon dernier match.

— Alors quand le bateau coule, tu prends la poudre d'escampette ? Ne me dis pas que tu es comme un rat qui quitte le navire.

— Tu le prends comme tu veux, rétorque le joueur. On est en train de vivre le script des *Dix petits nègres* d'Agatha

Christie. On se fait éliminer les uns après les autres. Désolé mais c'est trop. J'ai toute la vie devant moi et je veux en profiter.

— Il a raison. Désolé Nathan, j'arrête aussi, poursuit un second camarade.

— Très bien les Leucatois, partez, rétorque Nathan désemparé. Des gens indispensables, y en a plein les cimetières. Personne n'est irremplaçable. Un autre volontaire souhaite abandonner nos valeurs de solidarité, quelqu'un d'autre veut oublier le caractère de Léo, de Damiano et de Pierre ? Car eux, n'auraient jamais lâché leurs copains.

Le discours de Homps, capitaine d'un jour, semble avoir conquis ses partenaires. Néanmoins l'équilibre semble fragile. Pas un autre n'envisage de déguerpir pour le moment. Mais serait-ce l'arbre qui cache la forêt ?

39

Alors qu'il mordille son crayon tel un chien enragé, le lieutenant Maxence Novès se tord les neurones. Il se casse les dents sur l'enquête des meurtres commis par l'éventuel boucher de l'ovalie. Il gribouille des noms, des mots reliés par des flèches tel un schéma géométrique. Puis il raye ses écrits. Il recommence ce scénario à plusieurs reprises. Aucun doute, il est confronté à sa plus grande affaire. Le point d'orgue de sa carrière.

Il partage son vétuste bureau avec sa nouvelle collègue, l'adjudante-chef Charlotte Liévremont. Sur une feuille de papier, il couche des idées, des suppositions, un semblant de piste. Rien n'y fait. Muni de son crayon, il les efface au fur et à mesure. L'enquête est au point mort.

— Lieutenant, voulez-vous un café ?

— Ce n'est que dix heures du matin et j'en suis déjà à mon quatrième. Je vais ralentir, merci. Sinon je risquerais de pisser du pur arabica.

Lièvremont quitte la pièce. Elle s'est rapidement acclimatée à ce genre de blague potache. Elle est vaccinée depuis qu'elle officie dans un milieu plutôt masculin voire misogyne. Novès se lève de sa chaise à roulettes et se dirige vers un grand tableau sur lequel sont placées les photographies des scènes de crime, une carte géographique et d'autres renseignements divers. Il étudie à nouveau des détails qui auraient pu lui échapper depuis des semaines, une sorte de nouveau départ. Maxence a conscience que la pression est sur ses épaules. Le manque d'avancées et d'éléments concrets pourrait pousser les magistrats à dessaisir son équipe au profit d'un officier de police judiciaire fraîchement sortie d'école et qui serait ravi d'humilier un ancien, un vieux de la vieille. Charlotte réintègre la salle, petit noir à la main.

— Liévremont, peux-tu me sortir le dossier sur les meurtres du boucher d'il y a vingt ans ?

— Les archives du parquet m'ont sollicitée pour récupérer leur bien.

— Ces braves magistrats attendront. Des similitudes sont à creuser, encore une fois.

Charlotte s'exécute et retire le carton placé sous son bureau. Novès saisit l'épais paquet et l'ouvre. Il extrait des procès-verbaux et photographies des victimes. Quelques minutes plus tard, il s'attarde sur l'image du premier meurtre. Celui d'André Ribaute écrasé par son tracteur. Il étudie les renseignements sur ce dernier.

— Charlotte, Ribaute était vigneron de profession. Le jeune Nébias l'était aussi. Coïncidence ou piste à approfondir ?

— Damiano Ornaisons était cuisinier. Regardons quel boulot exerçait la seconde victime du boucher.

— Azille Jean-Pierre, maçon. Ma théorie tombe à l'eau.

— Pas complètement. Certes ce n'est pas le même

métier mais ils possédaient leur propre entreprise, répond le gendarme.

— Ça se tient. Voyons pour le troisième décès. Nous avons un manadier tué à Sigean la semaine dernière. Et dans les archives, Villardebelle Anselme, au chômage, docker de formation. Finalement, je crois que nous faisons fausse route. Mais ces fameux porte-clés en forme de ballon de rugby me travaillent. Ils sont identiques d'après le labo, malgré leurs vingt ans d'écart. L'éventualité du retour du boucher de l'ovalie n'est pas à exclure.

— C'est du Made in Taïwan. Quelqu'un ayant remarqué cet objet à travers les vieilles coupures de presse pourrait s'en procurer aisément. Il s'agit peut-être d'un copycat[16]. Mais j'en reviens à vos hypothèses sur les similitudes entre les meurtres. Le métier de vigneron concorde pour les premières victimes. Il est envisageable qu'il y ait d'autres facteurs communs.

— Ce n'est pas idiot. Une particularité physique, un trait de caractère, un détail qui pourrait les relier. Il faudrait trouver une personne qui a bien connu les victimes du passé. Elle pourrait éventuellement nous les décrire, poursuit le lieutenant.

Onze heures sonnent à la pendule du bureau des gendarmes. Charlotte achève une conversation téléphonique. Elle raccroche.

— Lieutenant, un dénommé Cascastel Henri peut nous rencontrer chez lui rapidement. Il est prêt à nous offrir des renseignements sur les victimes de 1987 et 1988.

— Rapidement ? C'est-à-dire ?

— Maintenant.

— Ne perdons pas de temps, allons-y !

Novès et Liévremont débarquent à La Palme trente

---

[16] Imitateur, en anglais

minutes plus tard. Les guirlandes de Noël ornent la Grand-rue et l'Avenue de la Mer. Les deux militaires stationnent leur Peugeot 307 place du Général de Gaulle, devant le domicile de monsieur Cascastel. À la sortie du véhicule, Charlotte enfile sa paire de gants en laine tandis que Maxence remonte le col de sa veste et noue son écharpe. À cinq jours de la Nativité, les fêtes s'annoncent glaciales dans tous les sens du terme. Maxence frappe à la porte d'entrée. Henri Cascastel ouvre rapidement. Il ne devait pas se trouver bien loin.

— Bonjour. Lieutenant Novès et voici…

— ...entrez vite. Il fait un froid de ski, coupe le vieil homme.

Charlotte ne relève pas l'impolitesse du vieil homme, mais sourit après avoir entendu une expression qu'elle ne connaissait pas jusqu'alors. Devançant ses invités, Henri les convie à gagner le salon.

Mettez-vous à l'aise, j'arrive. Désirez-vous un café monsieur, madame ?

— Non merci, répondent-ils de manière collégiale.

— Tant mieux, je n'en avais plus de toute façon.

Il avait utilisé cette même répartie lorsqu'il avait reçu Julian Ginestas. Ah, sacré Henri. Toujours une boutade sous le coude. L'hôte s'assoit. Il fait face aux deux gendarmes déjà installés dans leur fauteuil.

— Vous souhaitez avoir des renseignements sur les victimes du tueur en série, si j'ai bien compris.

— C'est exact, répond le lieutenant.

— Pouvez-vous nous décrire André Ribaute, le vigneron ? demande Charlotte.

— Un instant. Mon cerveau est devenu un diesel. Henri fouille dans sa mémoire usée par les années.

— André était une personne sans histoire. Il était marié mais n'avait pas d'enfant. Il avait repris les vignes de son père, décédé prématurément.

— Des détails sur sa personnalité, sur son physique ?

— Il possédait une allure passe-partout. Par contre la rumeur colportait le fait qu'il fricotait avec des prostituées, aux Cabanes de La Palme. Mais bon, vous savez ce qu'on dit. Un ami d'un ami d'un ami l'aurait aperçu. Vrai ou faux ? Telle est la question.

Liévremont note ces maigres détails.

— Que pensez-vous de Jean-Pierre Azille, la deuxième victime ?

— Ah, *la sangsue* comme on l'appelait, était quelqu'un de généreux, sympathique, toujours le sourire. Mais il avait un côté arrogant. C'est dommage, ça gâchait son caractère. Il était maçon, célibataire. Je ne vois rien d'autre à rajouter.

— Quelque chose au sujet d'Anselme Villardebelle ?

— Là, il y avait un sacré morceau de viande. Il était gaillard le type. Je me souviens d'un bal sur la place. Trois estivants enivrés collaient d'un peu trop près une Palmiste. Il leur a remis les pendules à l'heure. Ils en ont même mangé les aiguilles. Le trio mouchait rouge. Soit. Mais lorsqu'il s'est fait virer du port de Port-la-Nouvelle, il a radicalement changé. L'alcool et la chasse avaient pris le dessus au détriment de sa famille. Malheureusement, *la poutre*, comme on l'appelait, maltraitait son épouse et ses marmots. Ah, putain de bibine. Pourtant avant son licenciement, c'était un gars bien, croyez-moi.

— Le quatrième meurtre est celui de Daniel Bugarach.

— Dani était un mec très intelligent et travailleur. Il ne comptait pas les heures. De plus, il avait le visage du gendre idéal, beau garçon. Il en a collectionné des minettes. Il a été tué à Port-la-Nouvelle à la sortie de son boulot. Il était chef d'équipe dans les travaux publics. Célibataire. Voilà tout.

— OK. Pour terminer, René Espezel.

— Ah celui-là, vous l'auriez apprécié. *La machine* détestait la hiérarchie militaire. D'ailleurs il s'en est fait sortir. Victime d'un excès de sang, il a violenté un supérieur. Il était loin d'être un imbécile pourtant. Comme quoi, tout arrive. Puis il a trouvé son équilibre entre son nouveau boulot à la cave coopérative du village et sa compagne enceinte de jumeaux. C'est elle qui a découvert le corps de René. Elle aurait perdu ses bébés soi-disant. On ne l'a plus jamais revue. Après ce dernier drame, l'équipe de rugby a été dissoute.

— Merci monsieur Cascastel. Si d'autres informations vous reviennent, n'hésitez pas à nous contacter. Voici ma ligne directe.

Novès tend une de ses cartes de visite.

Les gendarmes regagnent leur voiture. Durant le trajet, Charlotte réfléchit à haute voix.

— Tout d'abord, nous avons Ribaute, le vigneron dépravé. Vient ensuite Azille le généreux maçon mais trop prétentieux. Puis Villardebelle, alcoolique à la main légère. Mon lieutenant, vous avez des particularités sur la personnalité des trois récentes victimes ?

Un léger crachin oblige Novès à actionner les essuie-glaces. Il semble rester confortablement installé dans ses songes.

— Lieutenant, vous m'entendez ?

— Oui. Désolé. Bien vu Charlotte. Léo Nébias a été tué. Mais ce n'est pas lui qui était visé. Il s'agissait de son petit frère Mickaël. Je n'ai pas d'informations le concernant. Restons sur le fait qu'il soit vigneron, comme point commun. Ensuite nous avons Damiano Ornaisons, cuisinier dans le resto familial. D'après les recueils de proximité, c'était un jeune sans histoire, bon joueur de rugby, charismatique mais doté d'une forte arrogance.

— Tout comme Azille, le maçon, coupe Liévremont.

— Puis nous avons Pierre Puilaurens, l'entraîneur. Célibataire endurci dont une de ses plus fidèles camarades était la bouteille de whisky.

— Villardebelle abusait de l'alcool. Je sens que nous sommes sur la bonne voie.

— Il faut à tout prix éviter un quatrième meurtre. Retranscris-moi les dires de Cascastel s'il te plaît.

— Bugarach Daniel était un homme à femmes, séduisant. Il est à noter qu'il s'agit du seul meurtre qui s'est déroulé hors de La Palme.

— Puilaurens est mort à Sigean. Il y a un décalage entre les similitudes alors. Peut-être que le meurtre du coach ne devait pas se dérouler comme il s'est déroulé. Ce fut plausiblement un meurtre par opportunité. Il faut identifier le profil de l'éventuelle prochaine victime. Je ne pense pas que le meurtrier décide d'en rester là. Il faut trouver un homme de type charmeur, au sein du club. Mais ne négligeons pas le détail d'un crime hors de la commune. Un joueur ne résidant pas à La Palme par exemple. Et pourquoi le meurtrier est passé à l'acte ? Quel a été le déclic de sa folie ? Il faut trouver l'élément déclencheur, ce qui l'a fait dégoupiller à l'instant T.

— Cinq morts il y a vingt ans dans le milieu du rugby local. Puis, plus rien.

— Cascastel nous a signifié que le club a cessé après le dernier crime. Et après cela, les morts ont arrêté de s'empiler.

— L'assassin détestait l'ovalie ? Un peu léger, mais pourquoi pas.

— Il suffit de bien peu pour éveiller la démence d'une personnalité fragile. Le XV local était en sommeil depuis 1988 puis la renaissance a eu lieu durant la saison estivale ; dès septembre les meurtres ont commencé.

— Le club de La Palme a ressuscité le *Boucher de l'Ovalie*.

— Niveau résurrection, j'aurais préféré le christ, lance Maxence.

40

Alors que les flocons de neige fondue poussés par une violente tramontane percent la nuit de ce vingt-quatre décembre, les croyants et autres villageois se rassemblent en l'église Saint Jean pour une douce veillée. Mais la soirée ne sera pas forcément si douce que ça. Cette année, c'est La Palme qui accueille la crèche vivante cantonale de la paroisse *Saint Pierre et Paul des étangs*. La bâtisse est bondée. Les catholiques côtoient certains touristes espagnols, mais aussi les parents venus apercevoir leur progéniture rejouant la naissance du Christ. Il y a également les badauds du village, pas forcément adeptes de la religion. Noël est synonyme de partage, d'amour et de solidarité. Les drames traversés par la population locale ont un effet positif, une si maigre conséquence salutaire dans ce tumulte oppressant. C'est maintenant que les habitants doivent se serrer les coudes. Louis Fanjeaux et Auguste Albas, les deux sexagénaires anticléricaux convaincus font de leur présence, une surprise, pas forcément des plus agréables. Durant des périodes moroses, les individus cherchent des réponses. Certains se tournent vers la prière, d'autres se rendent chez le psychologue et d'autres encore sirotent du bourbon.

La messe débute. L'abbé Quirbajou est le maître de cérémonie. Son homélie commence par le lancement de l'animation, offerte par les enfants. La crèche, constituée de canisses, de bois et de paille est disposée à côté de l'autel. Le petit Joseph accompagné de la mini Marie puis des trois rois mages déboulent du fond de l'église. Ils s'avancent, lentement, jusqu'à s'approcher de leur habitation d'un soir. Dans les rangées, sur les bancs, les proches prennent des photos afin d'immortaliser ce moment. Au premier rang, le maire Urbain Monséret honore de sa présence. En ce lieu, des membres du conseil municipal et Henri Cascastel sont à ses côtés. Non loin d'eux se trouve Raymond Douzens, l'ancien garde champêtre. Les jeunes générations ne sont pas en reste. Mickaël Nébias et Alice, Nathan Homps et Claire, Alonzo Quintillan sont présents. Toanui a fait le déplacement de Narbonne accompagné de membres de sa famille. C'est un fervent fidèle chrétien. L'arrivée sur terre du Messie est un événement primordial dans sa culture polynésienne. En retard, Julian aperçoit Léana. Après s'être signé de la croix au bénitier recouvert de marbre, il tente de se frayer un chemin jusqu'au banc situé face à la chapelle dédiée à la Vierge Marie. Quelle ne fut pas sa surprise de repérer Julie à proximité de Léana. Il glisse jusqu'à se positionner à ses côtés.

— Je t'attendais, lui chuchote-t-elle.

Il plante son regard dans les yeux de la demoiselle avec petit sourire, mais n'émet aucun son. Durant le prêche de Quirbajou, Julie, fixe la scène, caresse la croix sertie de rubis pendue à son cou puis effleure la main de Julian. Ce dernier, légèrement surpris, ne détourne pas son regard et saisit la menotte de sa camarade. En revanche, le troisième âge situé sur le banc de derrière n'apprécie guère ce geste en ce lieu et le leur fait savoir.

La messe s'achève. Les gens quittent peu à peu l'église. Sur le parvis, Julian s'adresse à Julie avec hésitation :

— Tout à l'heure, ta main. Euh. Pour moi, c'est riche de sens, avoue-t-il.

— Ce n'est pas un mouvement anodin, si tu veux tout savoir.

— Et Nicolas, tu en fais quoi ?

— Je lui ai annoncé il y a quelques jours que c'était terminé.

— Très bien, alors la situation est claire.

— Limpide même.

Ils se rapprochent et s'embrassent quand, tout à coup, on

entend :

— J'en étais sûr, j'en aurais mis ma main à couper.

Nicolas, jaloux maladif, a suivi Julie et a patienté toute la soirée. Il s'approche d'un pas décidé.

— Tu me pistes maintenant ? J'ai été claire avec toi, c'est terminé, lance l'ex.

— Tu me quittes pour ce pauvre type, il t'a fait miroiter quoi ? Qu'a-t-il de plus que moi ?

— Regarde où on se trouve, s'interpose Julian. Ce n'est pas le lieu adéquat pour faire une scène de jalousie. Éloignons-nous.

— Toi, tu parleras quand je te l'aurais demandé. Julie, sois franche, ça fait longtemps entre vous ?

— Stoppe ton délire, je ne t'ai pas trompé.

Nicolas saisit le bras de Julie.

— Lâche-moi, bon sang.

— Retire ta main rapidement, riposte Ginestas. Ça va mal se terminer.

Nicolas finit par ôter son emprise.

— Ah bon, que vas-tu faire gamin ? Tu me menaces ?

Nicolas le pousse. Ce dernier arme son poing mais il est ralenti dans son élan par un cri provenant du parking.

— Bon sang, que s'est-il passé ?

C'est le maire Monséret. Qu'a-t-il pu apercevoir ? Nounours, la Tique et même Louis Fanjeaux s'approchent.

— On a bousillé ma voiture. Les pneus sont crevés et de la peinture a été déversée sur les vitres.

— Monsieur le maire, je crois qu'il n'y a pas que votre véhicule. Regardez là ! s'écrie Nathan.

— Eh béh celle-ci a chargé également, se mêle Louis Fanjeaux.

Au total, sept tacots sont dégradés dont celui du maire et d'Henri Cascastel.

— Quand le grand-père de Constance va sortir de l'église, il va péter un câble ! lance Nathan.

— Nicolas, tu étais dehors à attendre, tu as bien dû remarquer quelque chose ! dit Julian.

— Je viens d'arriver. Dès que j'ai vu Julie pénétrer dans ce temple, je suis parti. J'étais au troquet. Et puis, j'ai rien à te prouver. Depuis quand t'es flic ? Demande plutôt au basané en survêt qui rôdait par là. Je préfère partir. On se voit au prochain entraînement mon petit, on aura des choses à régler !

Julian avertit ses quelques camarades :

— Les graffitis de la mairie, les vitres de l'école et maintenant les voitures devant l'église. Ça va de plus en plus loin. Je me trompe peut-être mais je pense qu'il n'y avait pas tant de pagaille avant que l'on reconstitue l'équipe de rugby. Quand je vois Fanjeaux et Albas ici, je trouve ça plus qu'étrange. Ils n'ont pas des têtes à croquer des hosties tous les dimanches.

— Ce ne peut pas être eux, répond Nathan. Ils étaient à la messe. Louis était même surpris il y a un instant lors de la découverte. Par contre Nicolas a vu un type qui ressemblerait à Samir traîner dans le secteur.

— Et si les deux alcooliques pseudo-racistes étaient de mèche avec ce maçon venu du bled ? conclut Julian.

Après le coup de téléphone d'Urbain Monséret, les gendarmes de Port-la-Nouvelle arrivèrent pour établir les premières constatations et les premiers témoignages sans penser que le responsable de tout cela était plus proche de la scène que ce que l'on croyait.

41

— Bonne année, dit l'une.

— Meilleurs vœux à toi aussi, répond l'autre.

— Surtout la santé, à toi et tes proches, lance une troisième.

Les premières supportrices débarquent au stade *Jean Jalabert* assister au dernier match de la phase aller, face à Lieuran. Il faut être courageux pour affronter ce froid glacial accentué par le cers. Les deux formations sont à l'échauffement. Il en faudra pour monter en température. Pour Nicolas Salanque, ce n'est pas un souci. Il est chaud bouillant pour son premier match. Dès qu'il aperçoit Julian dans sa ligne de mire, c'est l'effet tunnel. Il ne voit que lui. Une terrible envie d'en découdre. Les deux entraînements de la semaine ne l'ont pas rassasié. Il est vrai que les séances ont été tendues. La promesse d'un retour au calme a invité le staff à conserver le nouveau venu, Salanque. Puis il ne faut pas faire le difficile. L'équipe a perdu deux joueurs désireux de quitter ce lieu maudit. Salanque permet de combler une place. Une timide éclaircie arrive sur le gazon. Mickaël Nébias a décidé de retrouver la compétition. Il se sent prêt désormais. Prêt à se défouler, prêt à batailler face à l'adversité, toujours le cœur tourné vers son défunt aîné.

Le coup d'envoi est offert par Julian, contre le vent. Durant le premier acte, La Palme tente de remonter le cuir en développant un jeu de passes serrées. Les coups de pied sont à proscrire. Le demi d'ouverture Ginestas prend l'intervalle au milieu du terrain. Il crochète un adversaire puis transmet à son premier centre. Ce dernier fournit la gonfle à Salanque. Il fixe deux adversaires, et n'a plus qu'à redonner à Julian. Non, il décide d'aller au contact. Mais il perd le ballon et Lieuran se dégage.

— T'abuses, j'étais tout seul ! J'avais une autoroute

devant moi, j'allais marquer, proteste Julian, énervé.

— Tu n'y serais pas arrivé, t'avances pas ! Replace-toi plutôt que de pleurer, réplique Nicolas.

Nous sommes à la demi-heure de jeu et sur une touche, c'est le capitaine Homps qui perce le rideau défensif. Il trouve son pilier Toanui au relais. Ce dernier offre la balle à Nicolas arrivé tambour battant. Julian réclame la passe, il s'est défait du marquage. Nicolas ne lui donne pas et joue un coup de pied par-dessus, pour lui-même. Inefficace puisque Salanque est projeté en touche.

— C'est quoi ton problème ? Si c'est pour jouer tout seul, dégage ! lance Julian.

Juste à proximité, Nicolas aperçoit son ex, Julie de l'autre côté de la main courante, ce qui a le don de le faire disjoncter. Il s'approche et pose son front sur celui de son coéquipier.

— C'est toi mon problème.

Olivier, le demi de mêlée s'interpose.

— Les gars, vous réglerez vos soucis plus tard. On a un match à disputer et là, on fait rire nos adversaires.

Le coup de sifflet de l'arbitre annonce la mi-temps. Le néocoach Alban Cabardès mobilise ses troupes derrière les poteaux.

— Mais vous n'avez pas honte ? Je n'ai jamais vu ça. Même des enfants de douze ans ne se comportent pas comme vous. On a le même maillot. Vos querelles vous les laissez pendant quatre-vingts minutes aux vestiaires. Nicolas, la prochaine fois que tu me manges des actions toutes cuites, tu sors. Nous sommes menés 7 à 3. Il y a largement la place pour s'imposer. Maintenant on a le vent. Julian allume-moi des chandelles en bêtise. Toanui, Nathan, châtiez-moi ces types dans les mauls. Ils nous prennent pour des pantins. Prenez ces quartiers d'oranges, prenez de la vitamine, vous en avez besoin, vous êtes amorphes !

La seconde période débute. Julian suit les consignes

d'Alban. Chandelles sur chandelles, l'EOP rectifie le tir. Les locaux campent dans les vingt-deux mètres adverses. Le pilier tahitien inscrit le premier essai palmiste suite à un départ au ras du regroupement. Il ne reste qu'un quart d'heure à jouer et le score est de parité, dix partout.

— Monsieur l'arbitre, on ne peut pas jouer, ils sont toujours hors-jeu, insiste Homps agacé. Faites quelque chose !

Le juge ne prend pas compte du petit mot du capitaine rouge et bleu. Les fautes des visiteurs se succèdent sans être sanctionnées. Mirepeisset extrait l'ovalie du maul et transmet à Nathan. Ce dernier commet un en-avant volontaire et bien réfléchi. Pourquoi ? L'arbitre annonce une mêlée avec introduction pour Lieuran. Le rugueux vigneron appelle ses gros avant de se positionner :

— J'en ai marre, on est en train de se faire piéger. On tombe dans un traquenard. Couvrez-vous, je vais arroser.

Ses camarades sourient. Ils comprennent qu'il va y avoir de l'animation. C'est vrai qu'il manque de chaleur sur le gazon, causée par une météo sibérienne. L'homme en noir informe des commandements :

— Flexions, touchez.

Juste le temps au demi de mêlée héraultais d'introduire le cuir, qu'une partie de manivelles s'extirpe du regroupement. La bagarre éclate. Même les trois-quarts se prennent au jeu. Deux joueurs verts de Lieuran fondent sur Ginestas pourtant à l'opposé du conflit.

— Pousse-toi ! crie Nicolas.

Julian s'exécute. Salanque prend plein fer son homologue biterrois et le couche. Le craquement de l'os nasal a vibré jusque dans la tribune. Une fraction de seconde plus tard :

— Fais gaffe, derrière, réagit Julian.

Nicolas pivote et aperçoit un second Lieuranais. Il s'écarte. Julian arme son bras et décoche un crochet du droit en pleine mâchoire de sa victime. Ginestas regarde Salanque :

— Merci.

— Un prêté pour un rendu, répond Nicolas avec un clin d'œil.

La tension entre les deux serait-elle en train de disparaître ? Le juge met fin à cette brave chamaillerie qui a eu le mérite de réveiller les spectateurs. Ça hurle dans les travées. Et encore plus lorsque l'arbitre offre un carton rouge à Nathan. Les noms d'oiseaux pleuvent envers l'officiel. « V*oyou, vendu, tricheur !* » pour les plus polis. Les maritimes vont terminer la partie à quatorze. Dix partout et l'horloge tourne. Plus que cinq minutes. Salanque sort du terrain. C'est une prestation en demi-teinte pour son premier match sous les couleurs locales. Julian s'approche. Les deux se tapent dans la main.

— Allez Mickaël ! tu es capable de renverser des montagnes. Fais-toi plaisir par-dessus tout, insiste Cabardès.

Nébias concentré, regarde son entraîneur et lui sourit. Il fait son entrée au poste de centre à la place de Nicolas Salanque. La Palme obtient une pénalité. Trop loin pour le journaliste en herbe alors il décide de trouver la touche. Une belle touche qui plus est.

— Toanui, lance ! On fait la combinaison « croisades », hurle Cabardès sur le banc.

Le pilier s'avance et s'improvise talonneur. Il envoie la balle. Alonzo récupère en premier sauteur puis transmet à son lanceur dans la foulée. L'alignement adverse est déboussolé. Le Tahitien avance. Il lui reste cinq mètres à franchir, et un ailier. Il ne fait pas de grigris, pas de crochets. Il file tout droit comme un bulldozer. Il percute son adversaire. Ce dernier est projeté en touche. Toanui poursuit sa route et plonge en terre promise. Il offre l'avantage à son équipe et signe un doublé ! Ses collègues lui fondent dessus avec joie. Le contraste est flagrant. La déception se décompose chez les visiteurs. Julian ne transforme pas l'essai en coin. 15 à 10. Il reste une minute et Lieuran tape le coup d'envoi. À la réception, l'ailier héraultais est le plus prompt mais il commet un en avant. Nébias récupère. L'arbitre laisse l'avantage. Cabardès hurle :

— Tape en touche, c'est terminé.

La Tique ne réagit pas. Il poursuit sa course, crochète un adversaire. Alban rumine sur le bord de touche : « Si on se fait contrer, on va perdre, bordel ! » Mickaël aperçoit un côté complètement découvert. Un Lieuranais arrive à sa hauteur. Il tape un coup de pied à suivre et esquive le plaquage. Il sprinte et récupère le cuir. Il ne peut plus être rattrapé. Il file entre les poteaux et aplatit. Il se met à genoux et lève son index en direction du ciel, un signe de communication avec son défunt frangin certainement. La scène est chargée d'émotions. Ses coéquipiers arrivent à sa hauteur et lui sautent dessus. Le public exulte. Julian offre deux points de plus sur le coup de sifflet final. Victoire 22 à 10.

Nébias s'approche de Tita et lui glisse :

— C'est grâce à toi que l'on gagne aujourd'hui. Merci Toanui. Tu ne peux pas imaginer la petite pointe d'éclaircie qui surgit dans mon sombre for intérieur.

— En buvant l'eau du puits, n'oublie pas ceux qui l'ont creusé. Je ne suis qu'un rouage du mécanisme. C'est une victoire de l'équipe dans son ensemble. Une victoire pour Léo, Dam et Pierre.

42

— J'ai débarrassé le village de trois impurs. Voilà tout.

10 minutes plus tôt

Jimmy retourne chez lui en ce dimanche. Il ouvre la porte d'entrée avec discrétion. Il souhaite accéder à sa chambre sans se faire remarquer. Après la confrontation sportive de l'EOP, il s'est rendu une paire d'heures en garrigue jusqu'à la nuit tombante. Son butin s'élève à un marcassin de vingt kilos, pas plus. Jim est loin d'être une force de la nature mais il réussit à transporter la dépouille. Il dépose la carcasse, tant bien que mal, sur le paillasson menant à la cave. La veste de son paternel est jetée dans le couloir, tâchée d'hémoglobine. Elle traîne depuis des semaines désormais. Il l'a saisie et l'accroche au portemanteau. Soulagé d'avoir évité son père, enraciné dans le divan et sûrement fixé devant le petit écran, il pénètre dans sa piaule puis déverrouille l'ordinateur. Une nouvelle enveloppe dorée est présente sur son bureau. Il n'y prête plus attention. Son contenu n'a plus aucune importance. Il s'installe confortablement dans son fauteuil à roulettes et ouvre internet. Il se connecte à son réseau social favori. Il découvre un message dans sa boîte à lettres virtuelle. Jimmy sourit. Il a rencontré une femme. C'est son exutoire. Il oublie tout et se sent heureux, même si cela ne dure pas. C'est juste éphémère. Elle est connectée ! Quelle chance. C'est rare qu'ils le soient en même temps. Il répond à son interlocutrice. Il est sous le charme de la photo de profil de la fille. Il pianote sur son clavier et commence à discuter.

> Depuis tout ce temps, je ne te connais qu'à travers ton pseudo. Dis-moi Jasminelove quel est ton prénom ?

Nina. En tout cas sache que je suis fière de toi, de tout ce que tu as fait pour moi. Il me tarde de te voir. Nous sommes désormais de la même famille. Nous sommes unis.

Jimmy est tout excité.

Tu m'as dit que tu habitais loin, mais tu ne m'as pas dit où.

Je suis actuellement à Falloujah en Irak. Pour te prouver ma reconnaissance, je t'ai envoyé un petit colis qui est parti il y a une semaine. L'as-tu reçu ?

Pas encore mais j'ai hâte.

Peut-être demain alors. Penses-tu que tu pourrais venir me voir ?

Il faudrait que je mette un peu d'argent de côté, que je pose des congés et puis surtout, je n'ai pas de passeport.

J'ai pensé à tout. Je dois te laisser Jimmy. Je t'embrasse. À bientôt inch'Allah[17].

Bisous Jasminelove, euh… Nina.

Jimmy se déconnecte, l'air apaisé, lorsqu'il est brusquement coupé par José de l'autre côté de la cloison.

— C'est à cette heure-ci que tu rentres ? Tu crois que je t'ai pas entendu ?

— Je viens d'arriver. J'étais au match, puis je suis allé à la chasse. J'ai tué un marcassin au fait.

— Que veux-tu que ça me foute **?**

— Excuse-moi. Tu veux que je le cuisine pour demain ?

— Les questions c'est comme les coups de pied au cul, c'est moi qui les pose. Si seulement ta mère te voyait, elle aurait honte de ce que tu es devenu !

Devant tant de paroles acides, Jimmy ne pipe mot, sort de sa chambre et descend à la cave, déposer le gibier. Lorsqu'il remonte, il dit à son père :

— Je retourne à l'ordinateur.

— Avant d'aller faire joujou, apporte-moi une bière.

Jimmy fait un détour par la cuisine, ouvre le réfrigérateur. Il souffle. Il n'en peut plus de cette vie. Il saisit une mousse et la dépose sur la table à côté du canapé dans lequel son père est installé. Sans un merci, José demande :

— Et ce match alors, ils ont encore perdu ? Sans entraîneur, ils doivent faire rire.

— Ils ont de la ressource, ils ont gagné.

— Comment ça ? José élève le ton. Comment ils ont

---

[17] Si Dieu le veut, en arabe.

pu ? Lieuran a envoyé les cadets ou quoi ?

— Non, mais il y a le pilier tahitien Toanui, qui a porté son équipe. Il a marqué deux essais magnifiques, puis il y a eu un troisième essai de Nébias.

— Ça a l'air de te faire plaisir. Après ce qu'ils t'ont fait, tu les soutiens ? T'as vraiment pas de figure fiston. Je me demande même si t'es mon fils. Les Nébias, c'est comme la mauvaise herbe. Tu as beau l'éradiquer, il y en a toujours une autre qui pousse. Quoi qu'il en soit, il s'agissait de leur dernière victoire. Je vais m'occuper de ce Polynésien. Il va retourner d'où il vient.

— Que veux-tu dire par là ? Et puis c'est quoi ce sang sur ta veste ? Qu'est-ce que t'as fait ?

— J'ai fait ce qu'il fallait faire. Ne pose pas de questions. J'ai débarrassé le village de trois impurs. Voilà tout.

Jimmy saisit le lourd sens de cette déclaration.

— Quoi ? Tu as tué Léo, Damiano et Pierre ?

— C'est toi qui l'as dit. Pas moi. Retourne dans ta chambre et laisse-moi regarder le match.

— Mais papa, tu as recommencé comme lorsque j'étais petit. La police va finir par te retrouver.

— Laisse tomber, gamin. Tu commences à me faire monter la pression. Casse-toi !

Complètement chamboulé, Jimmy retourne vaquer à ses occupations sous l'impulsion de son cerveau désorienté. Il tombe à la renverse sur son lit. Les yeux fixés au plafond, il se prend à rêver comme si, finalement, la conversation avec son père n'avait jamais existé. Enfin une femme qui l'apprécie pour ce qu'il est. Il a fait des efforts pour cette Jasminelove pour qu'elle l'accepte mais bon, ça en valait la peine. Quels peuvent être ces efforts ?

Sacrée Nina, mais qui es-tu ?

43

1986

— Reviens ici, salaud ! Comment oses-tu me faire ça ? hurla-t-elle de toute son âme.

Cinq minutes plus tôt

— Mais que fais-tu ? On a le temps, reviens au lit !

— Non, Sylvie, j'aurais dû partir il y a déjà un petit moment, je suis vraiment en retard. Il faut que je file au bureau de Perpignan.

Sylvie, petite brune au teint doré d'environ vingt-cinq ans remonte la couette mauve sur son corps dénudé. Son sourire laisse à penser que la nuit qu'elle vient de passer avec son amant était de belle facture. La pièce à la décoration moderne confirme qu'un jeune couple est installé depuis peu.

— Allez Roger, approche-toi. Je dois t'annoncer quelque chose d'extrêmement important. Roger enfile ses habits dans la salle de bains. La porte communicante est grande ouverte. Il tourne la tête et répond à son amourette :

— Je suis tout ouïe, vas-y.

Sylvie, impatiente, insiste.

— Non, je souhaite en discuter avec toi les yeux dans les yeux.

Leur histoire dure depuis quelques années. Pourtant Sylvie est une femme mariée depuis trois ans à un des plus grands exploitants agricoles du village de La Palme. Cette aventure extraconjugale se poursuit en toute discrétion. Elle a rencontré son soupirant lors de précédentes vendanges. Elle aime deux hommes en même temps et faire un choix est très compliqué selon elle. D'un côté, elle possède le confort, la stabilité, la routine de son époux ; et de l'autre, Roger lui offre et lui apporte ce grain de folie qui s'est dilapidé au fil des ans avec son vigneron.

Roger quitte la pièce d'eau et s'approche de la couchette. Il agrafe les deux derniers boutons de sa chemise.

— Ton mari doit revenir aujourd'hui, c'est ça ? Il ne vaudrait mieux pas traîner.

— Son stage d'œnologie s'est achevé hier soir et le temps qu'il rentre de Bourgogne, on aurait largement le temps de refaire l'amour.

Sylvie en profite pour tenter de replacer Roger sur le matelas en l'enlaçant avec conviction. Ce dernier arrive à se sortir des griffes de sa maîtresse et lui répond :

— Non, il faut que j'y aille. De plus, moi aussi il faut que je te parle.

Il se redresse de manière à créer de la distance avec Sylvie.

— Je t'avais parlé il y a quelques semaines de l'offre de ma boîte pour me rendre à l'étranger.

Sylvie se redresse. Son regard change. Son sourire n'est plus. Elle hoche la tête mimant le « peut-être ». Roger poursuit :

— Ils m'envoient chez les Sovièts couvrir la catastrophe de Tchernobyl. Je vais enfin pouvoir faire mes preuves. Fini la rubrique des chiens écrasés, ma carrière de journaliste va décoller.

— Tu vas partir combien de temps ? Quelques jours ? Deux ou trois semaines ?

— Il vaut mieux compter en mois plutôt.

— Et tu as pensé à nous ? Que fait-on ?

— Attends, tout est clair entre nous. On se voit, on prend du plaisir et ça s'arrête là. Je te rappelle que tu es mariée.

— Notre histoire se résume à une partie de jambes en l'air. Merci de ta considération. Je suis prête à divorcer, c'est ce que je voulais t'annoncer. Je t'aime, tu comprends ?

— Mais pourquoi tu ne me l'as pas dit plus tôt ?

demande, Roger hébété. J'aurais pu m'adapter à la situation, mais je ne me sens pas apte à construire une vie de couple. Notre relation dure depuis un bon moment désormais et là, tu me mets dos au mur, devant le fait accompli. Écoute, je pars en Union Soviétique et nous ferons le point à mon retour. Ta vie est avec Ton vigneron. Il t'aime, il est gentil et généreux avec toi. Il a un magnifique domaine viticole dans lequel tu travailles. Ne gâche pas tout pour moi. Je ne le mérite pas.

— Je suis enceinte, coupe calmement Sylvie, les larmes inondant ses pupilles.

— Quoi ? Ce n'est pas possible, on se protège. Ce n'est pas de moi.

— J'en suis à six semaines. J'ai vérifié sur le calendrier. Et Mon vigneron comme tu dis, n'était pas là de la semaine. Il était chez sa tante à Font-Romeu. En revanche, nous nous sommes vus plusieurs fois. Je porte ton enfant, Roger ! J'en suis persuadée.

— Je n'y crois pas. Je préfère partir. On fera le point à mon retour.

Roger Gruissanot saisit rapidement son caban déposé avec délicatesse sur une chaise.

— Si tu me laisses, si tu franchis cette porte, n'essaye même plus de m'approcher. Ce sera terminé.

— Alors Sylvie, je te dis adieu. Avec un dernier regard lancé vers sa concubine, Roger pivote sur lui-même et sort de la chambre.

— Reviens ici, salaud ! Comment oses-tu me faire ça ? Reviens !

Les derniers cris s'étouffent dans les sanglots. Le claquement de la porte principale de l'habitation familiale de Sylvie, présage du choix du jeune journaliste. Le cœur du beau brun élancé aux yeux verts s'est porté sur sa vie professionnelle. Le regrettera-t-il un jour ? N'a-t-il pas agi sur un coup de tête ? Que fera-t-il à son retour ? Et s'il décidait de revenir sur ses pas afin de retrouver Sylvie ? Ses neurones bouillonnent. Que faire ? Il n'a plus beaucoup de temps. Peut-il abandonner sa progéniture ? Est-ce réellement son enfant ? Le jeune homme décide de grimper dans sa Peugeot 205 bleue. Bleu comme l'horizon, bleu comme l'océan. Son choix se porte vers l'air du large avec l'envie de dévorer le monde. Il va retrouver les bureaux de *L'Indépendant*. Finalement le nom de son journal reflète sa personnalité. Il quitte ses batifolages direction l'avenir, loin de La Palme, loin de sa région à la conquête du continent muni d'un stylo, d'un calepin et d'une curiosité débordante laissant sa future carte paternelle au placard.

44

L'ampoule du couloir grésille. Julian est debout, nu. Sur un mur, il perçoit une écriture ensanglantée : LA PALME. À l'opposé, il distingue une toile. Il semblerait que ce soit une vieille demeure. Une villa laissée à l'abandon. Il s'approche. Il distingue des lettres presque effacées. Il frotte avec ces ongles pour tenter de les faire apparaître ou du moins, essayer de les déchiffrer. T – A – N – E – L. Soudain, les lettres se mettent à saigner. Le tableau prend feu. Il s'éloigne lorsqu'une silhouette opaque surgit au fond du couloir. Il tente de s'approcher, mais l'ombre s'éloigne. La lumière faiblit. Il est plongé dans le noir complet. Tout à coup, la silhouette bondit face à lui. Il entend : « Fuis, n'y va pas ! » Il saisit l'ombre, l'ampoule vacillante s'éclaire. Il n'en croit pas ses yeux. Il reconnaît son père, René Espezel. Il répète la même phrase : « Fuis, n'y va pas ! » Puis il disparaît dans un nuage de poussière. Le jeune homme se réveille, transpirant. Il souffle. Il reprend ses esprits. Il sourit. Depuis tout ce temps, son père tente de lui faire passer un message. Fuir qui ? Fuir quoi ? Il n'aurait jamais dû venir à La Palme ? Est-il en train de devenir fou ? Son esprit serait-il malade ?

◈

Cette semaine, Constance est d'ouverture à la station-service.

— Jimmy, tu pourras nettoyer les frigos dans la matinée ?

— Je les ai faits il y a trois jours. Tu as déjà oublié ?

— Ah oui, exact. Désolée, j'avais zappé.

— Qu'est-ce que tu as depuis ce matin ? J'ai l'impression que tu es absente. Tu as un souci ?

— Non. C'est juste que je pense aux copains, si jeunes, toute la vie devant eux.

— Comme nous d'ailleurs, abrège Jimmy. Regarde, finalement l'équipe continue. C'est bien pour vous, il faut aller de l'avant et profiter tant qu'on est en vie inch'Allah, comme on dit.

— C'est si facile à dire Jimmy, répond Constance. Le rugby se poursuit à La Palme certes. Mais à quel prix ? Ça va trop loin. Trois morts. Je m'en veux de ne pas avoir stoppé cette mésaventure. Je le sentais arriver et je n'ai rien fait. Pire, j'étais persuadée qu'il fallait poursuivre. J'en suis responsable.

— Les seuls responsables sont ceux qui sont morts. Pourquoi eux et pas d'autres ? Tu ne t'es jamais posé la question ? Ce n'est pas du hasard. Ils ont dû provoquer le tueur à travers leur comportement ou je ne sais quoi.

— Comment peux-tu dire une telle ineptie ?

— Et que penses-tu de ce Samir ?

— Qui ? Le maçon ? Je n'en pense rien du tout. Je ne le connais pas.

— Il rôde la nuit, on l'a vu sur des lieux inappropriés. Il ne dit jamais bonjour. Il est malsain.

— Où veux-tu en venir ?

— Et s'il était derrière tout ça ? Et si c'était lui le tueur ?

— Parce que sa caractéristique première est d'être d'origine arabe ? Ça ne fait pas de lui un criminel. Tous les Arabes ne sont pas musulmans, regarde les Coptes. Tous les musulmans ne sont pas des Arabes, regarde les Indonésiens et tous les musulmans ne sont pas des terroristes, regarde Diam's.

— Tu n'as pas écouté son dernier album alors ! Horrible ! ricane Lanet, imité par son interlocutrice.

— C'est toi qui sens le gasoil ?

— M'en parle pas, je m'en suis foutu partout. La pompe numéro deux déconne.

— Tu l'as mise en indisponibilité ?

— Ah non, pas encore.

La conversation coupe court. La porte coulissante s'ouvre. Jimmy retourne dans la réserve du commerce.

— Bonjour monsieur Gruissanot. C'est reparti pour une semaine de cours ? salue Constance.

— Bonjour. En effet, c'est la joie du lundi. Retrouver ses élèves et leur faire partager le goût du journalisme mais le retard me guette.

Le Maître de conférences enchaîne avec le but de sa venue, humectant son caban.

— J'ai mis quarante euros de gasoil sur la pompe numéro deux. Par carte je vous prie. Pour infos, vous avez la poignée qui fuit. Ma veste a reçu une sacrée éclaboussure, j'espère que j'ai du détachant puissant à la maison.

— Je suis navrée. La maintenance a été effectuée il y a trois semaines pourtant. Je les relance immédiatement.

Constance assure la transaction et quelques instants plus tard, elle tend le reçu de carte bleue, puis conclut :

— Bonne journée.

Roger répond par un sourire, puis il s'éloigne. Visiblement cette petite contrariété ne semble pas le perturber outre mesure. Le téléphone de la boutique retentit au même moment et Constance décroche :

— Station Pétrolito Bonjour… Oui… Très bien… Oui… D'accord, dans trente minutes, c'est parfait merci, à tout à l'heure.

Elle s'aperçoit en raccrochant, que monsieur Gruissanot a oublié son portefeuille lorsqu'il est parti précipitamment. Elle l'entrevoit à bord de son véhicule faire marche arrière à travers la baie vitrée. Elle fait signe, mais Roger ne la voit pas et quitte la station. Comment faire ? Quand va-t-il revenir ?

— Jimmy, tu es là ?

— Oui, j'arrive. Que se passe-t-il ?

— Le prof de la fac de journalisme de Narbonne a oublié son portefeuille. Il s'agit de monsieur Gruissanot. Il s'arrête souvent ici, tu vois qui c'est ?

— Attends, euh. Oui je vois, et alors ?

— Une livraison de carburants débarque bientôt, tu pourras la gérer ? Je vais aller lui rapporter.

— Je n'ai pas l'habitude de m'en occuper. On lui rendra ses papiers lorsqu'il reviendra. Et puis, le patron ne sera pas d'accord que tu t'absentes.

— Écoute-moi. Le boss doit arriver d'ici deux heures. Il n'y verra que du feu et s'il y a un problème je le prendrai sur moi.

— Si tu le dis, je te crois. C'est là où se trouvent Julian, Léana et les autres ?

— Oui c'est bien à la fac de journalisme ! Allez, je file.

— Attends ! s'écrie Jimmy.

45

Le cours de Roger Gruissanot débute à onze heures. Léana et Julie sont arrivées un peu plus tôt pour se retrouver dans la salle de révisions.

— On bosse entre filles si j'ai bien compris, lance la belle métisse.

— Julian m'a envoyé un SMS. Il n'est pas dans son assiette. Il ne viendra pas aujourd'hui.

— Oui, il m'a prévenu. La troisième mi-temps a été plus dure que prévu. Mais ça n'a pas l'air de déranger Toanui. Il évacue la bière dans le gymnase, il est frais comme un gardon. Quant à Laurent, il ne devrait plus tarder, poursuit Julie.

Toanui préfère utiliser la salle de musculation dans l'enceinte étudiante, plutôt que le poids des bouquins. À cette heure-ci, il est seul à s'exercer. Tita en plein effort, effectue une session de développé couché à cent dix kilos. La porte du gymnase s'ouvre. Les écouteurs vissés sur les oreilles, il l'entend légèrement, tourne la tête dégoulinante de sueur mais ne peut observer qui arrive. La porte se referme dans un long grincement. Il pose la barre, stoppe la musique et jette un œil. L'éclairage de mauvaise qualité lui laisse entrevoir une ombre qui s'approche. Il s'essuie le visage avec son débardeur aux couleurs tahitiennes.

— Qui est-ce ? demande-t-il.

— Ton pire cauchemar, répond la voix.

Toanui se lève de manière agressive et aperçoit Laurent.

— Attention ! J'ai failli te glisser un front kick[18], dit-il tout en souriant. Ne joue pas avec mes émotions, ça pourrait se retourner contre toi.

— Visiblement tu es tombé dans le panneau. Monsieur le boxeur a pris peur. Tu sais où sont les autres ?

— Pour ta gouverne, la peur est un mot qui n'existe pas dans mon vocabulaire. Tu m'as surpris, voilà tout. Les camarades révisent dans la salle, me semble-t-il.

— OK merci, à tout à l'heure. Au fait, tu as réalisé un super match hier. Tu es une machine.

---

[18] Coup de pied de face (frontal) dans la plupart des Arts Martiaux

— Merci mon ami, à tout.

Toanui replace son casque audio et reprend ses exercices. Laurent ouvre la porte et quitte la salle. Son corps se trouve dans la lumière du couloir tel l'arrivée d'un ange céleste sur Terre. Il dit bonjour à une personne que l'on ne distingue pas. La porte du gymnase se referme en douceur avec son fameux couinement. Mais une silhouette se faufile dans la salle. Toanui ne l'a ni entendu, ni aperçu. Le seul bruit que l'on distingue est le titre musical *Never Again* de Kelly Clarkson mêlé au cri de Tita lorsqu'il lève les poids en pleine extension. L'ombre s'approche en toute discrétion, doucement, lentement, délicatement.

Elle arrive derrière le banc où se trouve le Maori, allongé. Lorsque la barre est au plus bas, à hauteur des pectoraux de l'étudiant, la personne munie de gants, saisit la solide tige en fer et la fait glisser jusqu'à la gorge de Toanui. Bien fatigué par les travaux précédents, il a du mal à lutter. Sa respiration devient de plus en plus compliquée. Il se débat, il suffoque. Les vaisseaux sanguins de ses globes oculaires explosent. Il ne peut plus combattre. Ses forces se réduisent de plus en plus. Le sang envahit entièrement la sclérotique de ses yeux. Son casque tombe laissant s'échapper une mélodie si dynamique paradoxalement. C'est fini. Toanui ne respire plus. La petite étincelle de son regard a disparu. Cette allure humaine fait glisser la barre de musculation sur le côté. Elle sort de sa poche un objet. Il s'agit de ce maudit porte-clés identique aux précédents. Elle murmure un texte inaudible, comme une incantation. Serait-ce une prière ? Elle glisse ce bibelot dans le gosier de Tita, la tête pendante, les yeux grands ouverts, sans vie. La silhouette s'éloigne et laisse échapper un objet difficile à distinguer dans la pénombre.

46

— Monsieur Hounoux, vous êtes le dernier à avoir vu monsieur Tita vivant. Faites un effort. Sinon, vous allez être placé en tête de la liste des suspects.

Dans un recoin de l'enceinte étudiante, Laurent est complètement déboussolé par la perte de son ami Toanui. Il ne sait pas quoi répondre au Lieutenant Novès de la Brigade de Recherches de Narbonne.

Il est d'ailleurs assez surprenant de retrouver la BR narbonnaise sur l'enquête alors que cette dernière est au point mort depuis plusieurs mois. Les différentes commissions rogatoires, perquisitions, mises sur écoutes lancées ont eu un trop maigre bilan : pas un indice concret, pas même l'ombre d'une piste ne s'offre aux officiers de police judiciaire requis. Les suppositions et les théories énoncées par Maxence et Charlotte ont été jugées farfelues par le Capitaine Minerve, leur supérieur.

— L'imitateur ou le tueur originel agirait en fonction des défauts de la personnalité, pour choisir ses victimes. Non, mais restons sérieux deux secondes. On n'est pas devant une série américaine. Les Experts en Catharie, ça n'est pas pour aujourd'hui. Je vous rappelle que la merde est soumise à la gravité : ça ne va jamais en remontant. Alors bougez-vous. Si je subis la foudre du parquet, vous aurez des répercussions. Je m'arrangerai pour que vous traitiez les plaintes concernant le chien des voisins qui aboie en se grattant les couilles, lança Minerve, acerbe.

En étroite collaboration, le Procureur de la république et le juge d'instruction n'ont pas dessaisi Minerve et son équipe à la surprise générale des grands pontes du SRPJ[19] montpelliérain, salivant rien qu'à l'idée de récupérer ce

[19] Service Régional de la Police Judiciaire (Police Nationale)

dossier brûlant.

Dans un éclair de lucidité, l'étudiant répond :

— Mais enfin, c'est moi qui suis venu vous voir à votre arrivée, pour vous signaler mon ultime rencontre avec Toanui.

— C'est peut-être pour mieux noyer le poisson. Des coupables qui jouent à ce jeu-là, ce ne serait pas la première fois que je vois ça. Je ne suis pas né de la dernière pluie. Alors qu'avez-vous aperçu à votre sortie du gymnase ? insiste le lieutenant. Un bruit, une personne, une situation étrange ou qui sort de l'ordinaire ? Une odeur, que sais-je ?

— Attendez, ça me revient. Lorsque j'ai quitté la salle de sport, je suis tombé nez à nez avec monsieur Gruissanot, le prof. Je l'ai salué rapidement. J'étais pressé de rejoindre mes camarades pour les révisions. On a une session de partiels dans quinze jours. Et cette odeur…

Laurent respire et ferme les yeux.

— Un relent s'échappait du couloir. Cette émanation d'hydrocarbure, ça sentait le gasoil. Je n'y ai pas prêté une attention particulière sur le moment.

Novès, carnet et stylo à la main, répond :

— Un effluve de gasoil dans l'enceinte étudiante, étrange. Donc vous auriez laissé monsieur Gruissanot devant la porte d'entrée du gymnase ? Il était seul ? Laurent acquiesce.

— Il me semble, oui.

Tout en griffonnant quelques notes, le gendarme questionne.

— Il vous semble, ou vous en êtes sûr ?

— Désolé, c'est confus, ajoute-t-il déboussolé. Je viens de perdre un ami il y a seulement une heure. Je ne sais pas quoi vous dire de plus.

— Bien merci, tenez-vous à notre disposition, au cas où.

— Lieutenant, venez voir !

Après avoir posé les questions nécessaires au premier témoin et éventuel suspect, Novès installé dans le patio de la Faculté, est attiré par l'interpellation de sa collègue Charlotte Liévremont.

— Qu'y a-t-il Charlotte ?

— On a trouvé quelque chose de très intéressant sur la scène de crime.

Les deux protagonistes marchent à grandes enjambées sur une vingtaine de mètres puis poussent la porte surveillée par un bleu. Ils pénètrent dans le gymnase. Trois gendarmes sécurisent les lieux. Charlotte guide son supérieur à proximité des machines de musculation.

— Regardez Lieutenant, dans le coin, il y a un portefeuille.

Novès jette un œil et demande à un de ses collègues, une paire de gants. Il travaille en civil, il n'est pas forcément équipé de tout son attirail habituel. Il se saisit des biens de son collaborateur afin de protéger ses mains pour ne pas laisser d'empreintes. Il récupère le fameux objet trouvé et l'ouvre. Il extrait un permis de conduire et s'écrie :

— Voilà qui est très intéressant. Charlotte, viens avec moi !

Puis il s'adresse à ses collègues fraîchement sortis d'école.

— Et ça, en parlant du portefeuille, envoyez-le à analyser au Labo, c'est urgent. Je veux le bilan dans l'heure qui suit !

Il est vrai qu'avoir une officine de la criminelle sur place, c'est un luxe. Les réductions de coûts au sein de la fonction publique ont poussé les autorités à regrouper les laboratoires d'expertise criminelle. Les antennes de Carcassonne, Béziers et Perpignan ont fusionné et se trouvent désormais en un seul point, sur Narbonne, centre névralgique.

Alors qu'il s'apprêtait à regagner son véhicule garé sur le parking de l'université, Roger entend :

— Monsieur Gruissanot, vous avez un instant ?

— Oui bien sûr.

Roger dépose son cartable à ses pieds et resserre son écharpe gris anthracite. C'est au sujet de ce tragique événement je suppose ?

— À vous de me le dire. Vous pouvez nous suivre à la brigade ?

— Pourquoi ? Si vous avez des questions, je peux y répondre ici. Comme vous avez fait avec certains élèves.

— Non. Ça risque d'être un peu plus long. Venez avec nous, insiste Maxence Novès.

Le professeur n'insiste pas et quitte l'aire de stationnement, escorté par les deux gendarmes.

Vingt minutes plus tard, les trois personnages arrivent à destination. Installé dans une pièce austère, Roger comprend qu'un problème se pose. Il est seul dans cette sombre salle, éclairée par une simple ampoule battant de l'aile. Les murs sont usés par les centaines et centaines d'individus qui ont dû s'agiter, frapper, casser tout ce qu'ils pouvaient trouver à portée de main. Et puis la dernière rénovation de cette caserne du Boulevard Anatole France doit dater de la période de la guerre d'Algérie. Ça fait une trotte !

Le lieutenant Maxence Novès entre :

— Souhaitez-vous un verre d'eau ?

— Non merci, répond-il sèchement.

— Vous avez raison. Depuis qu'ils ont refait les réseaux, le liquide est dégueulasse. Il doit y avoir un souci à la station de traitement des eaux. Enfin. Votre avocat va arriver, aspirez-vous à l'attendre ?

— Non, qu'on en finisse.

— Parfait, nous sommes d'accord.

Derrière la vitre sans tain, Charlotte Liévremont assiste à l'interrogatoire qui débute.

— Avez-vous vu la victime aujourd'hui ?

— Non, je n'ai pas vu Toanui Tita.

— Vous connaissez le prénom de tous vos étudiants ? Vous en avez une centaine ! Vous avez une sacrée mémoire lance Novès, sceptique.

— Disons que quand il arrive une situation aussi terrible, vous enregistrez plus facilement. J'ignorais son nom avant aujourd'hui, mais il est évident que je le connaissais de vue. Il était plutôt discret durant mes cours. Je suis assez bon physionomiste.

— Un témoin vous a vu devant l'entrée du gymnase, dans un créneau horaire concordant avec le meurtre de monsieur Tita.

— Donc ça ne veut pas forcément dire que j'ai pénétré dans la salle.

— Ne jouez pas au plus malin avec moi, Monsieur le professeur. Vous grimpez dans la hiérarchie des suspects. Alors aidez-moi à vous innocenter. Avez-vous remarqué quelque chose d'inhabituel ?

— J'étais légèrement en retard ce matin. Je me suis pressé de regagner la fac. J'ai salué quelques élèves à mon arrivée, puis je suis allé dans l'amphithéâtre préparer le sujet du jour. Évidemment, j'étais seul. Je n'ai pas d'alibi, désolé.

— Vous comprenez bien que cela n'arrange pas votre cas. Et puis je suis très physionomiste comme vous. Que faisiez-vous à La Palme lors de la sépulture de Léo Nébias en septembre ? Il n'était pas étudiant que je sache. Expliquez-moi, salive Maxence.

La figure déconfite de Gruissanot ne laisse planer aucun doute. Il cache matière à approfondir. Ce radical changement de trait sur son visage pèse lourd. Il glisse sa main droite sur son visage, l'air accablé et avoue :

— J'étais le père de Léo. Enfin, le père biologique. Voilà qui explique ma présence à la sépulture. J'essayais de garder un lien étroit avec lui sans souhaiter prendre contact. Il était si bien avec son père, enfin celui qui l'a élevé. C'est un bon gars. Je n'ai jamais voulu interférer dans leur relation.

Les larmes inondent ses pupilles.

— Donc j'ai suivi son évolution à distance. Sa première entrée à l'école, son premier match de rugby chez les petits. Je me souviens : c'était sur le stade Couderc de Port-la-Nouvelle et la météo était catastrophique.

Il sourit avec un arrière-goût de tristesse, rien que de repenser à tout cela. Le chagrin s'évacue sur ses joues mal rasées.

— Puis je l'ai vu arriver au collège La Nadière, ensuite au lycée Reverdi de Narbonne. Il s'est lancé dans les vignes avec son frère cadet reprenant le flambeau des Nébias. J'ai suivi toutes ces étapes. J'avais une relation avec Sylvie, sa mère, qui était fraîchement mariée. Quand j'ai appris qu'elle était enceinte, j'étais sur le point de filer en Ukraine, pour le boulot. J'ai fait un choix. Certainement le mauvais. Je me rends compte que mon propre fils ne porte même pas mon nom. Qu'il ne connaît pas mon existence. Enfin, qu'il ne connaissait pas mon existence. Vous n'imaginez pas à quel point cela peut faire mal. Mon propre fils !

— Très bien, on va vérifier cela. Vous avez gardé un contact plus ou moins étroit avec Sylvie Nébias ?

— Le seul contact concret que nous avons eu en un peu plus de vingt ans, c'était en septembre lors de la sépulture de Léo.

— OK. Passons au point suivant. Où sont vos papiers ?

Déstabilisé par ces révélations, Roger ne réalise pas la question qu'il vient de lui être posé.

— Je répète, où sont vos papiers ? Je souhaiterais les consulter.

Le professeur tâte sa veste de l'extérieur au niveau du poitrail.

— Un instant. Ils ne sont pas là.

Puis il cherche dans les poches de son pantalon. Négatif. Il fouille à l'intérieur de son caban. Rien non plus.

— Je suis navré. J'ai dû les oublier dans mon véhicule.

— Dans votre véhicule ou à côté du jeune étudiant victime de votre folie ?

— Mais enfin, que voulez-vous dire ? Soyez plus clair je vous prie.

— Votre portefeuille était positionné non loin du corps de votre élève. Ça commence à faire beaucoup !

Charlotte frappe à la porte avec vigueur. Agacé, Novès répond :

— Entrez !

Liévremont s'avance :

— Puis-je vous parler ? C'est important.

— Ça ne peut pas attendre ?

— C'est primordial.

Maxence quitte sa chaise, sans un regard pour son vis-à-vis et sort de la pièce, devancé par sa collègue qui enchaîne une fois dans le couloir :

— Sur le portefeuille de Gruissanot, il y avait des traces papillaires.

— Si tu m'interromps pour me dire qu'on a trouvé les empreintes du prof sur ses propres papiers, ça ne va pas le faire !

— Laissez-moi terminer. Le laboratoire a identifié les traces laissées sur la couverture du portefeuille. Elles appartiennent à une dénommée Constance Cascastel. On a une adresse. Sur La Palme bien entendu.

— Cascastel ? Comme Henri, l'ancien qui nous a aiguillés. Un lien de parenté est fort possible. Dans les villages, tout le monde est parent. Parfait, merci Charlotte. C'est du bon boulot. Je retourne m'occuper de Gruissanot.

— Vous ne souhaitez pas filer sur La Palme rencontrer l'éventuelle auteure des crimes ?

— On va essayer d'en savoir un peu plus sur la situation.

Novès se réintroduit dans la salle d'interrogatoire et hume avec insistance.

— C'est moi ou ça sent le gasoil ? Sieur Gruissanot, est-ce que Constance Cascastel, ça vous parle ?

— Je ne vois pas, répond-il dubitatif. Cascastel vous me dites ? Non. Quoique, attendez. Il réfléchit. Oui c'est ça, il s'agit de la jeune employée de la station-service sur l'autoroute, Aire de La Palme. J'y étais pas plus tard que ce matin.

— Pour quoi faire ?

— Pas pour utiliser les toilettes crasseuses, dit-il non sans ironie. J'ai fait le plein de mon véhicule. Mais oui ! C'est là-bas que j'ai oublié mon portefeuille, j'en suis sûr ! J'étais tellement pressé que je l'ai laissé sur le comptoir. Et vous dites que mes papiers se sont retrouvés sur la scène de crime. C'est plus qu'étrange. Ce serait-elle qui les aurait déposés à la fac ? Ce serait-elle la tueuse ?

— Ici, c'est moi qui pose les questions. Et ce sera tout pour le moment. Je vais demander à un collègue de s'occuper de vous.

Le lieutenant sort de la pièce et se dirige derrière la vitre sans tain rejoindre Liévremont.

— Partons rencontrer la miss Cascastel à la station-service. Elle est peut-être retournée sur son lieu de travail. Appelle le PSIG et autres renforts afin qu'ils soient disponibles rapidement. On ne sait jamais sur qui on peut tomber. Il faut savoir si Gruissanot dit vrai sur la perte de son bien. Ensuite, il faut comprendre comment ce porte-cartes a pu voyager jusqu'à l'université. Et cette étrange odeur de carburant que le jeune étudiant Laurent Hounoux m'a énoncée. Je viens de la ressentir auprès de Gruissanot. On tient peut-être le ou la coupable !

47

— Va ouvrir !

Sous l'ordre de José, Jimmy se dirige vers la porte d'entrée de son domicile. Quelqu'un a sonné. Il ouvre. Surpris, il demande :

— Salut, ce n'est pas le bon moment les gars. Vous pouvez repasser ?

— On venait juste te faire un coucou, dit Julian. Je t'ai aperçu hier au stade mais ça fait des semaines que l'on ne s'est pas rencontré.

— C'est bien gentil mais je n'ai pas le temps. Mais, tu n'es pas en cours normalement ?

— Je me sentais barbouillé ce matin. Je n'y suis pas allé, répond l'étudiant.

— Julian est venu me chercher, ajoute Nounours. Il m'a dit qu'actuellement, tu n'étais pas bien. On s'est dit qu'il fallait te contacter, pour voir où tu en étais. Constance est avec toi ? J'aperçois sa voiture.

Jimmy se retourne à plusieurs reprises, nerveux de voir l'éventuelle arrivée de son père.

— Merci Nathan, mais j'ai des choses à faire. Et non, Constance n'est pas ici, elle m'a simplement prêté sa caisse.

Fixés sur le pas de la porte, les deux jeunes gens insistent :

— Tu ne veux pas nous payer un café, qu'on puisse discuter ?

Nathan hume cette odeur si particulière.

— T'as plongé dans la cuve de fioul ou quoi ?

— Non j'ai vraiment pas le temps, désolé. On a un souci à la station avec une pompe à carburants. Rien d'important.

Après un bref coup d'œil, Ginestas remarque un anorak de camouflage, jeté comme un chiffon, dans le couloir.

— Tu t'es blessé ? Il y a beaucoup de sang sur la veste.

Lanet junior pivote et aperçoit le caban qu'utilisait son père pour chasser. Il répond, hésitant :

— Eh bien. Euh. Non ce n'est pas moi, tu devrais plutôt le demander à l'animal que j'ai canardé !

Les plaquettes de frein d'une voiture sifflent digne des balles sur le front de bataille. Un véhicule s'arrête devant l'habitation des Lanet. Il s'agit du grand oncle et ancien garde champêtre, Raymond. Il sort de sa Renault cinq et visse son béret. Il tient fermement une mystérieuse boîte en carton. Il pousse le portillon grinçant, s'approche et traverse les quelques mètres de cour dont le jardin n'est plus entretenu. Les mauvaises herbes ont pris territoire entre les pavés de l'allée centrale. Les rosiers ne sont plus taillés. Le lierre grignote la toiture. Les lauriers roses et bougainvillées sont plus secs qu'une forêt portugaise d'eucalyptus ayant subi la foudre d'un incendie estival. Douzens se positionne derrière Julian et Nounours. Il s'écrie :

— Jimmy, il faut que nous parlions.

Le journaliste en herbe a l'esprit engourdi. Cette demeure lui fait penser étrangement à celle du tableau dans son cauchemar. Les lettres T – A – N – E – L, que peuvent-elles évoquer ? Son inconscient lui a joué des tours. C'est l'anagramme de Lanet. Est-ce un avertissement de son père ? Ou est-ce que son esprit tellement obnubilé par Jimmy a fini par créer lui-même un détail peut-être futile dans son rêve ?

— Nathan partons, lance Julian mal à l'aise. On va vous laisser Jimmy. Quand tu seras disponible, fais-nous le savoir.

— Non les jeunes, vous allez rester, insiste Raymond. Entrez, je vous suis.

48

Dévorant le bitume à vive allure sur l'autoroute, La Peugeot 307 de la brigade de recherches parvient à destination, Aire de La Palme. Circulant à côté de la dizaine de pompes à carburants, le parfum de fioul chatouille les narines de Maxence. Le lieutenant Novès et sa coéquipière décident de stopper la voiture sur le parking à l'arrière de la station-service. Cette dernière est flambant neuve. L'entreprise espagnole Petrolito a racheté et a absorbé la firme italienne Gasolina, qui possédait les trois-quarts de stations dans tout le sud de la France. Pétrolito, leader du marché pétrolier en Méditerranée, a investi dans les vieilles structures mâchées par des décennies de laisser-aller. Le duo d'enquêteurs aperçoit quatre automobiles bleues, venues en renfort, au cas où. Positionnés sur l'ensemble du secteur, les solides militaires encerclent la bâtisse de manière à verrouiller toutes les issues. Munis de fusils d'assaut, ils ne sont pas là pour se dissimuler. D'ailleurs, à leur vue, les quelques clients qui sirotent un café en extérieur ou profitant de la pause cigarette, quittent directement les lieux. Par surprise pour certains, par crainte pour d'autres. Les portes coulissantes permettent à Liévremont et à son supérieur de pénétrer dans la boutique. Une femme et un homme sont en conversation mordante derrière le comptoir, peu perturbés d'apercevoir tous ces gens en uniforme.

◈

Jimmy s'écarte et laisse entrer les trois hommes. Julian ôte sa fameuse casquette rouge du XV de France.

— Je crois que nous avons beaucoup à nous dire. Une mise au point s'impose. Julian, tu as raconté à tes copains d'où tu venais ? Je pense qu'ils seront friands de tes confidences, apostrophe Raymond.

— Comment ça ? Je n'ai rien à dire.

— Tu en es sûr ? Tu préfères que je le fasse ? Ne sois pas lâche et assume !

Julian ne peut plus faire machine arrière et s'élance, le cœur lourd :

— Nathan, Jimmy, je dois vous avouer quelque chose. Je suis le fils de René Espezel, la dernière victime du boucher il y a vingt ans. Ma maternelle m'a tout avoué il y a quelques mois.

— La suite ! insiste le vieux Douzens. Je sens l'excitation monter.

— Alors que j'étais choqué par l'annonce de ma mère, j'errais dans les rues du village et je suis arrivé par le plus grand des hasards, à hauteur du stade. Là, j'ai surpris une ombre, sautant le grillage, avec un sac en bandoulière. Intrigué, je m'approche. En toute discrétion, je grimpe par-dessus la clôture. Sans un bruit, j'avance et découvre un jeune, en train de taguer la façade des vestiaires. Je n'ai rien dit. J'ai sorti mon téléphone de ma poche du pantalon et j'ai décidé de filmer la scène. La lueur de la pleine lune me permettait d'éviter d'utiliser le flash et ainsi de rester le plus discret possible, derrière les sapinettes. J'aperçois une inscription à la peinture qui disait : *« à mort le rugby »*. À côté de ces écrits, il y avait une retranscription que j'avais du mal à distinguer. Je ne sais pas si c'était un dessin digne d'un enfant ou une écriture arabe. Soit. Ce jeune, c'était toi Jimmy, termine-t-il le regard en direction du sol.

— Ce n'était pas un dessin pauvre idiot, coupe Jimmy. Cela signifiait *« le prophète Mahomet est notre Dieu »*. Enfin tu avoues le fait de m'avoir fait chanter avec tes courriers dorés. Ce n'est pas trop tôt. On va bien s'amuser. Je t'en prie, poursuis !

◈

— Est-ce que Cascastel Constance est ici ? lance Novès.

La paire d'individus pivote, surpris.

— Oui c'est moi. Que se passe-t-il ?

Les gendarmes repèrent le badge avec nom et prénom sur le gilet de l'employée. Le mâle, grand et élancé, d'une cinquantaine d'années vêtu d'un costume mal taillé, semble être le patron.

— On a quelques questions à vous poser. Vous pouvez nous suivre ? lance Charlotte.

— Enfin que signifie cette mascarade ? s'interpose le responsable. Je désire un minimum d'explications. Je suis monsieur Tournissa, gérant du site.

— Mascarade ? Monsieur Tournissa, votre employée est vraisemblablement liée à une série de meurtres. Nous souhaitons l'entendre, intervient Maxence.

— Une série de meurtres ? Vous vous trompez. Ce n'est pas possible, balbutie Constance, complètement déboussolée.

— Aujourd'hui, avez-vous aperçu monsieur Gruissanot Roger, professeur de journalisme à la faculté de Narbonne ?

— Oui ce matin. Il est passé faire le plein de sa voiture, comme souvent. Il est parti rapidement, il devait être en retard. D'ailleurs il en a même oublié son portefeuille sur le comptoir.

— Et ce portefeuille, il est où désormais ?

— Eh bien, ce monsieur Gruissanot est quelqu'un avec qui j'ai sympathisé, avec qui je discute régulièrement. Alors, lorsque je me suis aperçu de son oubli, j'ai voulu lui rapporter sur son lieu de travail. Je ne souhaitais pas patienter jusqu'à sa prochaine visite. Il en avait peut-être besoin.

— Ensuite ? s'impatiente Novès.

— Finalement je n'y suis pas allée. C'est mon collègue

Jimmy Lanet qui a insisté pour s'y rendre.

◈

— C'est quoi ce cirque ? demande Nathan complètement désorienté.

— Attends, je termine s'il te plaît, insiste Julian. Devais-je avouer mes origines ? Quelle aurait été la réaction des villageois ? J'avais vraiment la haine contre La Palme. Mais il fallait que je la joue le plus discret possible. J'ai poursuivi mon implication dans le club. C'était pour mieux dissimuler ma hargne. Je voulais tout faire pour détruire cette bourgade. Lorsque j'ai vu Jimmy taguer les vestiaires, c'était parfait pour moi. Je pouvais débuter mon chantage en ayant les mains propres. À plusieurs reprises dans la nuit, je suis venu déposer des enveloppes, ici même. Je confiais des missions à Jimmy. S'il ne m'obéissait pas, je dévoilais tout et les villageois l'auraient lynché.

— Quels genres de missions ? demande Nathan, choqué.

— J'ai reçu une copie de la vidéo me montrant en train de taguer les vestiaires, répond Jimmy avec sérénité. J'étais piégé. Ensuite, lors de la soirée moules frites, je me suis éclipsé et j'ai dû détruire le club-house. Louis et Auguste représentaient de parfaits suspects. Puis j'ai souhaité arrêter. Je sentais que ça allait trop loin. Malheureusement, avec la pression infligée par ces courriers, j'ai compris que je ne pouvais pas revenir en arrière. Alors j'ai exécuté les ordres du corbeau, encore et encore. Les inscriptions sur la mairie, les vitres cassées de l'école, les voitures dégradées à l'église, c'est moi. Beaucoup de gens soupçonnaient Samir, le maçon. Un autre suspect idéal. Musulman, pas intégré dans la vie locale, distant. Mais j'ai craqué et j'en ai parlé à Raymond. Il m'a réconforté et m'a dit que ça allait se tasser. Et ça a été le cas. Qu'est-ce que je ferai sans toi tonton ?

— Si ça ne vous ennuie pas je vais poursuivre, lance le vieux Douzens, offensif. Après cette discussion avec Jimmy, j'ai décidé de surveiller sa maison durant plusieurs nuits pendant les fêtes de fin d'année. À mon âge, il faut que je profite du peu de temps que j'ai à aider les miens. On ne sait jamais le maître chanteur pouvait recommencer. D'ailleurs, pourquoi il arrêterait ? J'espérais surprendre le corbeau. Dans ma Renault cinq, j'étais positionné discrètement, siège légèrement incliné. Une couverture et un thermos de café m'accompagnaient. Une nuit, rien. Seconde nuit, pas plus. Je prenais mon mal en patience. Puis vint cette nuit très ventée aux alentours d'une heure du matin. Dans les bourrasques de tramontane, j'aperçus un homme, vêtu d'une veste épaisse, col remonté et casquette vissée sur la caboche. Impossible à reconnaître. Cet homme glissa quelque chose dans la boîte à lettres. Il fit demi-tour et repartit à pied, accélérant la cadence. Je sortis de la voiture. Je me dépêchai d'aller à la boîte. Je l'ouvris grâce à la clé que Jimmy m'avait prêtée et je découvris l'enveloppe dorée que tu m'avais décrite, mon petit. Aucun doute, le corbeau, c'était ce type. Je grimpai dans la voiture et je me lançai discrètement à la poursuite du gonze. Je le suivis d'assez loin. Il remonta l'avenue de la Mer et bifurqua ensuite sur la gauche. Il stoppa devant une maison Rue Pasteur. Il saisit une clé, l'inséra dans la serrure, retira sa casquette et entra dans sa maison. Il y avait zéro incertitude, le petit nouveau était le maître chanteur.

— Julian, je te faisais confiance, tu étais devenu un ami, comment tu as pu ? riposte Nounours, déboussolé. Pourquoi tu m'as dit de venir ici ? Jimmy, c'est quoi cette histoire de Mahomet ?

◈

Monsieur Tournissa prend la parole :

— Justement, c'était le sujet de notre conversation avant votre arrivée. C'est inadmissible qu'un employé quitte le lieu de son travail pour livrer un objet perdu. Je ne suis pas du tout satisfait par cela Constance. J'avais confiance en toi, en ton travail. Pourquoi l'as-tu laissé partir ?

— Je suis sincèrement désolé monsieur, c'était mon idée. Je pensais bien faire. N'en veuillez pas à Jimmy. Par contre, il n'est toujours pas revenu. Cela fait bien quatre cinq heures désormais. Où peut-il être ? Je lui ai prêté ma voiture. Cela m'inquiète.

— Et ça ne vous inquiète que maintenant ? coupe Novès. Pour ma part, ça ferait longtemps que j'aurais contacté la police par exemple. Avant tout, expliquez-moi en détail lorsque vous vous êtes aperçu du portefeuille sur le comptoir.

— Tandis que Monsieur Gruissanot réglait le paiement, le téléphone a retenti. C'était le livreur de carburants qui m'indiquait son avance d'une demi-journée. J'ai appris à apprécier ce professeur de journalisme. C'est pourquoi j'ai appelé Jimmy, qui était dans la réserve, afin qu'il me remplace le temps de faire l'aller-retour, pour rapporter son bien.

— Comment vos empreintes se sont retrouvées sur le portefeuille et pas celles de ce Jimmy ?

— C'est bien simple. J'ai saisi l'objet puis j'allais partir lorsque Jimmy a insisté pour y aller à ma place. C'est vrai que la livraison de carburant est essentielle et il n'a pas l'habitude de la faire. J'ai posé le portefeuille sur le comptoir. Jimmy a enfilé sa paire de gants puis il a récupéré le paquet. Je lui ai lancé la clé de mon véhicule. Quelque chose me travaille. Alors qu'il quittait l'établissement, il m'a jeté un dernier regard. Mais pas un regard classique. C'était un regard d'adieu puis il m'a dit : *« qu'Allah te protège »*. Je n'ai pas saisi le sens de cette phrase mais il m'a déconcertée. J'ai donc pris ça comme une boutade de plus. Vous croyez que c'est lui qui est derrière tout ça ? Il est vrai que sa vie a été très compliquée, très dure mais de là à tuer, il y a un fossé.

— On va bien voir, rétorque Charlotte. Donnez-moi l'immatriculation, modèle et marque de votre voiture. On va lancer un avis de recherche. De plus, s'il n'est ni ici, ni à la fac, ce Jimmy Lanet est peut-être chez lui. Quelle est son adresse ?

Après avoir répondu en rafales à toutes ces questions, Constance sous escorte policière, est invitée fermement à établir une déposition dans les locaux de la Gendarmerie narbonnaise.

◈

— Je suis sincèrement désolé Nathan, je regrette tout ce que j'ai fait. Je suis tombé dans une période compliquée, avec les révélations sur mon père. Tu es là Nathan car je me suis fait piéger à mon tour, ajoute Ginestas.

— Je poursuis, abrège Douzens. Le lendemain matin, j'ai attendu notre maître chanteur devant chez lui, tel un détective privé. Dès qu'il est sorti, je l'ai convié à monter dans ma voiture. À son regard, il a compris que j'avais compris. Nous avons eu une longue conversation. Je lui ai expliqué mon histoire, mon épouse qui m'a quittée, trop tôt. On a fait un marché.

— Mais c'est quoi ce marché ? rétorque Homps.

— Désolé, mais c'est Toi le marché, réagit Julian, tête baissée, la casquette entre ses mains.

— Comment ça ?

— Ah Nathan, tes parents ont lourdement contribué à la mort de ma femme, ils ont pris ce que j'avais de plus cher. Je leur avais dit qu'ils paieraient, tôt ou tard. J'ai demandé à ton copain de te faire venir. Maintenant, je vais leur prendre la prunelle de leurs yeux. Toi !

Raymond sort un petit calibre de derrière son dos.

— Tous les deux, descendez à la cave.

Nounours et Julian, surpris, restent figés.

— Allez, du nerf, vous la fermez et vous vous bougez ! conclut l'ancien garde.

Jimmy ouvre la porte. Le jeune Ginestas tombe la casquette si chère à son cœur. Il commence à descendre, suivi de Nathan. Raymond jette un regard noir aux deux jeunes gens en contrebas, avant de fermer la porte à clé.

Dans le sous-sol de la maison, l'apprenti journaliste annonce :

— Je suis vraiment désolé Nathan pour mes mensonges. On va trouver une issue, on va s'en sortir, mais il faut rester soudés.

— Rester soudés ? Après ce que je viens d'apprendre, estime-toi heureux que je ne t'enterre pas ici.

Julian commence à fouiller. Il y a une petite fenêtre en hauteur qui donne sur la rue. Néanmoins des planches sont clouées. Il grimpe sur un vieux bureau afin d'atteindre la lucarne verrouillée.

— Allez Nounours, tu veux rester ici ou pas ? Trouve quelque chose pour retirer les planches.

C'est alors que le bureau cède sous le poids du fils de René Espezel. Le vieux bois n'a pas résisté à la surcharge et le jeune homme chute. Dans un nuage de poussière, Nathan lance :

— Essaye encore puisque tu es si fort !

Au milieu de toute cette pagaille usée par les années, Nounours aperçoit une housse parfaitement rangée et relativement propre. Il s'en approche et l'ouvre. Il retire un magnifique tapis persan, dans un état impeccable. Il est surpris mais ne relève pas sur le moment qu'il vient de déceler une pièce du puzzle morbide.

Raymond ouvre la porte menant à la cave et s'adresse aux deux jeunes gens :

— J'ai bien réfléchi. Mon grand cœur me perdra. La voie est libre. Cependant, elle est libre pour un seul d'entre vous. Débrouillez-vous avec ça.

Il jette la boîte en carton qu'il tenait fermement jusqu'alors, au pied de l'escalier puis referme la porte à double tour. Nathan s'approche et ôte le couvercle.

— Julian, regarde.

Ce dernier pivote et aperçoit Nathan avec une dague. Il veut que l'on s'entre-tue, avertit Nathan fataliste.

Raymond, attiré par quelques affaires répandues dans le couloir, saisit une veste, tachée de sang. Il fixe Jimmy et lui dit :

— Tu peux m'expliquer cela ?

Tout en se baissant pour récupérer le couvre-chef de Julian, Lanet dit :

— Je crois que Papa a recommencé. Raymond prend la tête de Jimmy dans ses mains :

— Ton père est mort, je dois te le répéter combien de fois. C'est fini, il n'est plus là.

— Tous ses meurtres : Léo, Damiano, Pierre, Toanui. Je te dis que c'est lui ! Il ne voulait pas que le rugby reprenne vie.

— Toanui ? Pourquoi, Il y a eu une quatrième victime ?

— Ce n'est pas moi !

— Souviens-toi de ta cure à l'hôpital, souviens-toi de ton traitement. Ton père nous a quittés il y a deux ans. Il est mort dans le salon, souviens-toi ! Jimmy, tu avais découvert quelque chose d'horrible sur ton père. Fais un effort.

Jimmy glisse la casquette de Julian dans un sac à dos et commence à sangloter :

— C'est lui qui m'a dit de les tuer, c'est lui qui m'a ordonné de débarrasser ce club de rugby des mécréants, de ceux qui rejettent notre Dieu. Ce n'est pas dans ma tête, ce n'est pas dans ma tête, je te dis !

— Mais de quel Dieu parles-tu enfin ? Pourquoi tu as cité Mahomet tout à l'heure ? Explique-moi. Si tu te sentais perdu, pourquoi tu ne t'es pas tourné vers le curé Quirbajou, de notre paroisse. Tu es baptisé, tu as fait tes communions. Là, tu aurais trouvé un discours d'amour et de paix.

Jimmy redevient calme comme si une autre facette de sa personnalité surgissait.

— Mahomet est notre prophète à tous. Mon père a voulu que l'on devienne musulman il y a quelques mois.

— Ton père était déjà mort, malheureux ! Ouvre les yeux bon sang.

Raymond saisit le bras de son neveu tout en l'obligeant à regarder dans le salon.

— Ton père n'est plus ici. Tu vis seul dans cette bicoque.

Jimmy constate que José a disparu. Ce n'était qu'une image, une simple image. Une illusion affichée par l'esprit malade du jeune Lanet. José était vautré sur le divan scotché devant la télévision, télécommande dans la main gauche et bière dans la droite. Ce mirage s'est évanoui. Personne n'habite avec Jimmy depuis des années hormis les rats de la cave.

— Un instant. Attends. Je me souviens maintenant, poursuit Jimmy avant de fermer ses paupières.

◈

— Charlotte, l'étau se resserre, partons chez ce Lanet rapidement. Je sens que nous ne sommes plus très loin de la vérité, lance Maxence.

À la sortie de la boutique, Charlotte interpelle le chef d'escadron :

— On se replie et on change de destination. Suivez-nous au 280 Avenue de la Mer à La Palme.

Le convoi gendarmesque quitte l'aire de repos autoroutière par un portail d'accès réservé aux urgences. La caravane roule avec vélocité sur ce chemin les reliant au village maudit. Environ deux kilomètres. Cette petite route escarpée jonche la Via Domitia[20]. Elle laisse sur le bas-côté une magnifique chapelle du VIIIe siècle dédiée à Saint Pancrace. Un hameau existait auparavant. Il appartenait au Seigneur de La Palme, lui-même sous la coupe du Seigneur Bernard d'Auriac. Sur cette portion isolée, pas de circulation hormis les quelques employés des boutiques de l'aire d'autoroute ou les vignerons exploitant leurs terres. Les militaires débouchent au hameau Les Cabanes. Pas un chat en pleine journée, mais dès l'arrivée du crépuscule, les prostituées et autres travestis hanteront ce théâtre de perdition. Sous l'impulsion des pouvoirs publics, ce lieu tente d'être réhabilité par une clientèle plus ordinaire, plus soft. Plusieurs enseignes sont présentes. Une école de kite-surf touche la cave particulière du vigneron Limoux. Il y a même un resto pour camionneurs, fermé pour raisons familiales. Malheureusement, cette image de débauche nuit au commerce local ainsi qu'à la réputation du village. Novès reconnaît les lieux du deuxième meurtre. Celui de Damiano Ornaisons dans le restaurant routier.

— Liévremont, renseigne-toi très rapidement sur l'emploi du temps de Jimmy Lanet lors du meurtre du jeune cuisinier en octobre. Cet endroit se trouve entre le lieu où il vit et son lieu de travail. C'est une zone de confort pour un psychopathe. L'étape idéale pour se requinquer et assouvir ses pulsions ! lance Novès au volant, cynique.

◈

— Nathan, pose ça. On n'est pas obligé d'en arriver là.

— C'est quoi derrière toi ?

— N'essaye pas de me piéger, je ne te quitterai pas du

[20] Voie romaine reliant l'Italie à l'Espagne construite autour de l'an 100 av. J-C

regard. Pas tant que tu auras ce poignard entre tes mains.

— Je suis sérieux. Que font ces livres rangés ici, à l'abri de la poussière ?

Julian tournaille et découvre un drapeau noir dont un cercle blanc et une inscription arabe sont imprimés, le drapeau de Daesh. Puis il aperçoit de mystérieux ouvrages à ses pieds. Il saisit le premier et lit le titre à haute voix :

— *L'Islam pour les nuls*. Puis il prend le deuxième : *La puissance musulmane, versets salafistes*, puis le troisième : *Le Coran.* Nathan tire sur un drap coincé entre deux planches. Un tapis de prière, en excellent état fait son apparition. Avec ses franges dorées il aurait rendu plus d'un Perse jaloux. Un second tapis, c'est vraiment étrange. Jimmy vit seul depuis un bon moment. Il en fait la collection peut-être.

— Nathan, tu crois comme moi ? Tu penses que Jimmy s'est converti ?

— Je ne sais plus quoi croire. Pourquoi aurait-il fait ça ? C'est insensé.

Après une fraction de seconde, il lance :

— Tiens, regarde ce que je viens de trouver. C'est un porte-clés en forme de ballon de rugby bien poussiéreux. C'est le même qui était dans la gorge de Léo. Attends, il y en a d'autres dans la caisse.

Stupéfait, Nounours trouve à nouveau d'autres indices. De vieilles photographies et des articles de journaux, jaunis par les années. C'est tout à fait explicite.

— Ça ne fait plus aucun doute. Le *Boucher de l'Ovalie* a vécu ici il y a vingt ans, assure-t-il désemparé. Nous sommes dans l'antre de la Bête. Jimmy était trop jeune à l'époque. Ce n'était qu'un enfant. Le mystère s'éclaircit. Son père était derrière tout ça. José Lanet était le boucher.

Jimmy à l'étage, ferme les yeux :

— Tonton, je me souviens maintenant. Je descends à la

cave, je ne sais plus pourquoi. Je fouille dans des cartons et je tombe sur des coupures de presse relatant les meurtres commis à La Palme en 1987 et 1988. Il y avait des photos de l'équipe de rugby du village sur lesquelles les victimes étaient entourées de feutre rouge. J'ai reconnu Azille, Espezel et les autres. Azille, son corps sans vie coincé sous la bétonnière, j'ai encore son image gravée. Comment pourrais-je me remettre de cette scène ? Je n'étais qu'un enfant. Sur l'établi, je trouve un porte-clés en forme de ballon de rugby. Il était identique à celui qui apparaissait dans un article de journal suite à des investigations. Mon père avait tué ces gens. J'avais compris. Je décide de garder ce mystérieux porte-clés puis je remonte et je tombe subitement sur mon père en haut de l'escalier.

« Qu'est-ce que tu fous là ? Tu n'as pas le droit de descendre, abruti de gosse ! Je dois te le dire en chinois pour que tu comprennes ?

Je me souviens encore de ces paroles. Tant de fois entendues. Tant de fois répétées.

— *Regarde ce que j'ai trouvé.* J'étais apeuré, la voix tremblotante. *C'est donc toi qui as tué ces personnes. Tu es un monstre ! Tu conserves les articles des journaux et le reste comme des trophées ?*

Il me saisit à la gorge.

Jimmy passe ses mains sur son cou.

— Je peux encore sentir ces doigts se refermer. *Puis il me projette du couloir jusque dans le salon.*

— *Pourquoi tu es allé fouiner, petit merdeux ? Ils méritaient ce qu'il leur est arrivé. J'étais le souffre-douleur. Ils m'ont humilié, frappé, tabassé, toute ma jeunesse. Tu ne sais pas ce qu'ils m'ont fait endurer. Écoute bien ce que j'ai subi. Je vais t'expliquer « fouille-merde ». Lorsque j'ai voulu jouer au rugby, ils m'ont permis de faire un entraînement. Je me suis dit qu'enfin ils m'acceptaient. Puis, après avoir ramassé durant toute la soirée à coups de plaquages, de gifles et de fourchettes, je sortais de la douche lorsque trois enfoirés m'ont maintenu au sol. Là, deux autres ont fait entrer une chèvre et j'ai dû subir ce que personne ne pourrait imaginer. Je ne pouvais plus me regarder dans une glace. Ce qu'ils m'avaient fait endurer, ils s'en étaient vantés dans le village, j'étais La honte. On me montrait du doigt, on rigolait, on me dévisageait, j'étais mortifié. La haine a envahi mon esprit.*

Alors que mon père se rapprochait de moi, une crise cardiaque a stoppé son élan. Quand j'ai compris qu'il ne se relèverait pas, j'ai enfin pu souffler. Je me sentais délivrer, en sécurité. Mais peut-on réellement se relever d'une telle épreuve ? Mon père avait réussi à détruire l'équipe de l'époque. Il avait tué ces mecs qui étaient source d'avanie, d'abaissement et d'outrage.

— Je savais que ton père était l'auteur des meurtres, soupire Raymond, mais je ne l'ai jamais révélé. Pour toi, pour te protéger. Je l'ai surpris il y a bien longtemps :

Comme chaque soir, je promenais Arès, mon setter irlandais. Nous faisions le tour du pâté de maisons. Un chien, faut s'en occuper donc une bonne promenade permet de dégourdir les pattes avant d'aller se coucher. Cette nuit-là, il faisait une météo anglo-saxonne. Les giboulées rafraîchissaient l'ambiance pesante que nous vivions. Soudain à l'angle de la rue du Grenache, un type déboule et manque de me heurter. Et là, je l'ai reconnu malgré son visage baissé et dissimulé par sa capuche.

— Oh doucement. Mais où cours-tu ainsi ?

José a marqué un temps d'arrêt, surpris certainement de croiser quelqu'un. Puis il s'est éloigné en augmentant la cadence. Que pouvait-il faire à cette heure-ci loin de chez lui ? J'ai repris ma balade lorsqu'un hurlement retentit. Le cri provenait de la rue d'où arrivait ton père. J'ai lâché la laisse du chien et j'ai couru au plus vite. J'ai aperçu Nadine Ginestas debout, tournée vers sa voiture. Les voisins commençaient à sortir aux fenêtres. Même ma Ginou y était. Je m'avance en direction de la future maman et j'aperçois cette scène macabre dans le coffre du véhicule. Son mari avait été massacré. Je hurle en direction de Ginou :

— Mon Dieu ! Appelle la gendarmerie et le docteur. J'emmène la pitchoune à l'hôpital.

— À l'hôpital ? répond Nadine dans le brouillard complet.

— Oui magnague, tu saignes, allons-y.

J'ai fouillé dans mon caban, j'ai récupéré la clé de ma voiture garée à proximité. J'ai fait monter la petite et nous sommes partis à l'hôpital de Narbonne. Et là, les images se sont remises en place. Mon neveu, le cri, le corps de René Espezel. « Mais qu'as-tu fait José ? » J'étais en colère contre lui, triste pour toi car je venais de démasquer le *Boucher de l'Ovalie.*

◈

Arrivé sur la route départementale, l'attelage accélère. Plus que quatre centaines de mètres et les gendarmes s'infiltreront dans le village. Malgré la concentration qu'il exerce au volant, Novès ne peut s'empêcher d'admirer ce petit coin de paradis. D'un côté l'étang et ses quelques flamants roses venus se reposer, lutter contre l'hiver, et de l'autre les vignes fraîchement taillées. La garrigue non loin donne un peu plus de cachet au tableau. Il jette un coup d'œil dans le rétroviseur et aperçoit le Mont Canigou au sommet enneigé. Ah, ils ont pourtant tout pour être heureux ici ! pense-t-il.

Le téléphone de Liévremont retentit :

— Oui, j'écoute. Oui. Très bien. Merci pour ta vitesse d'exécution, bye. Bien vu lieutenant ! Lanet bossait le lundi, jour du meurtre d'Ornaisons. Il terminait à 20 heures. Et le corps du jeune a été découvert aux alentours de 21 heures. Ça concorde !

— Comme l'avion, conclut Maxence sourire en coin.

49

— Tu vois Jimmy, j'ai surpris ton père dans sa dernière barbarie. J'ai gardé ce secret durant vingt ans au plus profond de moi. Je n'en ai jamais parlé à Ginou. Pourtant, de par ma fonction de garde champêtre, j'ai hésité à dénoncer José à la gendarmerie. Les jours, les semaines, les mois se sont écoulés. Et puis les meurtres n'ont pas repris. Dès lors, j'ai pris mes distances avec ton père. Et lui aussi par la même occasion.

— Mon père est mort, tonton. Les traitements que j'ai dû prendre après son décès n'étaient pas la bonne solution. Je devais trouver la paix intérieure et pas simplement la camoufler à coups d'antidépresseurs ou autre. Je suis tombé sur un forum qui parlait d'un endroit où les personnes malheureuses, exclues de la société pouvaient se sentir en sécurité. Une femme m'a contacté. Elle s'appelle Nina. On a discuté des heures et des heures et ce, durant des semaines. Elle lisait en moi comme dans un livre ouvert. Elle me connaissait mieux que moi je ne me connais. Elle m'a parlé de l'Islam, du Coran, du Grand Califat. Elle me comprenait et disait que nous étions nombreux dans ma situation. J'ai adhéré à son discours d'amour pour ceux qui combattent les mécréants. Je pouvais être enfin reconnu à ma juste valeur. Je me suis converti et j'ai promis allégeance à mon nouveau guide Tariq-El-Kabyli, le grand patron. Je devais prouver mes capacités à Nina. Je vais quitter cet endroit et la rejoindre en Irak. Je vais participer au développement de l'État islamique. Je dois combattre ceux qui m'ont écrasé, humilié, rabaissé. Ce sont les mêmes qui vivent dans le péché loin des valeurs de la charia, notre loi universelle.

Jimmy sourit.

— Finalement, je ressemble à mon père, lui que j'ai toujours détesté. Tu vois tonton, ce n'est donc pas la voix de José qui m'a poussé à tuer. C'est moi. Je m'en rends compte désormais. Je dois nettoyer cette terre de tout ce qui empiète sur ma religion. Cette femme m'aime et je vais la retrouver ! Elle m'a même informé de la possibilité d'intégrer le Conseil consultatif des moudjahidines d'Irak. Quelle ascension sociale ! Je serai reconnu à ma juste valeur.

— Mais pourquoi avoir ciblé ces jeunes-là ?

— J'ai trouvé des similitudes entre les victimes d'antan et les miennes. Le point commun qui réunit ces quatre cadavres est leur déviance. Je ne suis pas le simplet de service. Tout le monde le saura. Damiano m'a humilié à plusieurs reprises. Ah, il faisait bien rire ses copains, ce narquois. Quelle arrogant et prétentieux ! Pourtant j'ai commis une erreur. Après avoir prié pour lui, j'ai quitté les lieux bien sûr, mais j'ai perdu une feuille de papier sur laquelle un verset du Coran était retranscrit. Visiblement personne ne l'a retrouvée. Puis il y a eu Puilaurens le coach. Il m'a humilié lui aussi lors du premier entraînement à la plage. De plus, c'était un poivrot notoire, coupable de fauter dans les griffes de la dépravation. Concernant le gars des îles, c'était une de mes cibles vertigineuses. C'était un chrétien convaincu comme tous ces cousins du Pacifique. Pas de place pour d'autres religions. Certes, ce n'était pas un juif. Mais comme on dit : « faute de grive, on mange du merle ». Quant à Léo, le premier de ma liste, ce n'est pas lui qui était visé. J'ai commis une erreur. L'erreur du débutant. La cible était son petit frère qui ne pense qu'à forniquer sa copine. Ah terrible luxure ! Léo était là au mauvais moment. Mais je ne pouvais plus reculer une fois sur les lieux. J'espère que Dieu me pardonnera. Inconsciemment, je me suis inspiré des meurtres de mon père. Il fallait que cette équipe disparaisse comme il y a vingt ans. L'occasion s'offrant à moi, je vais m'occuper de ce Ginestas. Il a convoité la femme d'un autre en plus de ses ignominieux chantages. Il sera mon numéro cinq ! Mon œuvre a de la gueule tout de même. On se souviendra de moi. J'en suis persuadé, je serai un exemple pour toute une génération d'apprentis djihadistes. On applique la charia, la seule loi qui devrait être autorisée, point final.

— Lors de ton séjour en hôpital psychiatrique après la mort de ton père, raconte le vieux Douzens, les spécialistes t'ont déclaré schizophrène mêlé à un dédoublement de la personnalité. Tu as un traitement. C'est quoi déjà ? Des narcoleptiques ? Tu as un trouble dissociatif d'identité. Tu as calqué la personnalité de José sur ta partie fragile. Par la suite, cette fille a profité de ta vulnérabilité. Elle t'a poussé à tuer. Tu ne t'en es pas rendu compte puisque c'était une autre partie de toi qui agissait. Tu es encore plus malade que ce que je pensais. Tu t'orientes vers la barbarie qui te fait miroiter je ne sais quoi. Et puis moi, j'ai toujours été là pour toi. J'aurais pu t'aiguiller. Tu as souffert, tu es fragilisé, tu es jeune et désorienté. Cette Nina, ou je ne sais qui, profite de toi et de ta crédulité. Ce n'est pas l'Eldorado là-bas. Tu ne trouveras sur ton chemin que la souffrance et la mort. Tu t'es autoradicalisé à cause de ces forums sur internet. Je suis certain que tu n'as jamais poussé la porte d'une mosquée.

— C'est exact, coupe Jimmy. Je n'ai jamais pénétré dans une enceinte tenue par mes frères. Je n'ai même jamais échangé directement avec un imam. Peu importe, il faut vivre avec son temps. J'ai trouvé ce qu'il fallait sur la toile. J'ai du sang d'impurs sur les mains, et j'en suis fier. Si je dois mourir, ce sera en martyr et le paradis s'offrira à moi ! À chaque lame que je glissais sous la gorge de ces quatre mécréants, j'ai prié pour qu'Allah leur pardonne et les lave de leurs péchés.

— L'Islam n'est ni synonyme de sauvagerie ni d'atrocité.

Écoute-moi, tu n'es pas responsable. On va plaider la folie mon grand. On va trouver une solution. Tu n'iras pas en prison, compte sur moi.

Raymond s'approche et serre dans ses bras son petit-neveu. Jimmy prend un pas de recul et répond :

— Garde ta pitié et tes larmes pour les infidèles.

Cette placidité, ce détachement dans ce discours, Raymond n'avait jamais entendu son petit s'exprimer comme cela. Il ne le reconnaît pas. Il ne le reconnaît plus. C'est un autre homme qui a radicalement changé.

Une voix larmoyante se fait entendre :

— Raymond ! Je l'ai fait ! Nathan est mort, libérez-moi, maintenant.

Raymond se détourne de son petit-neveu et crie :

— Reste en bas, je vais ouvrir.

Il insère la clé et pousse la porte. Il découvre Julian, assis sur la dernière marche de l'escalier en contrebas, la tête entre ses genoux, à proximité de son défunt camarade. Nathan est à plat ventre, entouré d'une flaque de sang.

— Jimmy, reste là. Quant à toi, prouve-moi qu'il est bien mort. Arrache-lui la langue.

— Faites-le vous-même, je ne me pardonnerai jamais ce que je viens de faire, gémit le jeune homme, effondré.

— Si tu n'as pas fait ce que je t'ai demandé, j'apporterai ta tête à ta salope de mère. Raymond descend, non sans difficulté et sort à nouveau son petit calibre. Pousse-toi, je ne peux pas passer. Appuie-toi contre l'établi.

L'étudiant se lève et exécute les ordres. Raymond se positionne à côté du corps de Nounours. Il lui glisse un coup de pied.

— Tes parents ont eu ce qu'ils méritaient. Puis il crache sur le cadavre. Aide-moi à le retourner. Le jeune Ginestas s'approche. À eux deux, ils arrivent à faire pivoter Nathan.

— Vous vous êtes foutu de moi ! hurle l'ancien garde champêtre.

Soudain, Homps junior ouvre les yeux et plante un clou rouillé dans le cou de Raymond. Par réflexe et sous le coup de la douleur, Raymond actionne son arme et atteint Nathan en plein estomac. Cette fois-ci, Nounours est bien touché. En une fraction de seconde, Julian se jette sur Raymond et le poignarde avec la dague, de toutes ses forces. Malheureusement, Nathan agonise. Sa respiration faiblit à chaque seconde écoulée. Il chuchote. L'apprenti journaliste s'approche et lui saisit la main :

— On va faire tomber ces monstres. Embrasse mes parents. Je les remercie pour la vie qu'ils m'ont offerte. Je les aime par-dessus tout. Adieu Julian.

Ce dernier hoche la tête, les yeux larmoyants.

— Tu peux compter sur moi Nathan. Repose-toi maintenant.

Ginestas comprend que Nounours ne s'en sortira pas. Il tient fermement la grande paluche de Homps. Avec sa seconde main, il caresse les cheveux et le visage de la victime. Ce geste d'affection et de réconfort permet à Nathan de partir avec une pointe de douceur. C'est fini. La ruse de Julian n'a pas fonctionné. L'hémoglobine du marcassin trouvé dans un frigo, versée autour de Nathan n'a pas eu l'effet escompté. Raymond s'est rendu compte de la supercherie. Dans le même tempo, le grand-oncle de Jimmy s'agenouille, porté par une douleur atroce. Il s'allonge, son rythme cardiaque ralentit. Paradoxalement, cette vive douleur s'atténue. Il a enfin obtenu sa vengeance. Il ne lutte pas. Le fils Homps se meurt. Un léger sourire vient s'afficher sur son visage. Ses yeux se ferment, lentement. Il va retrouver son épouse, enfin il l'espère. Ah, sacrée Ginou, avec son tablier de cuisine et son serre-tête mauve ! Il s'imagine dans leur cuisine, prêts à passer à table. Geneviève chuchote : *« Je t'attendais mon amour »*. À son tour, Raymond quitte le royaume des vivants.

Une voix s'élève :

— Julian, il ne reste plus que toi. Tu seras la cerise sur mon gâteau. Après ce que tu m'as fait endurer, tu seras la cinquième victime de prévue. Tu m'apprends qu'Espezel était ton père. C'est magnifique, je ne pouvais pas rêver mieux. Ton paternel était le cinquième cadavre de mon père. Quelle ironie du sort. On peut dire que la boucle est bouclée. Certes, il fut une victime par opportunité. Il s'est retrouvé seul au mauvais moment d'après ce que je sais. Il n'était pas forcément ciblé. Allahou Akbar[21] !

Jimmy pousse ce cri avant de rabattre la porte et de la refermer. Il endosse son sac à dos et récupère un courrier posé sur le meuble de l'entrée. Il retourne l'enveloppe reçue ce matin et lit le destinataire ou plutôt la destinataire. La fameuse Jasminelove du Moyen-Orient. Se prénomme-t-elle vraiment Nina ? Que peut contenir cet emballage ? On arrive à distinguer une liasse de billets et peut-être la couverture d'un passeport. Jimmy renverse une bouteille d'alcool et un bidon d'essence, déverse les contenus au pied de la porte menant à la cave. Les liquides traversent et s'écoulent le long des escaliers menant au sous-sol.

Le jeune étudiant, affligé, attristé, accablé, reprend ces esprits. Il analyse la situation avec lucidité.

« Mais qu'est-ce qui peut bien couler ? » Il prend ses jambes à son cou et grimpe les marches quatre à quatre. Impossible d'ouvrir la porte fermée à clé. Il touche la liqueur et porte ses doigts jusqu'à son nez. Son visage se crispe. Il vient de comprendre qu'il s'agit d'un mélange d'essence, une matière hautement combustible.

— Bordel Jimmy, ouvre-moi. Tu ne vas pas mettre le feu à ta propre maison ? Ne me laisse pas griller, on peut trouver une solution. Je ne dirai rien à personne ! crie-t-il inquiet.

Sans réponse, il ajoute, désespéré :

---

[21] Dieu est grand.

— Tu finiras par regretter tout cela, les flics te retrouveront, c'est fini pour toi.

De l'autre côté, le jeune Lanet chuchote, sourire en coin et regard noir, quasi diabolique :

— Fini ? Non bien au contraire. Ce n'est que le commencement.

Sans stresser, il agit calmement, froidement même. Jimmy frotte une allumette sur la boîte prévue à cet effet. Une étincelle jaillit. Il ouvre la porte d'entrée, observe une dernière fois l'intérieur de l'habitation et jette la bûchette. Au contact du sol, une flamme se crée et se propage à vitesse grand V traçant un long chemin sinueux vers la mort. Jimmy sort et referme la porte derrière lui. Tout en quittant son domicile, il extrait de son sac à dos, la casquette XV de France de Julian et la dispose sur son crâne. Quel sarcasme ! Ce fameux rugby qui n'a jamais su le porter, qui a toujours été source d'humiliation et qui a achevé son autoradicalisation. Sans se retourner, il laisse la fumée et l'acerbe odeur de brûlé consumer sa maison familiale. Jimmy file sans regrets, avec toujours autant de pensées sombres et insensées.

◈

Novès tient une bien belle risette. Il actionne les gyrophares et le deux-tons. Ces collègues à l'arrière du peloton en font de même. Son instinct est toujours là. Lanet allait-il répondre d'un alibi plausible pour le meurtre d'Ornaisons en particulier, et pour les autres ? Le panneau La Palme vient d'être franchi. Vont-ils arriver à temps ? La Brigade de recherches fonce sur l'Avenue de la Mer. Le domicile de Jimmy ne doit plus être bien loin. Lorsque tout à coup…

Le duo militaire en tête de convoi aperçoit deux camions de pompiers bloquer l'axe routier. Le véhicule de Constance Cascastel est garé à proximité. Une solide et épaisse fumée noire s'élève vers les cieux. Tout en s'approchant, Novès comprend, frappe sur le volant et s'écrie :

— Et merde, c'est pas vrai !

Son sixième sens saisit que la maison consumée et complètement détruite est celle de Jimmy Lanet. Il comprend que ce dernier vient d'effacer toutes potentielles preuves pouvant le relier aux crimes. Qu'il vient de faire une croix sur son passé. Les hommes du feu ont pratiquement terminé leur intervention. Cela fait maintenant une bonne heure qu'ils sont sur le site. Lanet doit être loin désormais, trop loin. Il sait que Jimmy s'est enfui, emportant avec lui, de nombreuses questions qui resteront sans réponse. À moins qu'au sous-sol de la maison…

Épilogue

Six mois plus tard.

Sur la place de la République, la terrasse du bistrot *Chez Marinette* n'est pas encore à son remplissage maximal. Il est huit heures. Les rayons du soleil percent à travers les branches des trois grands chênes verts. La douceur matinale du mois de juin caresse les épaules dénudées des quelques clients attablés. Sirotant un café, Urbain Monséret tourne les pages du quotidien l'Indépendant. Barbe parfaitement taillée, costard, le maire à l'allure toujours aussi longiligne est parfois entrecoupé dans sa lecture par les villageois qui le saluent.

Un individu d'une vingtaine d'années, grassouillet aux cheveux gras mais tout aussi élégant que le premier magistrat, s'approche. Son physique est le parfait contraste d'Urbain.

— Monsieur le maire ?

Urbain lève les yeux, les traits du visage sérieux.

— Je vous attendais. Vous êtes monsieur ?

— Ouveillan. Kévin Ouveillan. Je viens d'arriver à l'Indépendant, je remplace au pied levé Elvira Pamiers partie en congés maternité. Je suis ravi que vous puissiez être mon premier client, si je puis dire. Urbain sourit.

— Un café ?

— Avec plaisir, avec un verre d'eau, ajoute le jeune homme.

Le vieux briscard fait signe à la tenancière. Le journaliste s'assoit. Il déploie son attirail de guerre : carnet, stylo, dictaphone. Son front commence à transpirer. Le maire le met à l'aise :

— Ne stressez pas, tout va bien se passer. Je ne mords pas.

Après s'être désaltéré, manière de détendre les cordes vocales, Kévin se racle la gorge puis commence :

— Suite au programme commencé il y a quelques semaines par le directeur en chef du service politique de l'Indépendant, nous sillonnons tous les villages de la Narbonnaise à la rencontre des maires, pour faire le bilan des élections qui viennent de se dérouler.

— Respirez Kévin. Nous prendrons le temps qu'il faudra.

— Vous avez raison.

Il récupère un mouchoir dans sa poche et s'essuie le front dont les gouttes commençaient à créer un ruisseau asymétrique. Il enclenche le dictaphone.

— Aujourd'hui jeudi 12 juin 2008. Focus sur La Palme avec le maire réélu Urbain Monséret. Bonjour Monsieur le maire. Comment allez-vous ?

— Bonjour monsieur Ouveillan. Je vais bien, nous allons mieux. Je préfère utiliser le « nous » car je parle au nom de tous les Palmistes. Vous savez si j'ai été réélu il y a trois mois dès le premier tour avec plus de soixante-dix pour cent des voix, c'est que les villageois voient en moi, un représentant légitime. Après les drames que nous avons vécus, je pense avoir été en mesure d'incarner cette solidité, cette solidarité qui a permis et qui permettra de se relever, ensemble.

— Comment ne pas parler de La Palme sans évoquer les meurtres commis il y a plusieurs mois désormais ?

— En effet, c'est une image qui va rester longtemps collée à notre village. Au-delà du deuil qui a touché les familles de victimes et nous tous, les commerces ont connu un coup de mou avec l'absence de touristes durant les vacances scolaires. Espérons que la saison estivale soit de meilleure qualité. Il est encore un peu trop tôt pour l'évoquer mais on travaille avec l'office du tourisme pour créer une sorte de tour-opérateur qui permettrait de découvrir les différents lieux de crime à la manière d'un circuit culturel.

— Pardon ? Vous ne trouvez pas ça un peu sordide ?

— Je plaisante ! Vous couperez ça au montage ; il ne faudrait pas que ce soit mal interprété.

Kévin s'essuie à nouveau le front, la sueur perle sur sa peau. Il déglutit.

— Monsieur le maire, pouvez-vous nous éclaircir sur la situation du village après les derniers meurtres qui ont eu lieu au sein du domicile du tueur en série Jimmy Lanet ?

— Suite à cette dernière tragédie du mois de janvier, j'ai décidé de dissoudre l'équipe de rugby. Même si le meurtrier présumé s'est enfui, je ne voulais prendre aucun risque. Sportivement parlant, nous avions réussi de belles prestations, mais la sécurité des joueurs était ma priorité. Vous n'êtes pas sans savoir que nos voisins de Portel ont été sacrés champions du Languedoc. Félicitations à eux. Mais cela est anecdotique. Ce Jimmy Lanet laissera à jamais des relents de mort dans les rues de notre village. Selon plusieurs éléments de l'enquête, après avoir tué son oncle Raymond Douzens et le jeune Nathan Homps, il a mis le feu à sa maison puis il s'est enfui. Les gendarmes ont reconstitué le puzzle macabre grâce à un survivant de l'incendie, Julian Ginestas. Un jeune homme plein de courage qui a repris ses études à la faculté de journalisme de Narbonne. Par ailleurs permettez-moi de rebondir sur cet établissement, qui a été marqué une nouvelle fois par le deuil après l'assassinat de l'étudiant Tita. Quelque temps après notre tragédie, nous avons appris le suicide de Roger Gruissanot, professeur émérite. Il n'aurait pas supporté la mort de son fils Léo, première victime de Jimmy Lanet. Il a laissé une lettre d'adieu avant de se pendre. C'est affreux.

Par effet domino, lorsque la presse s'est emparée des éléments du courrier, monsieur Nébias a découvert qu'il était le père illégitime de Léo, il a demandé le divorce. Sylvie son ex-épouse est partie en HP. Mais ça, vous n'avez pas besoin de l'évoquer.

— Il y a eu d'autres événements marquants à l'issue de l'enquête ?

— Les parents de Nathan, Marcel et Véronique Homps, propriétaires d'un des plus grands domaines viticoles du canton, ont décidé de vendre leur patrimoine et ont déménagé du côté de l'île d'Oléron. Ils ne pouvaient plus vivre ici, c'était au-dessus de leurs forces. Le restau routier des Ornaisons, situé aux Cabanes a été revendu également. La manade de l'entraîneur Puilaurens a été reprise par son neveu. Concernant l'enquête en elle-même, il y a eu du mouvement au sein de la brigade de recherches de Narbonne. N'ayant pas pu stopper le jeune Lanet, le lieutenant Maxence Novès a été mis en retraite forcée, quant à l'adjudante-chef Charlotte Liévremont, elle a été mutée en Lozère me semble-t-il. C'est un joli cadeau empoisonné.

— Concernant le tueur présumé, avez-vous des informations ? demande le jeune Ouveillan, tout en prenant des notes.

— Je pensais que nous étions là pour parler du renouveau de La Palme. Si vous souhaitiez évoquer les meurtres de A à Z, il fallait demander une entrevue avec le Procureur, rumine Urbain.

— Veuillez m'excuser Monsieur le maire, répond Kévin, gêné.

— Puisque vous insistez, je peux vous dire qu'en l'absence du principal mis en cause, l'enquête semble avoir du mal à être bouclée. Même s'il ne fait aucun doute sur sa culpabilité, Jimmy Lanet n'est que présumé coupable selon la justice et ce qualificatif me sort par les yeux. Après s'être enfui de La Palme, il a réussi à franchir la frontière et aurait même rejoint l'Irak. Il avait des contacts là-bas qui lui ont permis d'effectuer sa cavale. Cet élément fragile, maltraité depuis sa plus tendre enfance s'est autoradicalisé. Il œuvre désormais pour Al-Qaïda. Un de vos confrères l'a baptisé *Le campagnard islamique* et ce surnom a été largement relayé par l'ensemble des médias.

— Le campagnard islamique a été aperçu sur des vidéos de propagande, armes à la main dans des camps d'entraînement, mais ça reste sous réserve. Les sources ne seraient pas fiables.

— Au-delà de son cas personnel, c'est une prise de conscience collective que nous devons tous avoir. Une personnalité faible, qui a été victime de harcèlement toute sa jeunesse, sans base morale stable, peut être une bombe à retardement. Et sur internet, des gens mal intentionnés sont toujours à l'affût d'une proie facile à endoctriner.

— Comment voyez-vous l'avenir du village à travers votre mandat ?

— Reconstruire, gommer les stigmates et avancer tel sera le moteur qui animera ma volonté.

— J'étais avec Urbain Monséret, maire largement réélu dès le premier tour à La Palme. La semaine prochaine nous irons à la rencontre de Jeanine Roubia, pour son premier mandat à la mairie de Bages.

Kévin coupe le dictaphone. Il éponge à nouveau son front. Il souffle. Il remercie le maire pour l'accueil puis quitte son hôte. À quelques mètres de là au milieu des tables, son calepin tombe. Il se baisse maladroitement, gêné par son embonpoint. Puis il repart. Urbain sourit. Soudain il aperçoit Constance Cascastel de l'autre côté de la place.

— Constance !

Cette dernière se retourne et remarque le premier magistrat. Le maire dépose la monnaie sur la table, se lève et glisse le journal sous son bras. Il traverse la chaussée et s'approche de la jeune femme.

— Alors comment se passe le boulot ?

— Eh bien patron, tout va bien. Merci de me faire confiance.

— Je suis un homme de parole. Tu m'as écouté lorsque nous avons traversé cette sombre période.

— Je reste persuadée que l'on aurait pu éviter les derniers crimes. Mais ça, je le garderai pour moi, soupire Constance.

— Marchons, je te prie. Je vais à la mairie aussi. Tu as été parfaite en tant que présidente du rugby. Tu sais mobiliser, fédérer. Tu es vaillante et tu as un caractère bien trempé. Ce sont des qualités qui te mèneront loin.

— Monsieur le maire, vous m'avez embauchée. Entre les conformités, les dépôts de permis de construire et autres, je suis bien évidemment plus dans mon élément qu'à la station-service. Je suis épanouie dans ce que je fais. Mais je ne vois pas où je pourrais aller plus loin.

— Tu as du potentiel et Henri ton grand-père est d'accord avec moi. Qui sait, si tu prends goût à la politique, peut-être qu'un jour tu seras installée à ma place.

— Ça, j'en doute.

— Je dis toujours : les certitudes, c'est comme la bourse, ça ne se fige jamais longtemps. Tu as une fibre politique à développer. Plus tard tu seras maire, j'en ai l'intime conviction, souffle le premier magistrat.

Urbain et Constance se dirigent vers la mairie, prêts à œuvrer pour leurs administrés. Monséret n'a pas remarqué que sous son bras, le journal plié laisse apparaître un article qu'il n'a pas encore découvert. Une photo d'un jeune homme frêle dont le titre en gras est

Le campagnard islamique retrouvé.

Nos titres par genre

ND= Non Disponible

Littérature générale

La Larme des Dieux, *Flore Bouillet*

Terreur d'État, *Gaspard Bonucci*

La Mort en Héritage, *Luke Charryn*

Le secret de Saint Régis, *Franck Luginbuhl*

Tourments dans la Ville Rose, *Jean-Christophe Castaing*

Quelques jours de Canicule, *Daniel Raymond*

Sous le Feu, la Glace, *Julien Froté*

De l'autre côté du miroir, *Karine Gournay*

Partout où tu iras, *Karine Gournay*

L'écume sur le toit, *Christian Sernal*

Le Grand Secret, *Christian Sernal (secret de famille)*

Peau d'Âme, *Jean-François Rottier*

Sarabande Lyonnaise, *Pierre-Yves Vaillant*

Un Assassin pas comme les autres, *Victoria Dézil*

Un Dandy au Soleil, *Laurent Mansart*

Un automne à La Garde-Freinet, *Serge Tailler*

Paroles d'Homme et culottes courtes, *Max Heratz*

Le Jour où Tout a basculé, *Amandine Hupin*

Dans l'Ombre de tes Pas, *Amandine Hupin*

Elles, *Marie-Lore Beuselinck*

Qu'attends-tu de moi ?, *Marie-Lore Beuselinck*

Un souffle de vie, *Marie-Lore Beuselinck*

Avenue des silences, *Marie-Lore Beuselinck*

L'Homme à la Bentley (Nouvelles), *Lucie Hubert*

Poker Face, *Sandy Tartari* ND

Béziers à Contre Allées, *Jean-Paul Faure ND*

Crissements de Sable,

Jean-Paul Faure ND
Les Larmes des Saules, *Martine Magnin* ND

Polar / Thriller / Enquêtes
Meurtres à St Nazaire, *Cécile Fillaud*
L'Affaire Franck Santini, *Catherine Denninger*
La Mort en Héritage, *Luke Charryn*
Quelques Jours de Canicule, *de Daniel Raymond*
Sous le Feu, la Glace, *Julien Froté*
L'affaire Gabriel Benezet, *Olivier Minarro*
Le Diamant d'Alanine, *Laurent Pigeault*
Tuez comme il vous plaira, *Mark Rosaleny*
Les yeux crépusculaires, *Gabriel C. ND*
Le Bal des Psychopathes, *Gabriel C. ND*
Le Boucher de l'Ovalie, *Ségas*
Occitanie de feu et de sang, *Ségas*
Quand le Vélodrome s'enflamme, *Katamoun*
Règlements de Compte sur la Canebière, *Katamoun*
Coup De Mistral Sur La Bonne Mère, *Katamoun*
Meurtres Au Choeur Du Lacydon, *Katamoun*
Meurtres dans le Biterrois, *JC Cognet*
Meurtres à Tautavel, de *JC Cognet*
Meurtres à Minerve, *JC Cognet*
La Dame du Salagou, *JC Cognet*
Vous n'irez pas tous au Paradis, *Max Heratz*
Le Pacte du Mal, *Max Heratz*
Les Racines du Mal, *Max Heratz*
Ad vitam æternam, *Roger Peyrot*
Mettez-la au Parfum, *Laurent Mansart*
Frères de Sang ou Les Abysses du Monde de la Nuit, *Jane Yam*

Suspense psychologique
Justine ou l'Emprise des sens, *Max Heratz*

Contes & Légendes
Contes & légendes Mystiques et Ésotériques

- Tome 1, *Max Heratz*
Contes & légendes Insolites - Tome 2*, Max Heratz*
Contes & Légendes en Terre Cathare- Tome 3, *Max Heratz*

Romance / Érotisme
Mécassine et sa Valise, *Jaine*
Je t'aime, moi non plus, *Max Heratz*
À Vendre, *Max Heratz* ND
Kiss Kiss, *Max Heratz*
Justine ou l'Emprise des sens, *Max Heratz*
Erotik News (Nouvelles), *Collectif d'auteurs*
Sentimentale-moi, *Ariane Pansieri*
Au Secours j'suis Amoureuse*, Ariane Pansieri* ND
Les Larmes de l'Ange, *Sandrine Périgois*
La Part de l'Ange, *Sandrine Périgois* ND
Rose Noir, *JessiKa Lombar* ND
Les lèvres rouges, *JessiKa Lombar* ND
Mécassine et sa valise, *Jaine*

Essai / Témoignage
Thérapie Anticomplotiste, *Gaspard Bpnucci*
Le Petit Livre Rouge des Meilleurs Vœux, *Martine Magnin* ND
La Défête des Mères, *Martine Magnin* ND
Mensonges et Faux Semblants, *Martine Magnin* ND

Science Fiction
Le Diamant d'Alamine, *Laurent Pigeault*, ND
Virus, *Gilles Cordillot ND*

Humour
Métro Boulot Dodo; *Aurore Baie* ND
Paroles de Zinc et Or en Bar, *Dominique Bousquet*
Albert, la langue verte, *JEF*

Poésie
Les Fleurs du Mage - Tome 1, *Max Heratz*
Petits Contes pour Fleurette, *Marcel Camill'*

Développement personnel
Méditez chez vous en 7 leçons, *Heranubis*

Numérique uniquement
Aventure
Rommel Reloaded, *Sabir Kadel*

Fiction Anticipation Écolo Drame
Quand le soleil chassera la pluie, *Lorenzo H*

Fiction Polar
Coup de Soleil sous un Bananier, *Monak* (*Polar sous les Tropiques*)

Littérature générale
Sur la Berge, *Alain Brouté*

Du même auteur

Occitanie, de feu et de sang

Après avoir échappé à l'incendie de la maison dans laquelle il était retenu prisonnier en 2008, Julian s'est reconstruit et le jeune Boucher de l'Ovalie n'a jamais été rattrapé. Réfugié au Moyen Orient, ce dernier ne va pas tarder à faire parler de lui lors d'attentats terroristes sanglants. Mais très vite, il découvre un nouveau mouvement: Le Babylone Lunaire et son dieu Shaduk. Pendant des décennies, ce mouvement va œuvrer pour convertir la planète et la soumettre à ses lois ne tolérant aucune opposition. Son credo : « Grâce à vos lois démocratiques, nous vous envahirons. Grâce à nos lois religieuses, nous vous dominerons. » C'est à travers tueries et barbarie que l'auteur nous fait réfléchir sur ce que pourrait être l'évolution sociétale de la France et de l'Occident en général. Roman d'anticipation ou théorie complotiste ? À vous d'en juger, mais accrochez-vous, certaines scènes sont difficiles.

NEWSLETTER

Retrouvez tous ces titres sur notre site,
rubrique Catalogue,
http://www.JaimeLaLecture.fr

Vous pourrez commander directement vos livres favoris sans avoir à payer de frais de port, quel que soit le pays de destination (sauf outre mer)

Pour suivre notre actualité littéraire, inscrivez-vous à notre **Newsletter** en nous communiquant votre adresse mail à : estelas.editions@gmail.com

Votre adresse restera confidentielle, elle ne sera en aucun cas cédée à des marchands de pubs.

Il y a souvent des livres à gagner, rejoignez-nous !

11590 Cuxac d'Aude, France

estelas.editions@gmail.com
http://www.estelaseditions.com
http://www.JaimeLaLecture.fr

Imprimé en France par CPI
N° d'impression : 176453
Dépôt légal : mai 2021
ISBN : 9791093167893